큰글
한국문학선집

계용묵 단편소설선
백치 아다다·별을 헨다

목 차

최서방

1

새벽부터 분주히 뚜드리기 시작한 최서방네 벼마당질[1]은 해가 졌건만 인제야 겨우 부채질이 끝났다. 일꾼들은 어둡기 전에 작석[2]을 하여 치우려고 부리나케 섬몽이를 튼다. 그러나 최서방은 아침부터 찾아와 마당질이 끝나기만 기다리고 우들부들 떨며 마당가에 쭉 둘러선 채인군[3]들을 볼 때에 섬몽이를 틀 힘조차 나지 않았다. 그는 실상 마당질

---

1) 가을에 거두어들인 벼에서 이삭을 터는 일.
2) 곡식을 담아서 한 섬씩 만듦. 또는 그렇게 만든 섬.
3) 꾸어진 빚을 돌려받으러 온 사람.

끝나는 것이 귀치않다느니보다 죽기만치나 겁이 난 것이다.

그것은 하루에도 몇 번씩 찾아와 호밋갑(胡米價)이라 약값이라 하고 조르는 것을 벼를 뚜드려서 준다고 오늘내일하고 미뤄 오던 것인데 급기야 벼를 뚜드리고 보니 그들의 빚을 갚기는커녕 송지주의 농채(農債)도 다 갚기에 벼 한알이 남아서지 않을 것 같아서 으레 싸움이 일어나리라 예상한 까닭이다.

"열 섬은 외상없이⁴⁾ 나지."

사랑 툇마루 위에서 수판을 앞에 놓고 분주히 계산을 치고 앉았던 송지주는 이렇게 물었다.

"열 섬이야 아마 더 나겠지요."

최서방은 열 섬이 못 날 줄은 으레 짐작하지만 일부러 이렇게 대답을 했다.

"글쎄…… 그리고 벼는 충실하지."

지주는 놓았던 산알을 씌여버리고 마당으로 내려와, 들여놓은 벼를 여물기나 잘하였나 하고 시험삼

---

4) 조금도 틀림이 없거나 어김이 없다.

아 한 알을 골라 입 안에 넣고 까보았다.

"암, 충실하고말고요. 이거야 소문난 변데요."

이것은 일꾼 중에 한 사람의 이야기였다.

섬몽이 틀기는 끝이 나고 이제는 작석이 시작되었다. 차인군들은 제각기 적개책을 꺼내어 든다.

"십오 원이니 섬 반은 주어야겠소."

호밋값 차인꾼이 한 섬을 갓 되어 놓는 벼를 가로 깔고 앉으며 이렇게 말을 건넨다.

"글쎄 준다는데 왜, 이리들 급하게 구오."

최서방은 또 한 섬을 묶어 놓았다.

"오 원이니 나는 반 섬이면 탕감이 되오."

이것은 포목값 차인꾼이 들채는 소리였다.

"섬 반이고 반 섬이고 글쎄 벼를 팔아서야 돈을 갚아도 갚지, 있는 벼가 어디로 도망을 치겠기에 이리들 보채오."

최서방은 위선 이렇게밖에 대답할 수 없었다.

"벼도 돈이고 볏값도 빤히 금이 났으니 어서들 갈라 주소. 괜히 이 치운데 어둡기나 전에 가게."

약값 차인꾼이 이렇게 말을 붙이고 또 한 섬을 깔

고 앉는다.

"여보, 그것이 무슨 버릇들이오. 남의 벼를 그렇게 함부로 깔고 앉으니."

"그러니 날래들 갈라 주어요."

"글쎄, 팔아서야 준다는데 무얼 갈라 달라고 그래요."

"그러면 그럼 오늘도 안 주겠다는 말이오? 말이."

"안 주겠다는 게 아니라 벼를 팔아서 주마 하는데 되어 놓는 족족 한 섬씩 덮쳐 깔고 앉으니 어디 체면이 되었단 말이요 그럼."

"그래 오늘내일하고 속여 온 당신의 체면은 그래서 잘됐단 말이오글애."

"오늘이야 글쎄 벼를 팔아서야지요."

"그럼 오늘도 정말 안 줄 테요."

"아니 못 주지요."

"정말."

"정말 아니고."

"정말."

"정말이야 글세."

"정말이야 글세가 무어야 이 자식!"

호밋값 차인꾼은 분이 치밀어 부들부들 떨리는 주먹을 부르쥐고 최서방의 턱 앞으로 바싹 다가섰다. 그리고 주먹을 훌근 내밀었다.

최서방은 '희' 하고 뒷걸음을 쳤다. 그러나 아무 반항도 안 했다.

작석은 또한 끝이 났다. 열 섬을 믿었던 벼는 겨우 여덟 섬에 그치고 말았다. 송지주는 그것 가지고는 청장5)이 빳빳하다는 듯이 머리를 흔들며,

"이번에도 회계가 채 안 되는군. 모두 오십이 원인데."

하고 다시 계산을 틀어 본다.

"어떻게 그렇게 되오."

최서방은 자기의 예산과는 엄청나게 틀린다는 듯이 깜짝 놀라며 이렇게 반문을 했다.

"본(元金)이 사십 원에 변(利子)을 십이 원 더 놓으니까."

---

5) 장부(帳簿)를 청산한다는 뜻으로, 빚 따위를 깨끗이 갚음을 이르는 말.

"무어 그 돈에다 변까지 놓아요."

"변을 안 놓으면 어쩌나. 나도 남의 돈을 빚낸 것인데."

"그렇다기로 변은 제해 주세요."

"그 돈으로 자네 부처가 일년이란 열두 달을 먹고 산 것인데 변을 안 물닷게. 안 돼 안 돼, 건."

그는 엉터리없는 수작이라는 듯이 '안 돼' 하는 '돼'자에 힘을 주었다.

최서방은 보통의 롱채(農債)와도 다른 이 물 푼 싹(引水稅)에 고가의 변을 지우는 데는 젖 먹던 밸까지 일어났으나 송지주의 성질을 잘 아는 그는 암만 빌어야 안 될 줄 알고 아예 아무 말도 안 했다. 실상 그는 말하기도 싫었던 것이다.

"그러니까 태반이 넉 섬씩이지. 한 섬에 십 원씩 치고도 모자라는 십이 원을 어쩌나? 옳아 가만있자, 또 집(藁)이 있것다. 짚이 마흔 단이니까 스무 단씩이지. 그러면 한 단에 십 전씩 치고 이 원, 응응, 겨우 우수6) 떼논. 그래 십이 원은 어쩔 테야."

그는 최서방이 그리해 주겠다는 승낙도 얻지 않고

자기 혼자 이렇게 계산을 치고 다짜고짜로 일꾼들을 시켜 한 섬도 남기지 않고 모두 자기네 곳간으로 끌어들였다.

행여나 벼로나 받을까 하고 온종일 추움에 떨면서 깔고 앉았던 볏섬을 놓아 준 차인꾼들은 마치 닭 쫓아가던 개가 지붕을 쳐다보는 격으로 눈들만 멀뚱멀뚱하여 어쩔 줄을 모르고 멀거니 서서 송지주의 분주히 왔다갔다하는 꼴만 쳐다보고 있었다. 그들은 한껏 분하면서도 우스웠다. 그래서 하하 하고 웃었다. 그러나 다시,

"돈 내라, 이놈아."

"오늘 저녁에 안 내면 죽인다!"

"저렇게 속이기만 하는 놈은 주먹맛을 좀 단단히 보아야 아마 정신이 들걸."

하고 제각기 이렇게 부르짖으며 달려들었다. 그것은 마치 이제는 돈도 받기 글렀는데 그 사이에 품 놓고 다니던 분풀이로나 때워 버리려는 듯하였다.

---

6) 일정한 수효 외에 더 받는 물건.

그들은 골이 통통히 부어서 갖은 욕설을 거들이며 덤비었다.

호밋값 차인꾼은 최서방의 멱살을 붙잡았다.

"노아, 이렇게 붙잡으면 누굴 칠 테야."

최서방은 이제는 팔아서 준단 말도 할 수 없었다.

"못 치긴 하는데 이놈아."

호밋값 차인꾼은 최서방의 귀밑을 보기 좋게 한 개 갈겼다.

약값 차인꾼과 포목 차인꾼도 각각 한 개씩 갈겼다.

"아이."

최서방은 뒤로 비칠비칠하며 전신을 떨었다. 그리고 당연히 맞을 것이라는 듯이 아무런 반항도 안 했다.

"돈 내라, 이놈아!"

호밋값 차인꾼은 이번에는 불두덩을 발길로 제겼다. 여러 차인꾼들도 또한 같이 제겼다.

"아이고."

최서방은 기절하여 번듯이 뒤로 나가넘어졌다. 넘어진 그의 코에서는 피가 흘렀다.

치움에 떨던 차인꾼들은 땀이 흠뻑이 났다.

최서방은 죽은 듯이 넘어진 그대로 여전히 누워 있었다. 한참 만에 그는 알뜰히 아픔을 강잉[7]이 참는 듯이 얼굴을 찡그리고 이빨을 뿌득뿌득 갈며 손을 허우적거렸다. 그리고 불두덩을 한 손으로 움켜쥐고 간신히 일어섰다. 그의 일어선 자리에는 코피가 군데군데 빨갛게 물들어 있었다.

　　그가 완전히 걸어 막살이를 찾아 들어갈 때에는 날은 벌써 새까맣게 어두워 있었다.

2

　　최서방에게 있어서 여름내 피땀을 흘리며 고생고생 벌어 놓은 결정이라고는 오직 죽도록 얻어맞은 매가 있을 뿐이었다. 그 밖에는 아무러한 것도 없었다.

　　그는 밤이 깊도록 오력을 잘 못 썼다. 더구나 불두덩이 아파서 잘 일지도 못했다. 그는 이렇게 남 못

---

7) 억지로 참음. 또는 마지못하여 그대로 함.

보는 고초를 맛보지만 어느 뉘더러 호소할 곳도 없었다. 있다면 오직 사랑하는 아내가 있을 뿐밖에. 다만 자기 혼자서 아파할 따름이었다.

그는 참으로 불쌍한 사람이었다. 이같이 불쌍한 처지에 있는 소작인이 이 나라에 가득 찬 것이 그것이지만 그 중에도 최서방처럼 불행한 처지에 앉았는 사람은 별로 없을 것이다. 이렇게 그가 불행한 처지에 앉았게 된 원인은 오직 단순한 두 가지가 있을 뿐이다. 하나는 악독한 독사 같은 지주를 가졌다는 것이요, 하나는 그가 본래부터 성질이 착하다는 것이니, 모든 사람들은 정의와 인도를 벗어나 남의 눈을 감언이설로 속이어 가며 교활한 수단으로 목숨을 연명하여 가지만, 이러한 비인도적이요 비윤리적인 행동에는 조금도 눈떠 보지 않은 그에게는 밥이 생기지 않았다. 이따금 밥을 몇 끼씩 굶을 때에는 도둑질이란 것도 생각해 본 적이 한두 번이 아니었지만 이런 것을 생각할 때마다 비인도적이라는 것이 번개처럼 머리에 번쩍 떠오르곤 하여 그는 차마 그를 실행하지 못하였던 것이었다.

그가 이같이 착하니만치 그 방면에는 악독한 지주가 있어 이렇게 불쌍한 그의 피를 또한 빨아 내는 것이었다.

예년은 말고 금년 일년만 하더라도 이 동리 앞벌에 지독한 가뭄이 들어 모두들 볏모를 말려 죽이다시피 하였지만 송지주의 작인치고도 오직 최서방 하나만이 인력으로는 도저히 인수(引受)할 수 없는 물을 빚을 얻어 가며 펌프를 세내어 물을 한 방울, 두 방울 빨아 올리게 하여 볏모를 꾸준히 구하여 온 것이었다. 이렇게 그는 오직 살겠다는 생존욕에서 남이 아니 하는 고생을 하여 가며 남 못 하는 수확을 하였지만 '수확'이라는 것을 걸금[8] 주었던 송지주의 빚이라는 것이 고가의 이자까지 쓰고 나와 그로 하여금 도리어 가해를 지게 하여 그들의 피땀의 결정은 결국 송지주네 고방으로 들어가게 된 것이었다. 그리고 보니 그는 당장에 먹을 것이 없는 것이라, 농사를 지어 줄 셈치고 안 쓸 수 없어 사소한

---

8) '거름'의 방언.

용처를 외상으로 맡아 썼던 것이 일이 이렇게 되고 보니까 차인꾼들한테 매를 얻어맞는 경우에까지 이른 것이었다. 실상 그들의 빚은 송지주의 그것과는 다른 관계로 감사히 절하고 갚아야 될 것이건만, 더구나 호밋값이란 잊을 수 없는 것이었다.

이 지방 풍속에 으레 소작인이 먹을 것이 없으면 추수를 할 때까지 식량을 지주가 당해 주는 법이건만 유독 송지주만은 먼저 당해 준 식량에 고가의 이자를 지워 계산을 틀어 가다가 추수에 넘치는 한이 있게 되면 예사로 그때에는 잡아떼고 작인은 굶어 죽든지 말든지 그것을 상관하지 않고 다시는 주지 않는 것이었다. 그래서 금년에 최서방은 사흘이라는 기나긴 여름날을 굶다 못하여 이전부터 친분이 있던 그 고을에서 호미장사하는 사람을 찾아가서 그런 사정을 말하였다. 그도 가난을 겪어 본 사람이라 지극히 불쌍히 여겨, 호미를 두 포대나 맡아 준 것이었다. 그래서 최서방네 내외는 주린 창자를 회복시켜 오늘까지 목숨을 이어 온 그러한 호밋값이었다.

그런데 그는 오늘 마지막으로 뚜드린 벼를 지주의 권력에 못 이겨, 이 아닌 추운 겨울에 쫓겨날까 두려워 호밋값을 미리 끊어 주지 못하고 그의 빚에 그만 탕감을 치워 버린 것이었다.

3

최서방은 지금 불김이 기별도 하지 않는 차디찬 냉돌에 누워서 발길에 채인 불두덩과 주먹에 맞은 귀밑이 쑤시고 저림도 잊어버리고 불덩이같이 뜨거운 햇볕이 내리쪼이는 들판에서 등을 구워 가며 김매는 생각과 오늘 하루의 지난 역사를 머릿속에 그리어 본다. '나는 왜 여름내 피땀을 흘리며 김을 매었노. 그리고 호밋값을 왜 미리 못 끊어 주었을꼬. 송지주는 왜 그렇게 몹시도 악할꼬. 나는 왜 그리 약한고. 나는 못난이다. 사람의 자식이 왜 이리 못났을까? 그런데 차인꾼들은 나를 왜 때렸노. 그들은 너무도 과하다. 아니 아니 그런 것이 아니다. 그들도 밥을 얻기 위하여 나와 그렇게 피를 보게 싸웠던 것이다. 그들은 내가 피땀을 흘리며 여름내 농사를 짓는 것과 조금도 다름이 없이 그래야만 입에 밥이 들어오기 때문일 것이다. 아니 그들은 농작이 없어 농사도 짓지 못하고 막벌이로 품팔이로 저렇게 남의 돈을 거두어 주고 목숨을 붙여 가는 그들이 나보다 도리어 불쌍하다. 나는 조금도 그들을 욕할 수 없다. 야속달 수 없다. 그러나 지주네들은 왜 아무러한 노력도 없이 평안히 팔짱 끼고 뜨뜻한 자리에 앉았다가 우리네의 피땀을 옴송이채로 들어먹을까. 암만 해도 고약한 일이다. 금년만 하더라도 우리 부처가 얼음이 갓 녹아 차디찬 종아리를 찢어 내는 듯한 봄물에 들어서서 논을 갈고 씨를 뿌리었으며 불볕이 푹푹 내리쪼이는 볕에 살을 데어 가며 물 푸고 김매고 가을내 단잠 못 자고 벼부이기와 싯거리질이며 겨우내 치움을 무릅쓰고 굶어 가며 마당질을 하였는데 우리는 한 알도 맛보지 못하고 송지주네 곳간에 모조리 들여다 쌓았다. 괘씸한 일이다. 그리고 우리 부처가 이렇게 노력을 할 때 송주사는(그는 늘 송지주를 송주사라 부른다) 긴 담뱃대 물고 뒷짐지고 할 일 없어 술 먹고 장기 두고, 더우면 그늘을 찾고 추우면 뜨뜻한 아랫목에서 낮잠질이나 하였것다.' 이까지 머릿속에 그리어 생각해 온 그는 실로 분함을 참지 못하였다.

"에이."

그는 자기도 모르게 이렇게 부르짖으며 두 주먹을 불끈 쥐었다. 그리고 부르르 떨었다.

"왜 그러우?"

산후에 중통을 하고 난 그의 아내는 발치목에서 어린애 젖을 빨리고 있다가 무엇을 생각하고 있는 듯하던 남편이 그같이 알지 못할 소리를 지르고 떠는 주먹을 보고 의아하게도 이렇게 물었다. 남편은 아무런 대답도 없이 여전이 부르쥔 주먹을 펴지 못하고 떨었다. 한참 만에 그는 입을 열었다.

"여보 마누라, 우리는 여름내 무엇을 하였소."

이 소리는 매우 친절하고 측은하고 어성이 고왔다.

"무엇을 하다니요. 농사하지 않았어요."

"그러면 지은 농사는 왜 없소."

아내는 이 소리에 실로 기가 막혔다. 정신이 아찔하여지고 대답이 나오지 않았다. 저녁때 남편이 매를 맞던 꼴과 송지주의 벼를 떼어 들어가던 현장이 눈앞에 갑자기 환하게 나타났다.

　"에이."

　그는 또다시 주먹을 부르르 떨었다.

　아내는 어쩔 줄을 모르고 남편의 곁으로 다가앉으며 눈물을 흘렸다.

　"울기는 왜 우오, 우리 의논 좀 하자는데."

하고 그는 다시 무엇을 생각하더니 아내를 노려보며 말끝을 이었다.

　"마누라, 우리는 왜 빚을 졌는지 아시오?"

　"호미와 강냉이(옥수수) 사다 먹지 않았어요?"

　"그런데 우리는 그 호밋값을 왜 못 무오?"

　아내는 기가 막혀 또 말문이 막혔다. 지난 여름에 사흘씩 굶어 떨던 그때의 현상이 또다시 눈앞에 나타났다. 남편도 이렇게 묻고 보니 생각은 새로워 알지 못할 눈물이 눈초리에 맺혔다.

　"우리가 이리로 이사 온 지가 몇 해지?"

"십 년째 아니오."

"옳아, 십 년째. 우리는 십 년째를 이 독사의 구덩이에서."

하고 그는 혼자말 비슷이 이렇게 부르짖고 한숨을 괴롭게도 한 번 길게 빼고 다시 말을 이었다.

"여보게 마누라, 남 보기에는 우리가 송주사네의 덕택으로 먹고 입고 사는 줄 알지만 실상 우리는 우리의 두 주먹으로 우리의 몸을 살린 것일세. 우리는 송주사의 은혜라고는 반푼 어치도, 도리어 그들한테 피를 빨리운 것일세. 내나 자네나 이렇게 핏기 없이 뽀독뽀독 마른 것이 모두 송주사한테 피를 빨린 탓일세. 우리가 그렇게 피와 땀을 흘리며 죽을 고생을 다하여 벌어 놓으면 그들은 그것을 가지고 잘 먹고 잘 입고, 그러고도 남으면 그 돈으로 또 우리의 피를 빠는 것일세. 그러면 금년의 우리가 벌은 그것으로 또 내년에 우리의 피를 줄 것이 아닌가. 어떻게 생각하면 그런 줄을 번연히 알면서 피를 빨리우는 우리가 도리어 우스운 것일세. 그러기에 우리는 이제부터 피를 빨리우지 않게 방책을 연구하여야 되겠네. 그래서 자유롭게 살아야 되겠네. 만일 우리의 두 주먹이 없다 하면 그들은 당장에 굶어죽을 것일세. 죽고말고. 암 죽지, 죽어."

하고 그는 매우 흥분된 어조로 이렇게 장황히 부르짖었다. 그는 상당히 무엇을 깨달은 듯하였다. 아내는 이런 소리를 남편에게서 듣기는 실상 이번이 처음이었다. 그리고 가슴이 시원하다는 듯이 빙그레 웃었다.

"글쎄, 참 그렇긴 하지만 어찌하우?"

아내는 무엇을 생각하는 듯하더니 한참 만에 어찌할 바를 모르겠다는 듯이 이렇게 물었다.

"어찌해, 싸워야 되지. 싸울 수밖에 없네. 그들의 앞에는 정의도 없고 인도도 없는 것을 어찌하나. 아니 이 세상이란 또한 역시 그런 것이니까. 남의 눈을 어떻게 패측한 수단으로라도 가리우지 않고는 밥을 먹을 수 없는 것을 나는 이제야 비로소 깨달았네. 우리는 이제부터 이 모든 더러운 독사 같은 무리와 필사의 힘을 다하여 싸워야 되겠네. 싸워야 돼. 그래서 우리는……."

하고 그는 무엇을 더 말하려다가 참기 어려운 듯이 주먹을 또다시 부르르 떨었다.

"글쎄요, 아이 참 낼 아침밥 질 게 없으니 이 일을 또 어찌하우."

아내는 새삼스럽게 잊히지 못하던 아침거리가 머리에 또 떠올랐다.

"그러기에 싸우잔 말이야."

해여진 창 틈으로 바람은 씽씽 들어오지만 추운 줄도 모르고 이렇게 그들 내외는 생활고에 쪼들려 닥쳐오는 고통을 서로 하소연하며 장차 어찌 살꼬 하는 앞잡이길에 온 정신을 잃고 깊은 명상 속에서 밤이 새도록 헤매었다.

4

그 이튿날 아침 일찍이 송지주는 최서방을 불러다 놓고 어젯저녁 벼에 탕감이 채 되지 못한 나머지 십 원을 들채기 시작했다.

    어젯밤 밤새도록 한잠도 자지 못한 최서방의 눈은 쑨 죽처럼 풀어지고 눈알엔 발갛게 핏줄이 거미줄처럼 서리어 있었다.

    "자네 농사는 참 금년에 장하게 되었네. 농사는 그렇게 근농으로 하지 않으면 이즘 전답 얻기도 힘드는 세상일세. 참 자네 농사엔 귀신이야. 그렇기에 그래도 근 백 원 돈을 이탁데탁 청당했지 될 말인가."
하고 송지주는 점잖음을 빼고 최서방을 추어 하늘로 올려 보내며 다시,

    "그런데 어제 오십이 원에서 사십이 원은 귀정이 된 모양이나 이제 나머지 십 원은 어쩔 셈인가? 조속히 그것도 해물고 세나 쇠야지?"

    최서방은 없는 돈을 갚겠다지도 또한 안 갚겠다지도 어떻게 대답을 하여야 좋을지 몰라 한참이나 주저주저하다가,

    "금년엔 물 수 없습니다. 그대로 지워 주십시오."
하고 그는 낯을 들지 못했다.

    "물 수 없으면 어쩐단 말이야."

    "그럼 없는 돈을 어찌합니까?"

"물지도 못할 걸 쓰기는 그럼 왜 그렇게 썼어, 웅!"

"그 돈 꿨기에 주사님네 농사를 지어 바치지 않았습니까."

"이놈, 나를 거저 지어 바친 것 같구나. 바루 원천하의 말버릇 같으니. 에이 이놈."

그는 기다란 댓새를 최서방의 턱 앞에 훌근 내밀었다.

"아니 그럼 아시는 바, 한 말도 없는 벼를 무엇으로 돈을 장만해 내라십니까."

"이놈, 그럼 없다고 안 물 테냐, 웅! 이놈아, 내가 너희들은 그래도 불쌍한 것이라고 특별히 먹여살렸건만, 에이, 이 은혜 모르는 놈, 이놈 썩 나가 전답도 모조리 다 내놓고 이 도야지 같은 놈. 아직도 밥을 굶어 보지 못하였던 거로구나."

하고 그는 누구를 집어삼킬 듯이 벌건 눈을 훌근거리며 댓새로 최서방의 턱을 받쳤다.

최서방은 이렇게 여지없는 욕설을 들을 때에, 아니 턱을 댓새로 받치울 때 담박 달려들어 댓새를 부러치고 대항도 하고 싶었으나 그는 약하였다. 그리고 머리끝까지 치밀어오르는 분이 진정할 수 없이 가슴을 뛰게 하였지만 또한 그는 말을 못 하였다. 나오려던 말은 입 안에서 돌돌 굴다 사라지고 말 뿐이었다. 최서방이 집으로 나간 뒤끝에 송지주는 곧 멈돌을 불러 가지고 막살이로 쫓아 나와서 약간한 가장9)으로 십 원을 또한 탕감치려 하였다. 위선 그는 멈돌을 시켜 김장을 하여 넣은 독과 부엌에 건 솥을 뽑아 내왔다.

이때에 최서방은 더 참을 수 없었다. 여러 해를 두고 곪기고 곪겨 오던 분은 일시에 탁 터져 나왔다. 마치 병의 물을 꿀떡꿀떡 거꾸로 쏟듯이,

"이놈!"

최서방은 주먹을 부르쥐었다. 그리고 입술을 푸들푸들 떨며 송지주와 마주 섰다.

"이놈이라니, 야이 이이 무지한 버릇없는 놈……아."

송지주는 어쩔 줄을 모르고 몽둥이를 찾아 사방을

---

9) 물건 따위를 집에 간직함. 또는 그 물건.

살피며 덤볐다. 실상 그는 나이 오십에 이놈이라는 소리를 듣기는 이번이 처음이라, 젖 먹던 밸까지 일어나 섰을 것도 그리 무리는 아니었다.

"에이, 이 독사 같은, 사람의 피를 빠는……."

하고 최서방은 허청 기둥에 세웠던 도끼를 들어 솥과 독을 단번에 부쉈다. '찌렁땡' 하고 깨어져 사방으로 달아나는 소리는 마치 폭발이나 터지는 듯이 요란하였다.

"독을 깨깨깨 깨치면 이이 십 원은."

"이놈아, 이이 내 피는."

그들의 형세는 매우 험악하였다. 최서방은 앞에 들어오는 것이거든 무엇이든지 모조리 때려부술 듯이 주먹과 다리는 경련으로 와들와들 떨렸다.

이런 광경을 멀거니 보고 있던 그 아내는 세간의 전부인 독과 솥이 깨어져 없어지는 아까움보다 승리가 기쁘다는 듯이 빙그레 웃었다.

송지주는 멈돌의 손에 끌리어 못 이기는 체하고 끄는 대로 끌리어 들어갔다.

멈돌에게 독과 솥을 지워 가지고 들어가려 가지고

나왔던 지게는 멈돌의 등에서 달랑궁달랑궁 빈 대로 쫓아 들어갔다.

5

겨울은 가고 봄이 왔다. 어느 일기 좋은 따뜻한 날 석양에 무순 차표를 손에다 각각 한 장씩 쥔 최서방 내외의 그림자는 S정거장 삼등 대합실 한구석에 나타났다. 그들의 영양부족을 말하는 수척한 얼굴은 몹시도 핼끔한 것이 마치 꿈속에서 보는 요물을 연상케 하였다. 더구나 그 아내의 등에 업힌 겨우 두 살밖에 안 되는 어린애는 치움에 시달렸음인지 한 줌도 못 되리만치 배와 등이 거의 맞붙다시피 쪼그린데다가 바지저고리도 걸치지 못하고 알몸대로 업히어서 빼악빼악하고 울며 떠는 꼴이란 차마 볼 수 없었다.

그들은 송지주와 싸운 그 자리로 그 막살이를 떠나, 끼니를 굶어 가며 혹은 방앗간에서 그도 없으면 한길에서 밤새워 가며 정처없이 일자리를 찾아 돌아다니다가 어떤 조그마한 도회지에서 최서방은 삯짐과 품팔이로, 아내는 삯바느질과 삯빨래로 간신간신히 차비를 장만하였던 것이었다.

그들이 그 막살이를 떠날 때의 본래의 목적은 어떻게 죽을지 몰라도 두 내외의 배를 채울 수만 있다면 내 고국은 떠나지 않으리라 생각하였건만 그것조차 여의치 못하여 최후의 수단으로 마침내 서간도길을 단행한 것이었다.

그의 내외는 차 시간도 차차 가까워 와 몇 푼 격하지 않은 앞에 잔뼈가 굵은 이 땅, 같은 피가 넘쳐 끓는 동포가 엉킨 이 땅을 떠나 산 설고 물 선 이역의 타국에 고생할 것을 생각할 때에 실로 사무쳐 흐르는 눈물을 금할 수 없었다.

기차가 도착되자 플랫폼으로 앞서거니 뒤서거니 엉기엉기 걸어나가는 사람들 틈에는 그들 내외도 섞여 있었다. 시각이 있는 차 시간이다. 그들은 할 수 없이 차에 몸을 담았다. 호각 소리가 끝나자 차는 바퀴를 움직였다.

"아! 차는 그만 가누나! 우리는 왜 이같이 눈물을 뿌리며 조국을 떠나지 않으면 안 되노?"

하고 그는 입 속으로 중얼거리며 바람이 씽씽 들이쏘는 차창으로 머리를 내밀고 차마 고국을 못 잊어 하는 듯이 눈물에 서린 눈으로 사방을 힘없이 살펴보았다. 그리고 좀더 기차가 머물러 주었으면 하는 듯하였다. 그러나 내닫기 시작한 사정없는 기차는 흰 연기, 검은 연기 번갈아 토하며 세 생명의 쓰라리게 뿌리는 피눈물을 싣고 줄달음치기 시작했다.

인두지주(人頭蜘蛛)

1

S시에는 산업박람회가 열리었다. 구경이라면 머리를 동이고 달려드는 사람들은 오늘도 이른 아침부터 모여들기 시작하여서 너른 터전은 그야말로 인산인해를 이루었다. 그것은 이런 대목을 보려고 각처에서 모여든 마술단, 연극단 이외에도 온갖 노름 놀이가 귀가 소란하게 뚱땅거리며 그들을 꾀여드리는 까닭이었다.

이날도 경수는 빈 지게를 지고 무슨 벌이가 혹시 있을까 하여 이 광장을 빙빙 돌다가 한나절 후에는 그만 화가 나서 집으로 돌아가려는 차에 홀연 사람

거미라고 외치는 소리를 듣자 그는 걸음을 멈추고 귀를 기울였다.

"자, 구경하시오! 오 전씩. 남양 인도산 사람거미 ---- 사람 대가리에 거미 몸뚱이란 이상한 짐승이올시다……."

맞은쪽 막다른 골목에다 가마니와 섬개로 막을 치고 출입하는 문 위에는 새 옥양목 바탕에다 사람 대가리 돋친 거미를 이상스럽게 울긋불긋하게 그리여 걸고 그 옆에는 해어진 양복을 입은 장대한 남자가 서서 목이 터지도록 이렇게 외치고 있다.

"참, 세상에 별 괴상한 것도 다 보겠군! 허! 허, 원 세상에 사람의 머리가 돋친 거미란 놈이 다 있단 말인가?"

거기는 들고 나는 사람이 연신 줄달으며 나오는 사람마다 희한하다는 듯 모두 이렇게 중얼거린다. 이때 경수도 속으로 혼자 중얼거리며 오고 가는 사람 틈에 끼여서 얼마 동안 그 그림을 쳐다보았다.

그는 들어갈까말까 하고 주저하다가 제일 구경값이 싼 김에 그만 지게를 벗어 놓고 단풍 한 갑 사먹을 돈이 오 전 있는 놈을 자선하기로 결심하였다.

들어가 보니 그것은 과연 사람거미였다. 눈이며 코, 입 모든 것이 영락없는 사람이다! 아니 사람 중에도 미남자다. 갸름한 얼굴에 이목구비가 번듯한데 머리는 왼쪽을 타서 하이칼라로 갈라 붙였다. 그런데 몸뚱이는 사방 한 자 반씩이나 될 놈의 검붉은 빛으로 게발 같은 발을 뻗치고 있는 것은 보기에도 흉한 큰 거미 몸뚱이가 아닌가. 이런 괴물을 바야흐로 단풍이 물들기 시작하는 가지가 무성한 큰 나무 두 개를 양쪽에 세워 놓고 그 가지에다 굵은 노끈 같은 거미줄을 늘어놓고는 그 한가운데에 매달았는데 그것은 암만 보아도 사람 대가리가 돋친 거미가 분명하였다.

"아이구, 저 얼굴 좀 봐…… 사람 같으면 좀 잘생겼나……."

기생 같은 여자 하나가 이렇게 말하면서 좀 자세히 보려고 그곳으로 가까이 가보았다. 이때 거미는 혀를 쑥 빼물고 눈을 이상하게 껌벅이며 고개를 앞으로 내밀고는 앞발로 줄을 당기며 흔든다. 그것은 마치 기생에게로 달려들려고 하는 것같이 보이었다.

"아이구머니!"

이때 기생은 정말로 달려드는 줄 알았는지 그만 기절을 하며 뒷걸음질을 치는 바람에 구경꾼들은 모두 허리를 잡고 웃었다.

그러나 경수는 웃지도 않고 이상한 태도로 똑똑히 들여다보며 이 이상한 괴물의 정체를 알아내려고 하였다. 그는 아무리 보아야 그것은 사람거미였다. 그는 다시 생각해 보았다. 사람이 거미의 탈을 썼다고 하자니 두 다리는 어디다 처치를 하였을까? 아무리 다리를 꼬부려 넣었다 하더라도 양쪽으로 쑥 두드러진 무릎마디는 드러날 것이다…… 그러나 그가 처음 볼 때에는 혹시 고무로 만들어서 전기작용을 한 것이나 아닌가 하였지만 결코 그런 것은 아니었다. 그 괴물의 얼굴에는 분명히 뜨거운 붉은 피가 살 속으로 흘러 있다. 그러면 정말로 사람거미라는 이상한 괴물이냐? 그러나 이런 동물이 이 세상에 있을 수는 없다. 경수는 이 풀기 어려운 스핑크스의 수수께끼를 속으로 또 풀어 보려던 중, 그때 마침 괴물이 기생에게 히야까시[1]를 하는 것을 보고 그것은 정녕 사람을 알아보는 모양이라는 짐작이 되어 마침내 그것에게 말을 시켜 보았다.

"너 지금 몇 살이냐?"

괴물은 머리를 흔든다. 그것은 말을 모른다는 뜻 같았다.

"말을 못 알아들어?"

이번에는 고개를 앞으로 끄덕였다. 그것은 그렇다는 듯이…… 경수는 비로소 그 동물이 말을 알아듣는 줄 알게 되었다. 그래서 그는 한 걸음 다가서며 또다시 물어 보았다.

"끄덕거리는 뜻은 무슨 뜻이냐?"

괴물이 이번에는 아무런 형용도 하지 않고 뚫어지도록 경수를 바라볼 뿐이다. 웬일이냐! 그의 눈초리는 실룩하고 안색은 이상하게도 안타까운 표정으로 변하였다. 그러자 두 눈에서는 눈물이 연방 연방 쏟아진다. ……이때 경수나 모든 구경꾼도 물론이요,

---

1) 놀림.

이 괴물의 주인까지도 무슨 영문인지를 몰라서 많은 사람들의 시선은 모두 괴물에게로 쏘았다. 그러나 이때 경수의 생각은— 저것이 말을 하고 싶으나 말이 나오지를 않아서 그러는가 보다 하였다마는 주인이 놀라는 기색은 그 괴물이 평소의 태도가 아니라는 것을 분명히 짐작할 수 있었다. 그러나 그 괴물이 하필이면 경수를 보고 눈물을 흘린다는 것은 경수 자신도 아무래도 이해할 수 없는 일이었다.

'저것이 어째서 나를 보고 눈물을 흘릴까?'

경수는 자기도 모르게 이렇게 중얼거리고 마주 쳐다보았다. 참으로 괴상한 일이다.

그러나 괴물의 눈에서는 더한층 눈물이 '펑펑' 쏟아진다. 나중에는 흑—흑— 느끼운다. 이때 괴물의 안색은 온통 슬픈 표정이 가득 찼었다.

2

이 광경을 본 주인은 경수와 괴물 사이에 무슨 심

상치 않은 관계가 있나 보다 하였다. 그러나 지금 그것을 물어 보다가는 괴물의 정체가 폭로될 것이요, 그렇게 되면 영업에 방해가 될까 봐서 이때 주인은 어찌할 줄을 모르고 당황할 때, 별안간 공중에서 프로펠러 소리가 요란하자 관중은 우— 하고 휘장 밖으로 몰려 나갔다. 경수도 이때 비행기를 구경하고 싶은 생각도 있었으나 그보다도 이 괴물이 무엇인가 알고 싶어서 그대로 서서 괴물을 쳐다보고 있었다. 이때 장내는 주인과 경수 단 두 사람만 남아 있었다.

"경…… 경수! 아—"

이때 별안간 괴물은 이렇게 부르짖더니 주인에게 무슨 눈치를 한다.

이 괴상한 사람거미가 별안간 자기의 이름을 부르는 소리를 들을 때 경수는 소스라쳐 놀라지 않을 수 없었다. 그는 더욱 무슨 영문인지 몰라서 홀린 듯이 괴물을 쳐다보고 있었을 뿐이었다.

이때 주인은 거미줄을 풀고 그 괴물을 번쩍 들어서 땅에 내려놓았다. 괴물은 훌떡훌떡 거미껍질을 벗더니 엉금엉금 경수 앞으로 기어나오는데 그것은 두 다리가 엉덩이까지 잘라진 두루뭉수리인 사람이었다.

"아- 경수…… 그래도 나를 몰라보겠나…… 나는 창……."

앉은뱅이는 떨리는 목소리로 이렇게 부르짖자 별안간 경수의 손목을 덥석 쥔다. 이때 경수는 정신이 번쩍 났다. 그는 비로소 그게 누구인지 알았다. 이 두 다리가 없는 사람은 과연 창오가 분명하였다. 죽은 줄만 알았던 창오가- 창오는 경수의 예전 친구였다. 그때 그 지진 난리통에 서로 헤어진 후로 벌써 삼사 년째나 소식이 묘연한 그는 필경 죽은 줄만 알았는데 이렇게 다시 만날 줄이야, 실로 꿈에도 뜻하지 못한 일이었다. 비로소 경수도 왈칵 달려들어 창오의 손목을 잡아 흔들며,

"아! 창오……."

하고 부르짖는 그의 목소리는 절반은 목메인 감격에 찬 소리였다.

3

경수와 창오는 어려서 한동네에서 자랐을 뿐만 아니라 남달리 친하게 지내든 터이었다. 그래서 나무를 하러 가도 같이 다니고 일을 가도 같이 다녔었다. 그러나 그들은 가난한 소작인이었으므로 남의 땅마지기를 부쳐 가며 간근한 생활을 부지하던 터인데, 그들이 부치던 땅이 ××으로 넘어가는 바람에 그들은 일조에 밥줄이 끊어지고 말았다. 그러나 그대로 앉아서 굶어죽을 수는 없으므로 어디 가서 노동이라도 해서 돈을 벌어야 하겠다고 그때 한참 돈벌이가 좋다는 ××으로 그들은 정처없는 길을 떠났었다.

그러나 급기야 들어가 보니 듣던 말과는 딴판으로 아무런 발전도 없고 말도 모르는 벙어리들에게 일자리를 주는 놈은 없었다. 그래 그들은 ××에서 ××로 다시 ××으로 무여2)걸인처럼 방랑하다가

---

2) 무이(無異): 조금도 다를 것이 없이.

생각만 하여도 끔찍한 저 ××관 ××통을 치르는 통에 그때 그들은 풍비박산이 되었다. 그래서 그 뒤로는 어떻게 된 줄을 모르는 까닭으로 그들은 지금까지 서로 죽은 줄만 알고 있었던 것이다. 그때 경수는 죽을 고비를 여러 번 치르고 간신히 몸을 숨겨서 고국으로 돌아왔으나 창오는 그때에 ××에게 붙잡혀서 거의 ××맞고 다시 ××서에 한 달 동안을 갇혔었다 한다.

"그래 그 후에 어떻게 되어서 저 지경이 되었나?"
하고 경수는 궁금한 듯이 그의 굼뜬 말을 채치었다.

"아— 그 뒤에 그 난리가 간정된 뒤에 무사히 놓이기는 하였지마는 그날부터 또 먹을 것이 있어야 살지…… 그래서 ××일을 하면 진저리도 나고 하여 ××탄광을 가지 않았겠나…… 그때 유치장에 같이 갇혔던 어떤 친구가 그쪽으로 가자는 바람에……."
하고 말을 끊자 창오는 힘없이 또 한숨을 내쉰다.

"그래서……."

"다행히 일자리를 붙들어서 일을 잘 하게 되었는

데 이듬해 봄에 탄광이 무너지는 바람에 나도 그때 속에 들어가서 석탄을 파내다가 그만 아랫도리를 치였다네……."

하고 그는 다시 말을 이어서

　-그때 자기도 꼼짝없이 죽을 것을 같이 일하든 친구들이구……해서 살기는 살았지마는 두 무릎이 부러졌다는 말과, 그때 그 굴이 무너지는 통에 무정하게 죽은 우리 동포가 얼마나 되는지 모른다는 말과, 그래서 할 수 없이 자기는 병원으로 떠메 가서 썩어 들어가는 두 허벅다리를 자르고 몇 달 동안을 죽다 살아났다는 말과 병원에서 나올 때는 위로금 한푼 받지 못하고 빈손으로 앉은뱅이 병신걸인이 되어서 노상에 내던짐을 받았다는 말과, 그날부터 할 수 없이 남의 집 문전에다 턱을 걸고 촌촌이 빌어먹으며 앉은뱅이 걸음으로 이 년 만에 고국 땅을 밟게 되었다는 말과, 어떻게든지 거지 노릇을 면하려고 그때 탄광에서 같이 병신이 된 친구와 밤낮으로 연구한 결과 마침내 이런 짓을 꾸미게 되었다는 말과, 그것은 그런 생각이 ××에서부터 들었는데 그때 바로

그 친구가 여간 쉬운 일을 해서 번 돈과 자기가 공원과 길거리에 앉아서 번 돈으로 그곳 마술가를 찾아가서 그런 사정 이야기를 하고 거미탈을 만들어 달라고 간청한 결과 그 사람이 무슨 맘이 있었는지 당장에 승낙하여 잘 만들어 줄 뿐 아니라 그곳 경찰서에 교섭하여 흥행 허가까지 맡아 주었다는 말과, 그 뒤부터는 가는 곳마다 그 짓으로 돈을 꽤 잘 벌어서 고생을 덜하고 바다를 건너왔다는 말과, 고국에 와서는 차마 그 짓을 말자고 하였으나, 고향이라고 돌아와 보니 부모는 돌아가시고 아내는 개가하고 역시 노동일을 할 자리도 없거니와 할 수도 없어서 곤란하던 차 마침 이 땅에 박람회가 열린다는 소문을 듣고 이런 기회에 돈푼이나 벌어 볼까 하고 그 짓을 또 시작하였다는 말을 일장 설화하였다.

이때 경수는 듣기만 하여도 뼈가 저리었다. 그러나 경수는 다시 그를 데려갈 집이 없음을 슬퍼하였다.

"아! 그렇게 되었나…… 나는 지금 뭐라고 자네를 위로할 말이 없네…… 그러나 자네가 저렇게 된 것은…… 알겠네그려! 그러면 자네가 그것을 안다면 자네는 그것으로써 위안을 얻지 못할까? 이 넓은 세상……은 혹시 자네보다도 불행한 사람이 없을 것도 아닌가…… 그러면 말일세! 자네는 저렇게 되니만큼 오히려 ……가지고, 누구 ……감에게 우리 ××에서 ……지 않겠나…….” 하고 경수는 그를 쳐다보고 말하였다.

“그야 더 말할 것이 있겠나. 그러나 나 같은 병신이 무슨 일을 할 수 있으며 또는 나 같은 사람을 누가 같이 할 친구로 알겠나, 다만 병신걸인으로 알 뿐이겠지…… 아! 나는 그렇다고 자네는 그 후에 어떻게 되어서 지금 이곳에 와 있는가?”하고 창오도 강개한 듯이 경수를 마주 볼 뿐이었다.

“나도 자네와 같이 사고무친한 나 한 몸이 남아서 정처없이 돌아다니는 중일세. 그러나 나는 여기 온 뒤로는 고독을 느끼지 않게 되었네. 하루하루 품팔이해서 살기는 사네마는 나 같은 우리 ……에는 수백 명의 건장한 동무가 있으므로 그들과 함께 …… 배우는 것이 나의 지금 통쾌한 생활일세. 그러면 자네도 나하고 같이 가세. 자네 하나 더 있으나 없으나 내 생활에는 별로 다를 것이 없겠네마는 자네는 ……가면 할 일이 많을 줄을 내가 잘 아니까…….”

“아! 그럴 수가…… 그럴 수가 있겠나. 그렇다면 가다뿐이겠나. 가다가 죽더라도 가겠네. 참 이젠 자네보고 말일세마는 내가 이 꼴을 해가지고 무엇을 더 바라고 살겠나만은 부모 처자가 어떻게 되었는지, 그들이나 한번 만나 보고 죽었으면 하는 생각으로 고향에를 나왔더니 이미 이 지경이 되었으니 다시 무엇을 바라겠나…… 내게는 그런 영광이 없겠네. 그러나 내가 가서 할 일이 무무…….”

“아니 그런 여러 말은 고만두고 지금부터라도 갈 수만 있다면 가세! ……내가 오늘 놀기를 잘했군. 만일 오늘 쉬는 날이 아니었으면 내가 여기에 왔을 리가 만무하였을 것이니 그러면 자네를 못 만났을 것이 아닌가?”

하고 경수는 다시 한번 그의 손을 힘있게 잡아 흔든다.

“아, 그러면 가겠네! 가다뿐이겠나…… 그러나 여기서는 기어이 시작한 것이고, 박람회도 며칠이 안 남았으니 이곳에서 떠나는 날 자네를 찾아가겠네.”

"그럼 그렇게 내일 모레 밤에 그럼 내가 또 오지."

"아! 그럼 모레 만나세."

"그러세!"

하고 경수가 창오의 손목을 놓고 나가자 창오는 다시 거미껍질 탈을 뒤집어썼다.

"자! 구경하시오! 남양 인도산 사람 대가리에 거미 몸뚱이란 이상한 짐승을 한 번 보는 데 오 전씩……."

돌아오는 경수의 귀에 다시 이런 소리가 들리었다. 그는 창오의 아까 그 모양을 연상하고 저절로 몸서리가 쳐졌다. 경수는 별안간 까닭 모를 눈물이 핑— 돌자 그의 두 주먹은 무의식적으로 꽉 쥐어졌다. 그리고 이런 말을 마치 공중에서 부르짖는 것같이 자기도 모르게 부르짖었다.

백치 아다다

질그릇이 땅에 부딪치는 소리가 났다고 들렸는데, 마당에는 아무도 없다.

부엌에 쥐가 들었나? 샛문을 열어 보려니까,

"아 아 아이 아아 아야─"

하는 소리가 뒤란 곁으로 들려 온다. 샛문을 열려던 박씨는 뒷문을 밀었다.

장독대 밑, 비스듬한 켠 아래, 아다다가 입을 헤벌리고 넙적 엎더져서 두 다리만을 힘없이 버지럭거리고 있다. 마치 삼복 허리의 개고리가 물 우에 둥둥 떠서 서푀나 하듯 그리고 머리 편으로 한 발쯤 나가선 깨어진 동이 조각이 질서 없이 너저분하게 된장 속에 묻혀 있다.

"아이구메나! 무슨 소린가 했더니 이년이 동이를 또 잡았구나! 이년아! 너더러 된장 푸래든! 푸래?"

어머니는 딸이 어딘가 다쳤는지 일어나지도 못하고 아파하는 데 가는 동정심보다 깨어진 동이만이 아깝게 눈에 보이는 것이다.

"어어마! 아다 아다 아다 아다다……."

모닥불을 뒤집어쓰는 듯한 끔찍한 어머니의 음성을 또다시 듣게 되는 아다다는 겁에 질려 얼굴에 시퍼런 물이 돌며 넘어진 연유를 말하야 용서를 빌려는 기색이나 말이 되지를 않아 안타까워한다.

아다다는 벙어리였던 것이다. 말을 하랄 때에는 한다는 것이, 아다다 소리만이 연거푸 나왔다. 어찌어찌 가다가 말이 한마디씩 제법 되어 나오는 적도 있었으나, 그것은 쉬운 말에 그치고 만다.

그래서 이것을 조롱삼아 확실이라는 뚜렷한 이름이 있었지만, 누구나 그를 부르는 이름은 '아다다'였다. 그리하여 이것이 자연히 이름으로 굳어져, 그 부모네까지도 그렇게 부르게 되었거니와, 그 자신조차도 '아다다!' 하고 부르면 마땅히 이름인 듯이 대답을 했다.

"이년 까타나 끌이 세누나! 시켠엘 못 갔으문 오늘은 어디든지 나가서 뒈지고 말아라, 이년아! 이년아!"

어머니는 눈알을 가루 세워 날카롭게도 흰자위만으로 흘기며 성큼 문턱을 넘어선다.

아다다는 어머니의 손길이 또 자기의 끌채를 감아 쥘 것을 연상하고 몸을 겨우 뒤채 비꼬아 일어서서 절룩절룩 굴뚝 모퉁이로 피해 가며 어쩔 줄을 모르고 일변 고개를 좌우로 둘러 살피며 아연하게도

"아다 어 어마! 아다 어마! 아다다다다다—"

하고 부르짖는다. 다시는 일을 아니 저지르겠다는 듯이, 그리고 한 번만 용서를 하여 달라는 듯싶게.

그러나 사정 모르는 체 기여코 쫓아간 어머니는,

"이년! 어서 뒈데라. 뒈디기 싫건 시집으로 당장 가거라. 못 갈텐?"

그리고 주먹을 귀 뒤에 넌즛이 얼메고 마주 선다.

순간, 주먹이 떨어지면? 하는 두려운 생각에 오싹하고 끼치는 소름이 튀해논 닭같이 전신에 돋아나는

것을 느끼는 찰나, '턱' 하고 마침내 떨어지는 주먹은 어느새 끌채를 감아 쥐고 갈 지자로 흔들어 댄다.

"아다 어어 어마! 아 아고 어 어마!"

아다다는 떨며 빌며 손을 몬다.

그러나 소용이 없다. 한번 손을 댄 어머니는 그저 죽어 싸다는 듯이 자꾸만 흔들어 댄다. 하니, 그렇지 않아도 가꾸지 못한 텁수룩한 머리는 물결처럼 흔들리며 구름같이 피여나선 얼크러진다.

그래도 아다다는 그저 빌 뿐이요, 조금도 반항하려고는 않는다. 이런 일은 거의 날마다 지나 보는 것이기 때문에 한대야, 그것은 도리어 매까지 사는 것이 됨을 아는 것이다. 그는 거의 날마다 이런 일을 당해 보는 것이기 때문에.

집에 일이 아무리 꼬여 돌아가드라도 나 모른 체 손 싸매고 들어앉았으면 오히려 이런 봉변은 아니 당할 것이 가만히 앉었지는 못했다.

선천적으로 타고난 천치에 가까운 그의 성격은 무엇엔지 힘에 부치는 노력이 있어야 만족을 얻는 듯했다. 시키건, 안 시키건 헐하나 힘차나 가리는 법이 없이 하여야 될 일로 눈에 띄이기만 하면 몸을 아끼는 일이 없이 하는 것이 그였다. 그래서 집안의 모든 고된 일은 실로 아다다가 혼자서 치여 놓게 된다.

그러나 어머니는 그것이 반갑지 않았다. 둔한 지혜로 차부 없이 뼈가 부러지도록 몸을 돌보지 않고, 일종 모험에 가까운 짓을 하게 되므로, 그 반면에 따르는 실수가 되레 일을 저질러 놓게 되어, 그릇 같은 것을 부서 먹는 일은 거의 날마다 있다 하여도 옳을 정도로 있었다.

그래도 아다다의 힘을 빌리지 않고는 집안일을 못 치겠다면 모르지만, 그는 참례를 하지 않아도 행랑에서 차근차근히 다 해줄 일을 쓸데없이 가로맡아선 일을 저질러놓고 마는 데에 그 어머니는 속이 상하는 것이다.

본시 시집을 보내기 전에도 그 버릇은 지금이나 다름이 없어 벙어리인데다 행동까지 그러하였으므로 내용 아는 인근에서는 그를 얻어가려는 사람이 없었다. 그리하여 열아홉 고개를 넘기도록 채 묻어두고 속을 태우다 못해 깃부(지참금)로 논 한 섬직

이를 처넣어 똥 치듯 치워 버렸던 것이, 그만 오 년 만에 다시 쫓겨와, 시집에는 아예 갈 생각도 아니 하고 하루 같은 심화를 올렸다. 그래서 어머니는 역겨운 마음에 아다다가 실수를 할 때마다 주릿대를 내리고 참례를 말라건만 그는 참는다는 것이 그 당시뿐이요, 남이 일을 하는 것을 보면 속이 쑤시는 듯이 슬그머니 나와서 곁을 슬슬 돌다가는 손을 대고 마는 것이다.

바로 사흘 전엔가도 무녕웜을 할 때 활작 다른 솥뚜껑을 차부 없이 맨손으로 열다가 뜨거움을 참지 못해 되는 대로 집어 엎는 바람에 그만 자백이를 하나 깨쳐서 욕, 매를 한 모태 겪고 났었건만 어제 저녁 막서리 색씨더러 오늘은 묵은 된장을 옮겨 담아야 되겠다고 이르는 말을 어느결에 들었던지 아다다는 아침밥이 끝나자 어느새 나가서 혼자 된장을 퍼나르다가 그만 또 실수를 한 것이었다. "못 가간? 시집이! 못 가간? 이년! 못 갈 템 죽어라—"

붙잡았든 머리를 힘차게 휙 두르며 밀치는 바람에 손에 감겼던 머리카락이 끊어지는지 빠지는지 무뚝 묻어나며 아다다는 비칠비칠 세네 걸음 물러난다.

순간 정신이 어찔해진 아다다는 넘어지지 않으려고 애써 버지럭거리며 벋히는 다리에 겨우 진정을 얻어 세우자,

"아다 어마 아다 어마 아다 아다-"

하고, 다시 달려들 듯이 눈을 흘기고 섰는 어머니를 향하여 눈물 궁정한 눈을 끔벅 한번 감아 보이고 그리고 북쪽을 손가락질하야 어머니의 말대로 시집으로 가든지 그렇지 않으면 죽어라도 버리겠다는 뜻으로 고개를 주억이며 겁에 질려 어쩔 줄을 모르고 허청허청 대문 밖으로 몸을 이끌어냈다.

나오기는 나왔으나 갈 곳이 없는 아다다는 마당귀를 돌아서 선 발길을 더 내놓지 못하고 우뚝 섰다.

시집으로 간다고 하였으나, 아무리 생각해도 남편의 매는 어머니의 그것보다 무섭다. 그러면 다시 집으로 들어가나 이번에는 외상없는 매가 떨어질 것 같다. 어디로 가야 하나? 갈 곳 없는 갈 곳을 짜보니 눈물이 주는 위로밖에 쓸데없는 오 년 전 그 시집이 참을 수 없이 그립다.

─치울세라 더울세라 힘이 들까 고단할까, 알뜰살뜰히 어루만져주는 시부모 밤이면 품속에 꼭 껴안아 피로를 풀어 주던 남편. 아! 얼마나 시집에서는 자기를 위하여 정성을 다하던 것인가?

참으로, 아다다가 처음 시집을 가서의 오 년 동안은 온 집안의 사랑을 한몸에 받아 왔던 것이 사실이다.

벙어리라는 조건이 귀에 들어맞는 것은 아니었으나, 돈으로 아내를 사지 아니 하고는 얻어 볼 수 없는 처지에서 스물여덟 살에 아직 장가를 못 들고 있는 신세로 목구멍조차 치기 어려운 형세이었으므로, 아내를 얻게 되기의 여유를 기다리기까지에는 너무도 막연한 앞날이었다. 벙어리나마 일생을 먹여 줄 것까지 가지고 온다는 데 귀가 번쩍 띄어 그 자리를 앗기울까 두렵게 혼사를 지였던 것이니, 그를 의해서 먹고 살게 되는 시집에서는 아다다를 아니 위할 수가 없었던 것이다. 그러한 가운데 또한 아다다는 못 하는 일이 없이 일 잘하고, 고분고분 말 잘 듣고 조금도 말썽을 부리는 일이 없었다. 그래서 생활고가 주는 역겨움이 쓸데없이 서로 눈떡을 짓게 하여 불쾌한 말만으로 큰소리가 끊일 새 없이 오고 가던 가족은 일시에 봄비를 맞는 동산같이 화락의 웃음에 꽃이 피였다.

원래 바른 사람이 못 되는 아다다에게는 실수가 없는 것이 아니었으나, 그로 인해서 밥을 먹게 된 시집에서는 조금도 역겹게 안 여겼고 되레 위로를 하고 허물을 감추기에 서로 애를 썼다.

여기에 아다다가 비로소 인생의 행복을 느끼며 시집가기 전 지난날의 어머니 아버지가 쓸데없는 자식이라는 구실 하에 아니 되려 가문을 더럽히는 앙화 자식이라고 사람으로서의 푼수에도 넣어 주지 않고 박대하던 일을 생각하야 어머니 아버지를 원망하는 나머지 명절 목이나 제 때이면 시집에서는 그렇게도 가보라는 친정이었건만 이를 악물고 가지 않고 행복 속에 묻혀 살던 지나간 그날이 아니 그리울 수가 없었다.

그러나 그날은 안타깝게도 다시 못 올 영원한 꿈속에 흘러가고 말았다.

해를 거듭하며 생활의 밑바닥에 깔아 놓았던 한

섬지기라는 걸금[1]이 차츰 그들을 여유한 생활로 이끌어 몇백 원이란 돈이 눈앞에 굴게 되니 까닭 없이 남편 되는 사람은 벙어리로서의 아내가 미워졌다.

조그만 실수가 있어도 눈을 흘겼다. 그리고 매를 내렸다. 이 사실을 아는 아버지는 그것은 들어오는 복을 차버리는 짓이라고 타이르나 듣지 않았다. 그리하여 부자간에 충돌이 때때로 일어났다. 이럴 때마다 아버지에게는 감히 하고 싶은 행동을 못 하는 아들은 그 분을 아내에게로 돌려 풀기가 일쑤였다.

"이년, 보기 싫다! 네 집으로 가거라."

그리고 다음에 따르는 것은 매였다. 그러나 아다다는 참아 가며 아내로서의 그리고 며느리로서의 임무를 다했다.

이것이 시부모로 하여금 더욱 아다다를 귀엽게 만드는 것이어서, 아버지에게서는 움직일 수 없는 며느리인 것을 깨닫게 된 아들은 가정적으로 불만을 느끼게 되어 한 해의 농사를 지은 추수를 온통 팔아

---

1) 거름.

가지고 집을 떠나서 마음의 위안을 찾아 돌다가 주색에 돈을 다 탕진하고 동무들과 물거품같이 밀리어 안동현으로 건너갔다.

그리하여, 이 투기적인 도시에서 뒹굴며 노동의 힘으로 밑천을 얻어선 '양화'와 '은뗴루'에 투기하여 황금을 꿈꾸어 오던 것이 기적적으로 맞아나기 시작하여 이태 만에는 이만 원에 가까운 돈을 손에 쥐게 되었다. 그리하여 언제나 불만이던 완전한 아내로서의 알뜰한 사랑에 주렸던 그는 돈에 따르는 무수한 여자 가운데서 마음대로 흡족히 골라 가지고 집으로 돌아왔다.

그리고는, 새로운 살림을 꿈꾸는 일변 새로이 가옥을 건축함과 동시에 아다다를 학대함이 전에 비할 정도가 아니었다. 이에는, 그 아버지도 명민하고 인자한 남부끄럽지 않은 뻐젓한 새며느리에게 마음이 쏠리는 나머지, 이미 생활은 걱정이 없이 되었으니 아다다의 깃부로써가 아니라도 유족할 앞날의 생활을 돌아볼 때 아들로서의 아다다에게 대하는 태도는 소모도 마음에 걸리는 것이 없었다. 그리하여 시부모의 눈에서까지 벗어나게 된 아다다는 호소할 곳조차 없는 사정에 눈감은 남편의 매를 견디다 못해 집으로 쫓겨 오게 되었던 것이니, 생각만 하여도 옛 매자리가 아픈 그 시집은 죽으면 죽었지 다시는 찾아갈 생각이 없었던 것이다.

그래서 집에 있게 되니 그것보다는 좀 헐할망정, 어머니의 매도 결코 견디기에 족한 것이 아니다. 그리고 그것은 날마다 더 심해만 왔다. 오늘도 조금만 반항이 있었던들, 어김없이 매는 떨어지고 말았을 것이다.

그러나 어디로 가나? 아무리 생각을 해보아야 그저 이 세상에서는 수롱이네 집밖에 또 찾아갈 곳은 없었다.

수롱은 부모 동생조차 없이 삼십이 넘은 총각으로, 누구보다도 자기를 사랑하여 준다고 믿는 단 한 사람이었다. 그리하여 쫓기어날 때마다 그를 찾아가선 마음의 위안을 얻어 오던 것이다.

아다다는 문득 발걸음을 떼어 아지랑이 얼른거리는 마을 끝 산턱 아래 떨어져 박힌 한 채의 오막살이를 향하여 마당귀를 꺾어 돌았다.

　수룡은 벌써 일년 전부터 아다다를 꼬여온다. 시집에서까지 쫓겨난 벙어리나 김초시의 딸이라 스스로도 낮추 보여지는 자신으로서는 거연이 염을 내지 못하고 뜻 있는 마음을 건너 볼 길이 없어 속을 태워 가며 눈치만 보아 오던 것이 눈치에서 보다는 베풀어진 동정이 마침내 아다다의 마음을 사게 된 것이었다.

　아이들은 아다다를 보기만 하면 따라다니며 놀렸다. 아니, 어른까지도 '아다다, 아다다' 하고 골을 올려서 분하나, 말을 못 하고 이상한 시늉을 하며 두덜거리는 것을 보므로 좋아라고 손뼉을 치며 웃었다.

　그래서 아다다는 사람을 싫어하였다. 집에 있으면 어머니의 욕과 매, 밖에 나오면 뭇사람들의 놀림, 그러나 수룡이만은 자기를 사랑하는 것이었다. 아이들이 따라다닐 때에도 남 아니 말려 주는 것을 그는 말려 주고, 그리고 매에 터질 듯한 심정을 풀어 주는 것이었다.

　그리하여 아다다는 마음이 불편할 때마다 수룡을

생각해 오던 것이, 얼마 전부터는 찾아다니게까지 되어 동네의 눈치에도 어느덧 오른 지가 오랬다.

그러나 아다다의 집에서도 그 아버지만이 지처를 가지기 위하여 깔맵게2) 아다다의 행동을 경계하는 듯하고 그 어머니는 도리어 수롱이와 배가 맞아서 자기 눈앞에 보이지 아니하고 어디로든지 달아났으면 하는 눈치를 알게 된 수롱이는 지금에 와서는 어느 정도까지 내어놓다시피 그를 사귀여 온다.

지금도 아다다가 자기를 찾아오는 것을 수롱이는 반갑게 나가서 그를 맞어드렸다.

그리고는 쫓기어난 이유를 낱낱이 묻고 한바탕 위로를 하고 나서

"이제는 아야 집으로 가지 말구 나하구 둘이서 있어, 응?"

그리고 의미 있는 웃음을 벙긋벙긋 웃으며 등을 척척 뚜드려 달랬다. 오늘은 어떻게 해서든지 자기의 것을 영원히 만들어 보고 싶은 생각이 불탔던 것

---

2) 성질이 깔끔하고 매섭게 독하거나 사납다.

이다.

그러나 아다다는,

"아다 무 무서! 아바 무 무서 아다다다―"

하고, 그렇게 한다면 큰일 난다는 듯이 눈을 둥그렇게 뜬다.

집에서 학대를 받고 있느니보다는 수롱의 사랑 밑에서 살았으면 오죽이나 행복되랴. 다시 집으로는 아니 들어가리라는 생각이 없었든 바도 아니였으나 정작 이런 말을 듣고 보니 무엇엔지 차마 허하지 못할 것이 있는 것 같고 그렇지 않은지라 눈을 부릅뜨고 수롱이한테 다니지 말라는 아버지의 이르던 말이 연상될 때 어떻게도 그 말은 엄한 것이었다.

그러나 방금 쫓겨난 몸이 아닌가. 갈 곳은 어딘고? 다시 생각을 더듬어보니 먼저 할 말이 후회스럽기도 했다. 생각할수록 어머니의 매는 견딜 수 없이 아파 아버지의 그 눈총보다도 몇 배나 더한층 두려우므로 나타났든 것이다.

"응, 아다 이 이 이서이서 아다 아다."

아다다는 급하게도 갑자기 태도를 고치여 있겠다

는 뜻으로 옷을 툭툭 뚜드려 보인다.

"그래, 정 있으야 돼, 응?"

"응, 이서 이서 아다아다-"

"정말이야?"

"으응 저 정 아다아다-"

단단히 강문3)을 받고 난 수룡이는 은근히 솟아나는 미소를 금할 길이 없었다.

병어리인 아다다가 흡족할 이치는 없었지만 돈으로 사지 아니하고는 아내라는 것을 얻어 볼 수 없는 처지라 그저 생기는 아내는 병어리였어도 족했다. 그저 일이나 도와 주고 아들 딸이나 낳아주었으면 자기는 게서 더 바랄 것이 없었든 것이다. 아내를 얻으려고 십여 년 동안을 불피풍우4) 품을 팔아 궤 속에 꽁꽁 묶어 둔 일백오십 원이란 돈이 지금에 와서는 아내 하나를 얻기에 그리 부족할 것은 아니나, 장가를 들지 아니하고 아다다를 꼬여 온 이유도 아다다를 꼬임으로 돈을 남겨서 그 돈으로는 가정의

---

3) 따져서 물음.
4) 비바람을 무릅쓰고 한결같이 일을 함.

마루를 없자는 데서였던 것이다. 이제 그 계획이 은 근히 성공에 가까워 오매 자기도 남과 같이 가정을 일어보누나 하니 바라지도 못하였던 인생의 행복이 (그는 이것으로 무상의 행복이라 이름) 자기에게도 찾아오는 것 같았던 것이다.

그날 밤을 수롱의 품안에서 자고 난 아다다는 이 미 수롱의 아내 되기에 수줍음조차 잊었다. 아니, 집에서 자기를 받들어 들인다 하더라도 수롱을 떨 어져서는 살 수 없으리만큼 마음은 굳어졌다. 수롱 이가 주는 사랑은 이 세상에서는 더 찾을 수 없는 행복이리라 느끼어졌던 것이다.

그러나 영원한 행복을 위하야 이 자리에 그대로 박혀서는 누릴 수 없을 것이 다음에 남은 근심이었 다. 수롱이와 같이 살자면, 첫째 아버지가 허하지 않 을 것이요 동네 사람도 부끄럽지 않은 노릇이 아니 다. 이것은 수롱이도 아니 근심할 수 없는 것으로 밤 새도록 의논을 하여오든 것이나 동네를 피하여 낮모 르는 곳으로 감쪽같이 달아나는 수밖에는 없었다.

그들은 예식 없는 가약을 서로 맹세하고 그날 밤

으로 그 마을을 떠나, s라는 섬으로 흘러가서 그곳에 안주를 정하였다. 그러나 생소한 곳이므로, 직업을 찾을 길이 없었다. 고기를 잡아 먹고 사는 섬이라, 뱃놀음을 하는 것이 제 길이었으나 이것은 아다다가 한사코 말렸다. 몇 해 전에 자기네 동네에서도 농토를 잃은 몇몇 사람이 이 섬으로 들어와 첫 배를 타다가 그만 풍랑에 몰살을 당하고 만 일이 있던 것을 잊지 못하는 때문이었다.

그렇지 않은지라 수롱이조차도 배에는 마음이 없는 것이었다. 섬으로 왔다고는 하지만 땅을 파서 먹는 것이 조마구5) 빨 때부터 길러 온 습관이요, 손익은 일이었기 때문에 그저 그 노릇만이 그리웠다.

그리하여 있는 돈으로 어떻게, 밭날갈이나 사서 조 같은 것이나 심어 가지고 겨울의 시탄과 양식을 대이게 하고 짬짬이 조개나 굴, 낙지, 이런 것들을 캐어서 그날그날을 살아갔으면 그것이 더할 수 없는 행복일 것만 같았다.

---

5) 조막. 주먹보다 작은 물건의 덩이를 비유적으로 이르는 말.

그러지 않아도 삼십 반생에 자기의 소유라고는 손바닥만한 것조차 없어 어떻게도 몽매에 그리던 땅이든가. 완전한 아내를 사지 아니하고 아다다를 꼬여 온 것도 이 소유욕에서였던 것이나 아내가 얻어진 이제, 비록 많지는 않은 땅이나마 가져 보고 싶은 마음도 간절하였거니와, 또는 그만한 소유를 가지는 것이 자기에게 향한 아다다의 마음을 더욱 굳게 하는 데도 보다 더한 수단일 것 같았기 때문이다.

그런데다 본시 뱃놀음판인 섬인데, 작년에 놀구지가 잘되었다 하여 금년에 와서 더욱 시세를 잃은 땅은 비록 때가 기경[6]시라 하더라도 용이히 살 수까지 있는 형편이었으므로, 그렇게 하리라 일단 마음을 정하니, 자기도 땅을 마침내 가져 보누나 하는 생각에 더할 수 없는 행복을 느끼며 아다다에게도 이 계획을 말하였다.

"우리 밭을 한 떼기 사자, 그래두 농사를 하야 사람 사는 것 같다. 내가 전답을 살라구 묶어 둔 돈이

___

6) 묵힌 땅이나 생땅을 일구어 논밭을 만듦.

있거든."

하고 수롱이는 봐라 하는 듯이 실겅[7] 위에 얹힌 석유통 궤 속에서 지전뭉치를 뒤져 내더니, 손끝에다 침을 발라 가며 펄딱펄딱 뒤져 보인다.

그러나 그 돈을 본 아다다는 어쩐지 갑자기 화기가 줄어든다.

수롱이는 그것이 이상했다. 돈을 보면 기꺼워할 줄 알았던 아다다가 도리어 화기를 잃은 것이다. 돈이 있다니 많은 줄 알았다가 기대에 틀림으로서인가?

"이거 봐! 그래봐두, 이게 일천오백 냥(일백오십 원)이야. 지금 시세에 밭 이천 평은 한참 놀다가두 떡 먹두룩 살 건데."

그래도 아다다는 아무 대답이 없다. 무엇 때문엔지 수심의 빛까지 보이는 것이 아닌가.

"아니 밭이 이천 평이문 조를 심는다 하구, 잘만 가꿔 봐 조가 열 섬에 조짚이 백여 목 날 터이야. 그래, 이걸 가지구 겨울 한동안이야 못 사랴? 그리구

---

7) 시렁. 물건을 얹어 놓기 위하여 방이나 마루 벽에 두 개의 긴 나무를 가로질러 선반처럼 만든 것.

둘이 맞붙어 몇 해만 벌어 봐? 그 적엔 논이 또 나오는 거야. 이건 괜히 생……."

아다다는 말없이 머리를 흔든다.

"아니, 내레 이게, 거즈뿌렁이야? 아 열 섬이 못 나?"

아다다는 그래도 머리를 흔든다.

"아니, 고롬 밭은 싫단 말인가?"

비로소 아다다는 그렇다는 듯이 머리를 주억거린다.

아다다는 돈이 있다 해도 실로 그렇게 많은 줄은 몰랐다.

그래서 그 많은 돈으로 밭을 산다는 소리에, 지금까지 꿈꾸어 오던 모든 행복이 여지없이도 일시에 깨어지는 것만 같았던 것이다. 돈으로 인해서 그렇게 행복할 수 있던 자기의 신세는 남편(전남편)의 마음을 악하게 만들므로, 그리고, 시부모의 눈까지 가리는 것이 되어, 필야엔 쫓겨나지 아니치 못하게 되던 일을 생각하면, 돈 소리만 들어도 마음은 좋지 않던 것인데, 이제 한푼 없는 알몸인 줄 알았던 수룽이에게도 그렇게 많은 돈이 있어 그것으로 밭을 산다고 기꺼워하는 것을 볼 때, 그 돈의 밑천은 장래 자기에게 행복을 가져다주기보다는 몽둥이를 버리는데 지나지 못하는 것 같았고 밭에다 조를 심는다는 것은 불행의 씨를 심는다는 것만 같았기 때문이다.

아다다는 그저 섬으로 왔거니 조개나 굴 같은 것을 캐어서 그날그날을 살아가야 할 것만이 수롱의 사랑을 받는 데 더할 수 없는 살림인 줄만 안다. 그래서 이러한 살림이 얼마나 즐거우랴! 혼자 속으로 축복을 하며 수롱을 위하여 일층 벌기에 힘을 써야 할 것을 생각해 오던 것이다.

"고롬 논을 사재나? 밭이 싫으문?"

수롱은 아다다의 의견을 알고 싶어 이렇게 또 물었다.

그러나 아다다는 그냥 고개를 주억여버렸다. 논을 산대도 그것은 똑같은 불행을 사는 데 있을 것이다. 돈이 있는 이상 어느 것이든지 간 사기는 반드시 사고야 말 남편의 심사이었음에 머리를 흔들어 댔자 소용이 없을 것이므로 그 근본 불행은 돈을 어찌할 수 없는 이상엔 잠시라도 남편의 마음을 거슬리므로 불쾌하게 할 필요는 없다고 아는 때문이었다.

"흥! 논이 좋은 줄은 너두 아누나! 그러나 가난한 놈에겐 밭이 논보다 나았디 나아."

하고, 수롱이는 기어이 밭을 사기로, 그 달음에 거간을 내놓았다.

그날 밤—

아다다는 자리에 누웠으나 잠이 오지 않았다.

남편은 아무런 근심도 없는 듯이 세상모르고 씩씩 초저녁부터 자내건만, 아다다는 그저 돈 생각을 하면 장차 닥쳐올 불길한 예감에 잠을 이룰 수가 없었다. 이불을 붙안고 밤새도록 쥐어틀며 아무리 생각을 해야 그 돈을 그대로 두고는 수롱의 사랑 밑에서 영원한 행복을 누릴 수 있으리라고는 믿기지 않았다.

짧은 봄밤은 어느덧 새어 "꼬기요 꼬기요세벽을 알리는 닭의 울음 소리가 사방에서 처량히 들려 온다.

밤이 벌써 새누나 하니, 아다다의 마음은 더욱 조급하게 탔다. 이 밤으로 그 돈에 대한 처리를 하지 못하는 한, 내일은 기어이 거간이 밭을 흥정하여 가지고 올 것이다. 그러면 그 밭에서 나는 곡식은 해마다 돈을 불려 줄 것이다. 그때면 남편은 늘어 가는 돈에 따라 차차 눈은 어둡게 되어 점점 정은 멀어만 가게 될 것이다. 그 다음에는?

그 다음에는 더 생각하기조차 무서웠다.

닭의 울음 소리에 따라 날은 자꾸만 밝아 온다. 바라보니 어느덧 창은 희끄스럼하게 비친다. 아다다는 더 누워 있을 수가 없었다. 옆에 누운 남편을 지그시 팔로 밀어 보았다. 그러나 움찍하지도 않는다. 그래도 못 믿기는 무엇이 있는 듯이 남편의 코에다 가만히 귀를 곁에다 대고 숨소리를 엿들었다. 씨근씨근 아직도 잠은 분명히 깨지 않고 있다. 아다다는 슬그머니 이불 속을 새어 나왔다. 그리고 실경 위의 석유통을 휩쓸어 그 속에다 손을 넣었다. 그리하여 마침내 지전뭉치를 더듬어서 손에 쥐고는 조심조심 발자국 소리를 죽여 가며 살그머니 문을 열고 부엌으로 내려갔다.

그리고는 일찍이 아침을 지어 먹고 나무새기를 뽑으러 간다고 바구니를 끼고 바닷가로 나섰다. 아무도 보지 못하게 깊은 물 속에다 그 돈을 던져 버리자는 것이다.

솟아 오르는 아침 햇발을 받아 붉게 물들며 잔뜩 밀린 조수는 거품을 부극부극 토하며 바람결조차 철썩철썩 해안에 부딪힌다.

아다다는 바구니를 내려놓고 허리춤 속에서 지전 뭉치를 쥐어 들었다. 그리고는 몇 겹이나 쌌는지 알 수 없는 헝겊조각을 둘둘 풀었다. 헤집으니 일 원짜리, 오 원짜리, 십 원짜리 무수한 관 쓴 영감들이 "나를 박대해서는 아니 된다"는 듯이 모두들 바라본다. 그러나 아다다는 너 같은 것을 버리는 데는 아무런 미련도 없다는 듯이, 넘노는 물결 위에다 휙 내어뿌렸다. 세찬 바닷바람에 채인 지전은 바람결 쫓아 공중으로 올라가 팔랑팔랑 허공에서 재주를 넘어 가며 산산이 헤어져, 멀리, 그리고 가깝게 하나씩 하나씩 물 위에 떨어져서는 넘노는 물결조차 잠겼다 떴다 소꾸막질을 한다.

어서 물 속으로 가라앉든지, 그렇지 않으면 흘러 내려가든지 했으면 하고 아다다는 멀거니 서서 기다리나 너저분하게 물 위를 덮은 지전조각들은 차마 주인의 품을 떠나기가 싫은 듯이 잠겨 버렸는가 하면 다시 기울거리며 솟아올라서는 빙글빙글 돈다.

하더니, 센물이 잡히자 불어야 할 수 없는 듯이 슬금슬금 밑이 떨어져 흐르기 시작한다.

아다다는 상쾌하기 그지없었다. 밀려 내려가는 무수한 그 지전조각들은 자기의 온갖 불행을 모두 거두어 가지고 다시 돌아올 길이 없는 끝없는 한 바다로 내려갈 것을 생각할 때 아다다는 춤이라도 출 듯이 기꺼웠다.

그러나 그 돈이 완전히 눈앞에 보이지 않게 흘러 내려가기까지에는 아직도 몇 분 동안을 요하여야 할 것인데, 뒤에서 허덕거리는 발자국 소리가 들리기에 돌아다보니 수롱이가 헐떡이며 달려오는 것이 아닌가.

"야! 야! 아다다야! 너, 돈 돈 안 건새핸? 돈, 돈 말이야, 돈?"

청천의 벽력 같은 소리였다.

아다다는 어쩔 줄을 모르고 남편이 이까지 이르기

전에 어서어서 물결은 휩쓸려 돈을 모두 거둬 가지고 흘러 버렸으면 하나 물결은 안타깝게도 그닐그닐 한가스레 돈을 이끌고 흐를 뿐 아다다는 그 돈이어서 자기의 눈앞에서 자취를 감추어 버리는 것을 보기 위하여 거덜거리고 있는 돈 위에다 쏘아박은 눈을 떼지 못하고 쩔쩔매는 사이 마침내 달려오게 된 수롱이 눈에도 필경 그 돈은 띄고야 말았다.

뜻밖에도 바다 가운데 무수하게 지전조각이 널려서 앞서거니 뒤서거니 둥둥 떠내려가는 것을 본 수롱이는 아다다에게 그 연유를 물을 필요도 없이 미친 듯이 옷을 훨훨 벗고 첨버덩 물 속으로 뛰어들었다.

그러나 헤엄을 칠 줄 모르는 그는 돈이 엉키어 도는 한복판으로 들어갈 수가 없었다. 겨우 가슴패기까지 잠기는 깊이에서 더 들어가지 못하고 흘러 내려가는 돈더미를 안타깝게도 바라보며 허우적허우적 달려갔다. 차츰 물결은 휩쓸려 떠내려가는 속력이 빨라진다. 돈들은 수롱이더러 어디 달려와 보라는 듯이 휙휙 소꾸막질을 하며 흐른다. 그러나 물결이 세어질수록 더욱 걸음발은 자유로 놀릴 수가 없게 된다. 더퍽더퍽 물과 싸움이나 하듯 엎어졌다가는 일어서고, 일어섰다가는 다시 엎어지며 달려가나 따를 길이 없다. 그대로 덤비다가는 몸조차 물속으로 휩쓸려 들어갈 것 같아 멀거니 서서 바라보니 벌써 지전조각들은 가물가물하고 물거품인지도 분간할 수 없으리만큼 먼 거리에서 흐르고 있다. 그러나 그것도 한순간이었다. 눈앞에는 아무것도 보이는 것이 없다. 휙휙 하고 밀려 내려가는 거품 진 물결뿐이다.

수롱이는 마지막으로 돈을 잃고 말았다고 아는 정도의 물결 위에 쏘아진 눈을 돌릴 길이 없이 정신빠진 사람처럼 그냥그냥 바라보고 섰더니, 쏜살같이 언덕켠으로 달려오자 아무런 말도 없이 벌벌 떨고 섰는 아다다의 중동8)을 사정없이 발길로 제겼다.

"흥앗!"

소리가 났다고 아는 순간, 철썩 하고 감탕9)이 사방으로 뛰자 보니, 벌써 아다다는 해안의 감탕판에

---

8) 사물의 중간이 되는 부분이나 가운데 부분.
9) 갯가나 냇가 따위에 깔려 있는, 몹시 질어서 질퍽질퍽한 진흙.

등을 지고 쓰러져 있다.

"이— 이— 이……."

수룡이는 무슨 말인지를 하려고는 하나 너무도 기에 차서 말이 되지를 않는 듯 입만 너불거리다가 아다다가 움찍하는 것을 보더니 아직도 살았느냐는 듯이 번개같이 좇아 내려가 다시 한번 발길로 제기니 "푹!"하는 소리와 같이 아다다는 까꿉선 언덕을 떨어져 덜덜덜 굴러서 물속에 잠긴다.

한참 만에 보니 아다다는 한복판으로 밀려가서 솟구어 오르며 두 팔을 물 밖으로 허우적거린다. 그러나 그 깊은 파도 속을 어떻게 헤어나랴! 아다다는 그저 물 위를 둘레둘레 굴며 요동을 칠 뿐, 그러나 그것도 한순간이었다. 어느덧 그 자체는 물 속에 사라지고 만다.

주먹을 부르쥔 채 우상같이 서서 굽실거리는 물결만 그저 뚫어져라 쏘아보고 섰는 수룡이는 그 물 속에 영원히 잠들려는 아다다를 못 잊어함인가? 그렇지 않으면, 흘러 버린 그 돈이 차마 아까워서인가?

짝을 찾아 도는 갈매기떼들은 눈물겨운 처참한 인

생 비극이 여기에 일어난 줄도 모르고 '끼약끼약'
하며 흥겨운 춤에 훨훨 날아다니는 깃 치는 소리와
같이 해안의 풍경만 돕고 있다.

장벽

짚을 축여 왔다. 그러나 손이 대어지지 않는다. 어서 새끼를 꼬아야 가마니를 칠 텐데, 그래야 내일 장을 볼 텐데, 생각하면 밤이 새기 전에 어서 쳐야, 아니 그래도 오히려 쫓길 염려까지 있는데도 음전이는 손을 대기가 싫었다.

맴을 돈 것같이 갑자기 방 안이 팽팽 돌며 사지가 후줄근하여지고 맥이 포근히 난다. 왜 이럴까, 미루어 볼 여지도 없이 그것은 한 달에 한 번씩 있는 그 생리적인 징후가 또 사람을 짓다루는 것임을 알았다.

가마니를 쳐서 빨간 댕기를 사다 지르고 설을 쇠리라, 그리고 고무신도…… 하고 벼르고 별러 오던 설날, 그 설날은 이제 앞으로 이틀밖에 남지 않았다. 내일은 섣달그믐의 대목 장날이다.

음전이의 마음은 괴로웠다. 조용히 감은 눈앞에는 빨간 댕기가 팔랑거린다. 콧등에 파아란 버들이파리가 좌우로 쪽 갈라 붙은 분홍 고무신이 보인다. 그리고는 그 댕기를 지르고, 그 신을 신고 뛰어다니며 남부럽지 않게 놀 즐거운 그날이…….

그러나 몸은 점점더 짓다룬다. 좀 누웠으면 그래도 멎겠지? 마음을 늦먹고 자위를 하여 보나 소용이 없다. 머리는 갈라져 오고 아랫배는 결결이 쑤신다. 이번 설에도 댕기를 못 지르나? 새신을 못 신나? 생각을 하니 이를 데 없이 안타깝다.

"야레 이거 생 어느 때라구 그냥 넘어겠네! 너 그르단 괜히 댕기 못 디른다!"

일어날까 일어날까 기다리며 혼자 분주히 새끼를 꼬고 앉았던 오라비는 위협 비슷이 또 재촉이다.

오라비도 음전이보다 못지않게 설이 그립고 기다렸다. 인제 열일곱 살이니 음전이보다 두 살이 위라고는 해도 아직 애들의 마음이었다. 양말과 조끼를 바라고 가마니를 치기가 급하였던 것이다.

그들 남매는 한 달 전부터 가마니를 쳐서 설빔을 만들자고 의논을 하고 어머니에게 가마니 열 잎은 저희들이 팔아 쓴다고 벌써부터 승낙을 얻어 놓고는 설빔부터 미리 마련을 하여 놓고 싶은 생각에 짬짬이 그 기회만을 엿보아 왔다. 그러나 그들의 앞에는 그만한 촌극의 여유도 던져지지 않았다. 한 잎을 쳐도 두 잎을 쳐도 쌀을 사와야 되고 나무를 사와야 되는 것이었다. 그리하여 내일 내일 하고 미루어 오는 것이 급기야는 대목 장을 앞둔 오늘까지 끌고 오지 않을 수가 없었다.

언제라고 그들에게 있어 살림에 여유가 있었으랴만 이번 명절만은 남과 같이 차리고 놀아 본다고 그들 남매는 어떻게도 성화같이 조를 뿐 아니라, 그 어머니 자신으로서도 남 같은 처지를 못 가지고 살아오기 때문에 놀음에까지 주린 자식들이 측은하기 짝이 없어 그것이 나 그들의 원대로 하여 주고 싶은 생각도 간절하여 세말이라 옹색함이 여느 때보다도 더하였건만 그것만은 눈 딱 감고 마음대로 하라고 내어맡겼던 것이다.

옛날부터 백정이라는 천업을 대대손손이 이어 내려오는 그들은 인생의 저 뒷골목에서밖에 존재의 인정을 받지 못하고 살아왔다. 그리하여 뭇사람들과는 자리를 같이 할 수가 없었다. 그저 인생의 뒷골목길을 고독하게 눈물로 걸어오며 언제나 어디를 가나 인가와는 적이 떨어져 박힌 산턱 밑 도살장 근처가 그들의 상주처이었다. 그러니 사람으로서의 같이 타고난 뜨거운 피는 언제나 인간을 그리기에 아니 끓어오르지 못했다. 인간의 정에 주린 그들…… 더욱이 뛰놀지 않고는 만족을 얻을 수 없는 아이들은 어느 때나 남과 같이 같은 자리에 섞여서 마음대로 뛰며 놀아 볼까? 처지를 한탄하는 천진한 그들의 말없는 한숨은 끊일 날이 없었다. 그리하여 그 아버지도 다시는 곱장칼은 아니 잡으려고 몇 번이나 맹세를 하여 보았으나 달리 직업은 얻어지는 것이 아니요, 소나 돼지의 목을 땀으로써 받는 보수로 생계를 삼아 오던 그들이라 놀고 먹을 여유인들 있으랴! 아니 아니 하면서도 이미 배운 기술이 그것이다. 배고프니 그 칼을 던졌다가도 다시 아니 잡을 수가 없었다.

그리하여 이 천업을 놓지 못하고 뜻없는 칼을 그냥 붙들고 오다가 행이든지 불행이든지 그만 그 아버지가 세상을 떠나게 되매 그 어머니는 굶어서 죽는 한이 있더라도 백정이라는 누명을 벗고 인간의 따뜻한 품속에서 서로 정을 바꾸며 살리라, 남편의 삼년상을 치르기가 바쁘게 자식에게는 다시 그 곱장칼은 돌려 주지 않기로, 애들의 눈에 그 칼이 뜨일세라 땅 속 깊이 내다 묻었다. 그리고 어린 자식 두 남매를 이끌고 옛 소굴을 떠나 자기네의 존재를 모르리라고 인정되는 사십 리 밖인 이 촌중 끝 빈 주막의 쓰러져 가는 한 채의 오막살이를 있는 세간을 다하여 사가지고 바로 지난 가을철에 이리로 이사를 왔던 것이다.

처음 계획은 자기네도 남과 같이 농작을 얻어 가지고 소작을 하여 지내리라, 은근히 믿고 왔었건만 존재 모를 그들에겐 농작도 그리 수월히 얻어지는 것이 아니었다. 그래서 하는 수 없이 이품 저품을 팔아 가며 짚을 사다가 가마니로 생계를 도모하여

왔으나 그것으로는 다만 세 식구의 목숨을 치기에
도 족한 것이 못 되었다. 아니 구차함은 오히려 전
에보다도 더한 편이었다.

그러나 지난날의 더러운 때를 벗었다고 하는, 그
리하여 자기네도 인제 한낱 인간으로서의 존재가
인정될 것이거니 하는 인생에 주렸던 끓는 피가 모
든 괴로움을 이겨 넘기며 마을을 이루고 사는 이 촌
중에서 생후 처음 그들로 더불어 같이 뛰놀며 즐길
수 있다고 믿는 처음 맞는 명절이라 그들 남매는 실
로 이 설을 손끝이 닳도록 꼽아 보며 기다려 왔던
것이다.

"야가 아니 상구도 못 니러나?"

다시 재촉하는 오라비의 음성은 좀더 높아진다.

그러나 음전이는 들은 척도 아니 한다.

"야아?"

오라비는 꽥소리와 같이 음전이의 치맛자락을 당
긴다.

그래도 음전이는 차마 못 일어나겠다는 듯이 걷어
올라간 치맛자락을 다시 당기어 무릎을 감싸고 허

리를 딱 까부라치며 몸을 웅크린다.

"아니 너 지금 밤이 어드케 됐는데 니러나디 않구 이르네? 이르길!"

오라비는 치맛자락을 다시 더듬어쥐고 힘있게 잡아당기었다. 음전이는 더르르 한바퀴 굴며 제물에 일어나 앉히운다.

"아니 난 머 잘 줄을 몰라서 안 잔대던? 빨리 새끼를 꼬야디 않간!"

역시 음전이는 아무 대답이 없다. 할 말이 없는 것이다. 오라비의 재촉은 너무도 지당하다. 어떻게도 기다리던 이번 설인데 하고 생각할 때 여간 몸이 좀 고달프다고 그것을 못 이겨 누워만 있을 수가 없는 것이다.

음전이는 부시시 일어선 머리칼을 손으로 쓸어 재우고 삐뚤어진 옷깃을 가뜬히 여미고 나서 짚뭇[1]을 앞으로 마주 앉는다.

"볼쎄 니러나슴은 서룬 발은 꽉갔는데 자빠만 제

---

1) 짚단.

서? 그래! 이거 봐라 난 볼쎄 이거야 이거……."
하고 오라비는 꽁무니 뒤로 빼어 사려 놓은 새끼사
리를 힐끗 돌아다본다.

"글쎄 몸이 아픈 걸 어드커간. 밤을 밝히자꾸나."
하고 음전이는 미안쩍게 짚뭇으로 손을 내민다.

겨울밤 찬 기운은 밤이 깊어 갈수록 방 안을 엄습
한다. 수분이 흠뻑 밴 축인 짚은 곱은 손가락에 서
툴리 감겨 돌아가며 물방울이 이따금씩 얼굴에 뛰
어올라 그러지 않아도 오슬거리는 음전의 몸에는
산뜻산뜻 끼치는 촉감이 더욱 더하다.

먼동이 훤히 틀 때에야 겨우 여섯 잎의 가마니가
꾸며졌다.

이것을 오라비에게 지워서 장으로 보내고 난 음전
이는 눈붙일 겨를도 없이 아침을 먹고는 또 말라 두
었던 검정 목세루 치맛감을 광주리에서 들어내어
무릎 위에 올려놓고 바늘을 잡았다.

아프던 배가 좀 나은 것은 다행이었으나 밀린 잠
이 사정없이 눈가죽을 무겁게 내리눌렀다. 그러나

오늘 하루밖에 남지 않은 설 준비는 모두 그의 손을 필요로 하고 있었다. 자기의 치마도 치마려니와 오라비의 대님, 어머니의 버선, 이런 것들이 다 오늘 하루 안에 자기의 손으로 아니 지어져서는 안 될 것들이었다.

오늘은 작은 명절이라고 벌써 어떤 아이들은 새옷에 새신까지 받쳐신고 이 집 마당에서 저 집 마당으로 세 다리 네 다리 추운 줄도 모르고 뛰어다닌다.

처음으로 새옷을 얻어입은 아이들은 한없이 기쁜 마음에 그것을 자랑하느라고 저마다 문을 열고 우르르 밀려 들어와선 말없이 음전이 앞에 우뚝 마주 서곤 했다.

그러면 음전이는,

"네 입성 거 참 곱구나. 엄메가 해주던? 누이가 해주던?"

하고 묻는다. 하면 그들은,

"엄메레……."

"누이레……."

하고 너무도 기꺼워서 벙글벙글 웃으며 우르르 다

시 밀려 나간다.

음전이는 그들이 그렇게 기꺼워하는 것을 왜 칭찬을 아니 하여 줄꼬? 하였다. 옷이 비록 자기의 눈에는 맞지 않는다 하더라도 그것을 거들어서 모처럼 즐거움에 뛰는 그들의 기분을 조금이라도 상하게 하기도 싫었거니와, 그 어머니들은 없는 것을 가지고 오죽 애들을 써서 그만큼이라도 지어 입혀서 내세웠을까 할 때에 더욱이 칭찬을 아니 할 수 없었다.

음전이는 바늘을 때때로 멈추고 한없이 즐거움에 뛰는 아이들을 헤어진 창틈으로 내다본다. 그리고는 자기도 내일은 새옷을 입고 동무들과 같이 주룽주룽 서서 놀 수가 있겠거니 하니 빨간 댕기, 파랑 고무신이 더욱 빛나게 눈앞에 어리운다. 그럴 때면 오늘 하루에 하여야 할 수두룩한 일감이 빳빳한 중한 짐인 것을 다시금 깨닫고는 그러다가 치마가 늦어지게나 되지 않을까 하는 두려운 생각에 다시 무릎 위로 눈을 떨구어 바늘을 놀린다.

그러면서 발자국 소리가 문 밖에 좀 크게 들리기만 해도, 오라비가 돌아오는 것은 아닌가 생각만 하여도 너무나 기꺼운 마음에 잉큼잉큼 가슴을 뛰놓이며 고무신과 댕기를 그려 본다.

그러나 오라비는 좀처럼 돌아오지 않는다. 기다릴 대로 기다리고 해를 지웠어도 돌아오는 것이 아니다.

저녁을 먹고 난 음전이는 신작로 변으로 오라비 마중을 나섰다. 벌써 날은 어둡기 시작한다. 고개턱에 넘어오는 사람이 가물가물 누구인지 썩 분간이 가지 않는다. 희끗 하고 넘어서는 그림자만 있으면 오라비가 아닌가 눈알이 빳빳하게 피로를 느끼도록 어둠과 싸우며 어서 오기를 기다려 보는 것이었으나, 와놓고 보면 모두 생면부지의 딴 사람들이다. 아이, 오라비는 왜 이리 늦어진담? 가마니를 못 팔아서 그럴까? 가마니는 팔구두 댕기를 못 사서 그럴까? 연유를 알 수 없는 조급한 마음은 그대로 서서 참아 낼 수가 없었다. 어둠을 뚫고 고개턱을 향하여 달렸다.

하아늘두 청천엔 별두나 많구
요오내 가슴엔 정두나 많다아.

희미하게 고개를 타고 아리랑타령이 흘러 넘어온다. 오라비가 항상 부르는 노래다.

"거 오래비가?"

음전이는 소리쳐 보았다.

"으어, 음전이 나왔네?"

마주 받는 음성은 오라비에 틀림없다.

음전이는 부리나케 고개턱을 추어 올랐다. 오라비는 벌써 고개를 넘어선다.

왕복 칠십 리를 걷고 났을 오라비이었건만 조금도 피로한 기색이 없이 장감을 싸서 든 신문지뭉치를 봐라 하는 듯이 내젓는다.

"얼마나 추웠네? 무겁디 않으니?"

장감을 받아 든 음전이는 오라비야 따라오거나 말거나 앞을 서서 분주히 집으로 돌아왔다. 그리고는 방 안에 들어서기가 바쁘게 노끈을 끌렀다.

맞잡혀 엎히어서 묶이었던 한 켤레의 고무신이 신문지를 안고 모로 쓰러진다. 그리고 그 속에서 나타나는 빨간 인조견 모본단 댕기가 한 감.

음전이는 댕기보다도 파란 바탕에 분홍꽃이 알쏭

달쏙 돌라 붙은 고무신이 더 눈에 띄었다. 자기도 모르게 입이 벌어졌다. 그런 신을 한번 신어 보면 신어 보면 했더니 정말 신어 보누나 하는 생각에 더할 수 없이 기꺼웠던 것이다.

'맞을까? 왜, 안 맞어, 겨냥을 해가지고 갔는데.'

생각을 하며 급한 마음에 앉은 자리에서 목다리(꿰진 버선) 채로 그냥 신어 본다. 그린 듯이 맞는다.

"이거 얼마 줬?"

"옛 낭을 줬다."

"또 이 댕긴?"

"건, 두 낭."

하고 오라비는 일일이 대답을 하고 나더니, 또 무슨 딴 말을 할 게 있는데 어머니가 거리끼는 듯이 일변 어머니를 힐끗힐끗 바라보다가 마침 음전이가 하다 말고 나갔던 설거지를 끝내려고 부엌으로 나가는 눈치를 보자,

"내 족께와 양말꺼지 사구 이잉? 그르커구 말이야, 한 낭이 남거든, 그래서 내레 그걸루 옜다 받아라!"

하고 서서는 그 자리에서 그냥 입고 나왔다는 새까만 양달리 조끼 주머니에서 박가분(朴家粉) 한 갑을 꺼내어 음전이 무릎 위에 던진다.

음전이는 놀랐다. 반가움보다 놀람이 앞섰다. 너무도 뜻밖의 일이라 꿈인 것만 같았던 것이다. 무릎 위에 와서 턱 하고 떨어져 안기는 분갑을 음전이는 물끄러미 내려다볼 뿐, 창졸간 뭐라고 말을 해얄지를 몰랐다. 그러지 않아도 분을 한 갑 사다 달라리라 총알같이 별러 왔으나 어쩐지 그것은 댕기 같은 것과는 달리 수줍어서 떠날 때까지 차마 입이 열리지 않아 필경은 말을 못 내고 혼자속으로 종일 분이 마음에 걸려 제 못난 속을 얼마나 꾸짖으며 한탄해 왔는지 모른다. 그러던 것을 이제 이렇게까지 자기의 마음을 헤아려 주는 오라비의 남다른 따뜻한 정을 받아 보니 세상이 자기에게 대하는 냉정은 더욱 차기만 한 것 같지는 않았다. 음전이는 기꺼운 마음에도 알 수 없는 감격에 눈 속이 뜨거워 옴을 느꼈다.

"그 댐엔 또 말이야, 요골 좀 보라무나."
하면서 샛노란 단풍갑(궐련)을 꺼내어 경례나 붙이

듯 귀 곁에 바짝 들어 보인다.

음전이는 그게 무언지 몰라서 멍하니 바라만 보았다.

"이걸 몰라? 골련이야, 골련. 멩질날이니 나두 이걸 한 대 푸이야디. 엄메 대주디 말라 너 괘니?"
하고 나서 어느틈에 벌써 개봉을 해서 피웠던지, 피다 둔 반쯤 탄 꽁다리를 등잔불에 붙여서 삽작 입에다 물고 한 모금이라도 허비하기가 아까운 듯이 첫 모금부터 사알살 들여마시어선 두 콧구멍으로 삐국이 연기를 몰아내며 어머니가 그러다가 들어오지나 않나 해서 나오는 연기를 일변 손을 내저어 이리저리 헤친다.

밤이 새었다. 설이다. 기다리고 기다리던 설이다.
가마니치기에 어젯밤을 꼬박이 새고 난 밀려온 잠이면서도 음전이는 잠이 깊이 들지를 못하고 새벽부터 깨어서 밝기를 기다리며 오늘 하루의 지날 모양을 이불 속에서 갖가지로 그려 본다.
─분홍꽃 바탕에 파란 버들이파리가 콧등에 쪽 갈

라 붙은 고무신, 금자로 새긴 수복(壽福)이 앞뒤끝에 달린 빨간 댕기, 그 댕기를 지르고 그 신을 신고 널터로 간다. 널은 몇 집이나 놓았을까. 아이들은 얼마나 모일까, 그들도 다 그런 고무신을 신고 수복이 달린 댕기를 질렀을까, 널을 뛸 땐 무엇보다도 빛나는 것이 댕기다. 뛰어오를 때마다 굽실거리는 머리채와 같이 공중에서 펄럭이는 댕기의 빛남, 자기도 오늘은 널 위에서 빨간 댕기를 날려 존재를 알리리라, 자랑을 하리라, 호박데기, 여우잡기, 오늘 밤은 놀면서 밝히자…… 한참 공상이 아름다운데, 푸드득 푸드득 홰에서 닭이 내리는 깃부침 소리가 연달아 들린다. 음전이는 일어남이 늦어진 듯이 사뿟이 이불을 젖히고 일어났다. 창이 희끄스름하게 밝았다. 언제 어머니는 또 일어나서 부엌으로 나갔던지 벌써 차례메가 잦는 구수한 밥물 냄새가 샛문 틈으로 스며든다.

음전이는 세수를 하고 들어와 윗간으로 올라가서 장지를 닫았다. 오라비 보지 않는 데서 조용히 분치장을 하자 함이다. 언제나 감추어두고 혼자 살그니 꺼내어 보던 몇 조각인지도 모르게 떨어져 나간 조각거울을 바라지 문턱 위에 기대어 놓고 얼굴을 돌려 비추어 가며 분을 바른다.

그러나 처음으로 발라 보는 분은 아무리 손질을 해야 골고루 펴일 줄을 모르고 몇 번이고 고쳐도 얼룩 흔적을 말끔히 없앨 수가 없었다. 그러지 않아도 발라 보지 않던 분 바른 얼굴이 여느 때와는 달리 수줍은데, 얼룩 흔적이 더욱 마음에 키어 어머니가 혼자 밖에서 차례 준비에 바쁜 줄을 모르지도 않건만 옷을 다 갈아입고도 나가지 못하고 이리도 문질러 보고 저리도 문질러 보며 맵시를 보다가 필경은 어머니의 독촉을 받고야 부엌으로 내려갔다.

마을 안은 벌써 사람의 물결이다. 울긋불긋하게 가지각색으로 차리고 나선 아이들은 떼를 지어 가지고 세배꾼을 따라 우르럭우르럭 밀려다닌다.

이것을 본 오라비는 차례가 끝나기 바쁘게 자기도 세배를 다닌다고 마을 안으로 들어갔다.

세배꾼들은 패거리 패거리 집집마다 드나든다. 그

러나 음전네 집에는 누구 하나 세배랍시고 들어오는 아이도 없다. 온대야 대접할 음식도 여투어[2] 놓지 못하였으니 도리어 미안할 노릇이나, 마치 호구조사나 하듯 가가호호 한 집도 빠짐없이 온동네를 들고 나면서도 유독 자기네 집만은 살짝 빼고들 돌아가는 것이 그리 유쾌한 일은 아니었다.

음전이는 마당 끝에 나가 서서 모든 즐거움을 오늘 하루에 못 즐기면 즐길 날이 없으리라는 듯이 남녀노소 할 것 없이 마을 안이 온통 떠나서 이리 돌고 저리 나며 추운 줄도 모르고 설레는 마을 안의 설날 풍경을 멀거니 바라보고 어서 자기도 저 속에 한몫 끼였으면 하는 생각에 마음이 바쁘다. '계집애가 아침부터 서둘지를 말고 해나 좀 퍼진 다음에 떠나라'는 어머니의 말림도 듣지 않고 음전이는 다시 방 안으로 들어가 거울에 얼굴을 비추어 매를 내고 옷고름을 단정히 다시 고친 후 부랴부랴 널터로 달려갔다.

---

2) 돈이나 물건을 아껴 쓰고 나머지를 모아 두다.

널을 놓은 집은 이 마을에 세 집이 있었다. 음전이는 그 가운데서 제일 아이들이 많이 모인 배선달네 널터로 갔다. 거기엔 자기와 같이 나이 지긋한 처녀들도 수두룩이 모였다. 음전이는 무엇보다 먼저 자기의 차림새가 그들보다 떨어지는 것은 아닌가 그것부터 살펴보았다.

그러나 오십 명은 훨씬 넘을 그 처녀들 가운데서도 몇몇 색시를 내놓고는 별로 자기보다 뛰어나게 차린 처녀가 없다. 아니, 도대체 보자면 오히려 자기보다 못하게 차린 편이 반은 넘을 것 같다. 고무신은 물론, 인조견 댕기 하나 못 사다 지른 아이들이 수두룩한 것이었다.

이것을 보니 음전이는 자기의 옷도 그들과 같이 섞여서 놀기에 조금도 부끄러움이 없는 것을, 아니, 도리어 빼고 나서기에 족한 형편임이 한없이 기꺼웠다.

널은 쉬일 새가 없다. 한 패가 내리면 다른 한 패가 제각기 먼저 뛰겠다고 서로 다투어 밀치며 제치며 오른다. 그래 가지고는 취이취이 서로 소리를 내어 가며 밟는다. 그럴 때마다 공중을 뛰며 내리는 처녀들의 엉덩이까지 치렁거리는 새까만 탐스러운 머리채가 물결같이 굽실거리며, 그 바람에 팔느락 팔느락 공중에 나부끼는 댕기들은 그들의 이 한때 의 더할 수 없는 자랑인 듯하였다.

음전이도 이 널에 비위가 아니 동할 수 없었다. 늠 실늠실 마음은 설렌다. 이 많은 처녀들 가운데서 자 기의 댕기도 공중에 날려 빛내 보자, 그럼으로 자기 의 존재도 알려질 것이 아닌가 하는 생각은 더욱 음 전의 마음을 설레게 했다.

멀거니 바라보고 섰던 음전이는 널을 뛰던 한편짝 처녀가 그만 기운이 진해서 맥없이 주저앉는 것을 보자 이 기회를 놓치지 않으리라, 후덕덕 달려드는 무수한 아이들을 밀어 젖히고 덤석 널 위로 먼저 뛰 어올랐다.

그러나 저편짝 처녀는 널을 밟지도 아니하고 그대 로 서서 마주 바라만 본다.

"너머 세게 말구, 응? 난 잘 못 뛰."
하고 음전이는 사양을 하며 저적저적 밟고 있었으

나, 그 처녀는 널을 밟지도 아니하고 무엇을 생각하는 듯이 그냥 서서 음전이를 바라만 보고 있더니,

"아이구, 나두 이전 맥이 나서 못 뛰갔다. 누구 여기 올라세 안 뛰간?"

하고 사방을 둘러 살피며 내린다.

이상한 일이었다. 언제까지든지 혼자 도맡아 가지고 뛰려는 듯이 앙탈을 부리며 내려서기를 아까워하던 그 처녀가 이렇게도 사양을 하는 것이다.

그러나 이 또한 웬일이랴! 자기네들의 차례가 오지 않아 그렇게도 널뛰기를 서로 다투던 처녀들은 누구 하나 음전이와 마주 그 자리에 올라서려고 하지 않는다. 누가 음전이하고 그 널을 마주 서서 뛰나나 보려는 듯이 제각기 서로 얼굴들을 돌려 가며 살피고 있을 뿐.

음전이는 더 생각할 것도 없이 벌써 그것이 무엇을 의미하는 것인지를 알았다. 금시에 가슴이 메어지는 듯하였다.

그러니 그렇다고 다투어서 올라섰던 그 널 위에서 그저 내려서기도 창피한 노릇이다.

"너 나하구 안 뛰간?"

음전이는 자기 곁에서 아까부터 서둘던 제일 허줄하게 차린 아이에게 말을 건네었다.

그러나 그 처녀는 음전이의 이 말이 자기를 붙잡아 끌기나 하는 듯이 뒤로 비실비실 피해 가며,

"난 어즈께 너네 마당에 놀레 갔다가 엄마한테 욕꺼지 얻어먹었다야!"

하고 되지도 못할 소리를 한다는 듯이 눈을 둥글하게 뜬다.

아, 이 모욕! 음전이는 정신이 아찔했다. 그들과 자기와의 사이에는 이렇게도 높다란 장벽이 여전히 가로막혀 있는 것이다. 이 한마당 모인 처녀들이 일제히 약속이나 한 듯이 자기와는 놀이의 상대가 되어서는 안 된다. 완전히 벗었다고 알던 옛날의 때, 그것은 그냥 자기의 얼굴에 두드러지게 붙어 있는 듯이 같은 사람으로 대하여 주지 않는다.

섧다 할까 분하다 할까, 뭐라고 할 수 없는 아픈 마음에 음전이는 어릿더릿한 정신을 수습할 길이 없이 널 위에 그대로 선 채 어찌할 바를 모르고 멍

하니 땅바닥만 내려다보다가 멋쩍게 슬며시 내려섰다. 그대로 이 널 위에서 내려선다는 것은 더욱이 자기의 모욕을 말하는 것 같았으나, 금시 터질 것같이 가슴속에서 들먹이는 눈물을 참아 낼 길이 없어, 그 위에서 눈물을 보인다는 것은 그보다도 오히려 더한 모욕을 사는 것 같았음으로서였다.

"아츰부터 놀레를 못 가서 서둘더니 너 와 발쎄 오네?"

불의에 돌아오는 음전이를 보고 그 어머니는 이상해서 묻는다.

음전이는 열어 잡은 문고리를 채 놓지도 못하고 대답 대신 엉엉 하고 설움을 터뜨린다.

"아니 야레 이게 웬일이가!"
하고 어머니는 의아한 눈이 더욱 둥글해진다.

세배를 와 앉았던 남창아저씨도 까닭을 몰라 역시 의아한 눈이 둥글해서 음전이를 바라만 본다.

이 남창아저씨라는 이는 이 면의 구역을 맡아 가지고 있는 백정으로서 음전네와는 둘도 없는 세교 집안으로, 경사 때이면 서로 빠지는 일이 없이 거래를 하여 온다.

그러나 오늘의 어머니는 백정이라는 직업을 씻어버리고 옛날의 때를 벗기 위하여 남모르게 이 촌중으로 이사를 해왔던 것이다. 남창아저씨가 세배라고 찾아온 것도 그리 향기롭지 않았다. 아니, 그가 자기네 집에 드나듦으로 자기네의 옛날의 불미3)가 드러날 우려가 없지 않아, 짐짓 불안한 생각까지 갖게 하였던 것이다.

하지만 음전이는 이 순간 남창아저씨를 보자, 반가운 정이 전에보다 더욱 샘솟아 넘침을 금할 길이 없었다. 남 아니 오는 세배를 와준 자기의 집에는 단 한 분의 세배 손님이었다. 그러기에 호소할 길 없는 자기의 이 안타까운 심정을 어머니나 오라비를 내놓고는 이 세상에서는 다만 남창아저씨 하나밖에 더 알아줄 사람이 없는 것이다.

음전이는 억에 넘치는 분과, 반가운 정에 참을 수

---

3) 아름답지 못하고 추잡함.

없이 남창아저씨의 무릎 위에 달려들어 머리를 내던지고 느낀다.

"아니, 음전아! 이게 웬일이가, 응? 음전아!"

영문을 모르는 아저씨는 안기는 대로 음전이를 안을밖에 없었다.

음전이는 말없이 그저 제 설움에 어깨만 들먹인다.

"아, 이년이 이게 글쎄 무슨 지랄이냐? 남창아저씨보구 웬 지랄이야, 지랄이! 말을 하구나 울나무나. 시원히 이년아!"

어머니가 답답한 듯이 음성을 높이며 손을 대려고 하니,

"글쎄 아덜이 올에두 나허군 놀디 않을래는데 멀, 너울두 너울두……."

하고 음전이는 이 설움을 어떻게 참고 견디느냐는 듯이 머리를 이리저리 앙칼스럽게 아저씨의 무릎 위에 흔들며 비빈다.

그제야 어머니는 비로소 영문을 알았다. 더 할 말이 없다. 별안간 안색이 흐리더니 바깥으로 나가 버린다.

아저씨도 이에는 위로할 말을 몰라, 저도 모르게 음전의 머리만 만지고 있었다.

"아제야! 우리 어드메 멀리루 이새 가서 살자우, 웅? 아제야!"

한참 만에 음전이는 이렇게 애원을 하며 눈물에 젖은 눈을 든다.

"나는 또 쌈을 했다구. 그까짓 걸 멀 다 개지구 서러워서 그르네? 어서 그체라. 정월 초하룻날 왜 울음으루 쇠갔네, 쇠길!"
하고 아저씨는 달래었다.

그러나 음전이는 그 모욕을 그대로 참기에는 너무도 서러운 듯이 다시 눈물이 터진다.

"글쎄 아제야! 난 여기선 아무래도 안 살래, 안 살래."

음전이는 설움에 흐득이며, 그러니 이걸 어떻게 살겠느냐는 듯이 오늘 하루의 지난 경과를 눈물과 같이 쏟아 놓는다.

아저씨는 이것을 들어 가며 갖가지로 위로를 하여 보았으나, 음전이는 설움을 그쳤는가 하면 다시 생각하고는 느끼고, 또 흐득이기를 한나절이 넘도록 그치지 않는다.

남 다 즐기는 이 하루를 음전네는 애수에 찬 눈물을 이렇게도 짜낸다. 세배를 다닌다고 아침을 먹기가 바쁘게 뛰어나가던 그 오라비도 세배꾼들이 같이 따라다니게를 하지 않는다고 풀이 죽어서 이내 들어와서는 불안한 심사에 문 밖에도 나가지 않고 진종일을 방구석에 들어박혔다.

이것들 두 남매의 처지를 생각할 때 어머니의 마음은 메어지는 듯하였다.

"음전아! 그만 그치고 일어나 저녁 먹어라. 이놈의 고당을, 음전아! 우리 또 떠나자."

저녁을 들여다 놓고 하는 어머니의 말은 음전이를 위로하려고만 해서 하는 말만은 아니었다. 어머니는 어떻게 해서든지 자식들이 머리를 들고 사는 것을 보기 위하여 당연히 이 촌중을 다시 또 떠나려고 결심을 하였던 것이다.

"새완(아저씨)! 이 집 얼른 좀 팔아 주우, 에? 새완!"

아저씨는 돌연한 이 부탁에 닝큼 놀란다.

"새완! 고롬 이 고당에서야 사람이 어드케 사우? 어드메든지 또 사람 살 곳으루 떠나야디요."

"엄메야! 정?"

"정말이디? 이잉야! 엄메야!"

음전이와 오라비는 어머니의 그 떠나자는 말에 새로운 정신이 드는 듯이 일시에 따졌다.

이 소리에 어머니는 너무도 기가 차 말보다 눈물이 쭈루룩 두 눈으로 앞서 나온다.

"새완! 웃는 말이 아니에요. 부디 좀 아덜을 살게 해주우? 그르니 새완밖에 믿을 사람이 세상에 어디 또 있소?"

"부디 이잉야! 아제야!"

"이잉야! 아제야!"

아저씨를 떠나 보내면서도 잊지나 않을까 다시금 그들은 아저씨를 붙들고 제각기 당부를 한다.

음전이는 아저씨를 떨어지기가 싫어서 신작로까지 따라 나가 작별을 하였다.

이미 날은 어두웠건만 마을 안 처녀들의 널 뛰는

소리는 끊임없이 터드럭터드럭 여전히 들려 온다.

음전이는 이 소리를 가슴 아프게 들으며 발길을 돌렸다. 저녁 바람은 차갑게도 가슴에 안기며 음전이의 댕기를 쓸데도 없이 팔랑팔랑 날렸다.

청춘도(靑春圖)

서곡(序曲), 창조의 마음

자유로 하여 된 꿈일진댄 아름다운 꿈이라도 꾸고 싶다. 세상을 경도시킬 걸작이야 꿈엔들 그려 보기 바라련만, 하다못해 '마코'라도 한 갑 생기거나, 그렇지 않으면 계집이라도…… 쓸모 없는 시시한 꿈이 비록 몇 시간 동안이나마 현실의 시름을 잊고 지낼 수 있는 행복된 잠을 또 깨워 놓는다.

─어디로 들어왔는지도 모를 한 마리의 새앙쥐─바르르 책상귀로 기어올라 꿰어진 양말짝을 하릴없이 쏜다. 그리던 그림에 붓대를 대다 말고 조심스레 손을 어이 돌려 책상 뒤로 늘어진 꼬리를 붙드는 찰

나, 날쌔게도 고놈의 새앙쥐 팩 돌아서며 손잔등을 물고 늘어진다. '아야아' 놀라 손을 뿌리치니 어이없다. 새까만 방 안은 보이는 것 없이 눈앞에 막막하고 곤히 잠든 아버지의 숨소리만이 윗목에 한가하다.

무슨 꿈이야 못 꾸어서 하필 새앙쥐에게 물린담. 꿈조차도 아름답게 못 가진 자신이 가엾기도 하다.

상하는 반듯하게 누웠던 몸을 모로 뒤챘다.

눈을 뜬대야 보일 턱이 없는 새까만 방 안이요, 게다가 눈을 감기까지 했건만 눈앞은 환히 밝다. 빽빽히 둘러선 송림, 그 산턱을 떨어져 약수터 풀밭길을 오불꼬불 금주는 걸어내려온다.

"벌써 아침 물참1)을 보고 오십니까?"

"네, 머, 전보다 별로 일러 뵈지도 않는데요."

"아침 물은 방불이 차지요?"

"막 가슴이 뚫어지는 것 같애요."

제법 만나기나 한 듯이 말을 주고받기까지 해본다.

---

1) 밀물이 들어오는 때.

이렇게 금주가 안타깝게 잊히지 않는 것은 그 여자에게 반했으므로일까, 아무리 이성에 주렸었기로서니 가슴이 반이나 썩어진 듯한 그의 표정ㅡ배꽃을 비웃는 하얀 얼굴은 금시라도 피를 콸콸 쏟아 낼 듯한 정경이 아닌가. 그런 여자, 그 여자를 못 잊는다면 대체 어찌해 볼 심판인가. 그래도 그 여자가 못 잊힌다면 자기는 오직 한 가지만을 아는 짐승과도 같지 않은가. 이것이 자기의 본성일까, 사람의 마음일까.

문득 이상한 촉감에 몸서리를 쳤다. 이성을 상대로 일어나는 불길임을 알았다. 초저녁 한동안을 이불 속에서 쩨우치던 불길이다. 맹렬히 붙음이 안타깝다. 끌 수 없음이 가엾다. 공상과 공상의 접촉은 기름과 같이 기세를 더한다.

등잔에 불을 켜고 일어나 앉으니, 스스로 생각해도 우스운 꼴이다. 담배라도 있으면 하니 마코 향기가 혀끝에 일층 새롭다.

몇 번이나 털어 봐도 없던 담배가 있을 턱 없는 지갑귀를 다시 털어 보니 소용이 있을까, 삿귀라도 돌아가며 들쳐 보자니 없는 꽁초는 샘날 수 없다.

허하지 않는 담배는 있었다. 선반 위에 아버지의 장수연갑이다. 도덕상 금단의 율칙2)임이 두려운 것이 아니다.

율칙을 범하기 벌써 몇 번─초저녁에도 꺼내고 남은 것이 몇 대 되지 않음을 안다. 노여(勞餘)3)에 아껴 가며 한 대씩 피우는 담배여니 이제 마지막 남은 밑바닥을 긁어내기 거북함이 마음에 걸리는 것이다.

그러나 이성을 그리는 마음보다 못지않은 형세의 담배 맛이다. 참을래 참을 수 없어 한 대에 적당하리만한 분량을 다시 집어내어 궁여의 고안 그대로 신문지 여백을 쭉 찢어 두르르 말아 침으로 붙인 다음 성냥갑을 더듬어 들고 문 밖으로 나왔다.

스무날 달이 하늘에 밝다. 누동섶 개천에 돌돌돌 물소리가 청아하다. 달밤에 물소리는 이상히도 마음을 당긴다.

담배를 붙여 물고 누동으로 나갔다.

---

2) 규율과 규칙을 아울러 이르는 말.
3) 일하는 사이에 잠깐 쉬는 틈.

한 바퀴 뚜렷한 달이 개천 속에 떨어져 잠겼고, 물을 헤치고 달을 찢으며 잘박잘박 역류하는 송사리떼—귀엽다 말을 할까, 나불거리는 지느러미, 오물거리는 주둥이, 달빛에 번득이는 찬란한 비늘—몸을 뒤챌 때마다 눈이 부신다.

물 속에 가만히 손을 넣으니 놀라 흩어진다. 그러나 얼마 아니 있어 다시 송사리떼는 몰려와 툭툭 하고 길을 막는 손바닥을 주둥이로 치받친다. 정신을 차려 먹고 날째게 줌을 쥐니 포드르르 줌 안에서 한 마리의 송사리가 생명을 원하는 듯 꼬리를 편다.

다시 한번, 또 한번, 거듭하여 보는 사이, 올라가고 또 내려오고 수없이 뒤를 따라 오락가락 몰려다니는 송사리떼임을 깨닫고 평범한 행동에서의 향락만이 아님을 알았다. 본능에 충실하려는 봄의 행사임이 틀림없었다.

본능의 만족을 위한 거룩한 행사에 구속의 손을 대었음이 극히 죄송한 듯하였다. 본능의 만족, 자연의 행사—거기에는 털끝만큼이라도 구속이 있어서는 안 된다. 자유는 생명과 같이 절대하다. 미련도 없이 둔덕에 집어던졌던 몇 마리의 송사리를 다시 물 속에 집어넣었다. 물 밖에 자유를 잃었던 몸이 둔탁하게 헤엄을 쳐간다. 오그그 송사리떼가 다시 몰려와 그놈을 에워싼다.

문득 한 마리의 새가 깃을 펴고 물 속에 나타나며 송사리떼를 놀래고 달을 가린다. 누동으로 날아드는 공중에 뜬 해오라기다.

돌아옴을 반겨 맞는 듯 버드나무도 상가지 둥우리 옆에 앉았던 한 놈이 끼익 끽 소리를 지르며 목을 뺀다.

무심코 바라보던 상하는 거기에도 봄이 왔음을 알았다. 위태로운 가지 끝에서도 생동의 힘에 못 참는 장난이 한 자웅⁴⁾으로부터 일어나는 것이다.

생동의 힘, 봄의 사자-그것은 물 속에도 공중에도 찾아왔다. 그러나 오직 땅 위에 선 자기에게만 없는 것 같았다. 알 수 없는 촉감에 다시 몸서리를 쳤다. 둘 곳 없는 심사에 담배꽁지를 개천 속에 힘

---

4) 암수.

껏 메어던지니 마음이 시원할까, 난데없는 물살에 송사리떼만이 놀라 흩어진다.

1. 욕망

어느 것이라고 마음의 자유에 깃을 쳐본 때가 있었으련만 예술과 계집에의 자유에 깃이 없음이 더욱 한스러웠다. 예술의 신비 속에 생을 찾고, 계집의 아름다움에서 향락을 구했다. 계집에 마음을 두었음이 어찌 이번이 처음이었을까, 여사무원을 건드린 것이 이렇게 자유를 구속하는 원인이 될 줄은 몰랐다.

사장이 눈 건 계집이라고 맘 두지 말란 법 없지만 사장이 눈 건 줄을 모르고 허투루 다룬 것이 실책이었다. 사원 감원은 축출의 빙자요, 눈치에 걸린 것이 축출의 원인이었다.

그렇지만 않았던들 ××회사는 달마다 오십여 원의 월급을 틀림없이 지출할 것이요, 그것은 또 족히 생활을 지탱해 주고 있을 것이다. 돈에 자유가 없으니 예술도 빛을 잃고 계집도 없었다.

부탁은 삼사 곳에 두었으나 용이히 나서는 일자리가 아니다. 기다리기까지의 생활을 객지에서 붙안아 가는 수가 없다. 그렇다고 집으로 돌아오니 놀고 먹기가 어렵지 않은가. 어머니 아버지는 밭갈이와 씨뿌리기에 날마다 섰다. 자기 한 몸의 수양을 위하여 이미 전답 날갈이를 모두 옭아다 썼으니 궁여의 아버지를 받들어야 마땅할 것이나 뜻에 없고, 부모의 뜻대로 진작 장가라도 들었더라면 한 가지 괴롬만은 모르고 지날 것을…… 또 부모의 조력인들 안될 것인가. 학교를 마치고 얻자, 가정을 이루기까지의 토대를 닦고 얻자, 보다 더 완전한 살림에의 포만을 모르는 욕망이 이제 와서 가까스로 괴로움을 던져 주었다.

2. 예술

쓸데없는 지난 일의 되풀이는 마음만 산란하다. 캔버스를 들고 산으로 올라갔다. 심심하니 소일로서가 아니다. 예술적 감흥에 못 참아서다. 산간의 시내, 곡간의 괴석, 약수터의 풍경—어린 날 모르던 이 모든 고향 풍물이 상하의 붓대를 끌었다. 오늘은 약수터의 풍경을 눈감고 떠난 것이다.

산턱을 떨어져 박힌 커다란 바위 위에 두 다리를 쭉 버드러치고 앉았다. 경사진 켠 아래를 내려다보니 한 폭의 그림 같다.

—건넛산 너머 바라보이는 드높은 교회당 지붕, 그 산턱 밑 떨어져 일대엔 채찍을 들고 소를 몰아 밭 가는 농부, 좀더 가까이 앞으로 큰길엔 무엇이 분주한지 끊일 새 없이 줄달아 속보를 놓는 행객, 눈아래 약수터엔 생명을 붙안고 싸우는 수객들—모두 생을 위한 싸움임에는 틀림없으나, 그 아름다운 자연의 경개임에도 흥취를 잃고 허덕이는 고달픈 인간이 상하의 마음을 흔든 것이다.

약수터엔 지금도 수객들이 때를 잊지 않고 모여들었다. 담창쟁이, 속증앓이, 긴병쟁이—건강을 잃은 가지가지의 환자가 표주박을 들고 행렬을 짓는다. 금주도 의연히 그들의 행렬에 끼이기를 잊지 않았다.

벼랑진 돌 틈새로 솔솔솔 끊임없이 솟아 흐르는 약수—받으면 표주박 안에 보얗게 안개가 서리는 물, 산속의 정기와 같은 이 물에 생명을 맡기고 봄을 찾는 그들.

그러나 이 산간에는 이미 봄이 무르녹았으되 그들에게는 봄이 오지 않았다.

벌레 먹은 몸이 서리에 절고 바람에 시달려 그대로 한겨울 동안 눈 속에 생동의 힘을 빼앗겼던 산간의 생명인 온갖 종족—잣나무, 들매나무, 섶나무, 구름나무, 소나무, 켠을 등지고 떨어진 평지엔 소민재리, 도라지, 범부채, 깜박덩굴, 칡덩굴—꼽을래 꼽을 수 없는 초목들은 파랗게 잎새에 초록 물이 오르고, 줄기는 싱싱하게 살이 찐다.

이것들의 생명을 길러 내는 대자연—하늘을 엄한 아버지라면 땅은 자애로운 어머니다. 하늘에 솟은 해는 아버지의 눈이요 땅속을 흐르는 물은 어머니의 젖이다. 어머니는 젖을 주어 살을 찌우고 아버지는 열을 주어 건강을 단련시킨다. 비교적 숙성에 빠른 진달래와 동동할미는 이미 꽃까지 피웠다.

그러나 이 같은 아버지, 같은 어머니를 가진 자연 속에 생명의 부여는 같이 받았으나 한번 시든 인간에게는 같은 산속의 정기를 받되 어머니나 아버지의 단련도 아무러한 효과가 없었다.

삼십 명은 확실히 넘을 수객들의 얼굴에는 한 점의 봄빛을 찾을 길이 없고 구름같이 무거운 우울 속에 주름살을 못 편다.

금주, 이미 이 자연의 혜택을 받고자 세고에 병든 몸을 이끌고 산 천 리 물 백 리, 천백 리 길을 더듬어 이 산속을 찾아온 지 이미 이태―산간의 신선한 공기를 호흡하며 산간의 종족을 길러 내는 자애로운 어머니의 젖가슴 속에 안기어 두 돌의 봄을 맞았건만 금주에게는 봄을 주지 않았다.

그래도 금주는 게을리하지 아니하고 하루같이 산속을 뒹굴며 때 찾아 약수터로 내려왔다.

이렇게 지성을 들여 삶을 위하여 마음을 다하면 서리에 절었던 풀잎이 거센 땅을 들치고 다시 봄을 맞아 파랗게 생을 빛내며 살이 쪄 자라는 것과 같이 금주에게도 다시 봄이 돌아올까. 두드러진 뺨을 능히 감추고 살이 올라 배꽃같이 하이얀 그 얼굴에도 진달래 꽃빛 물이 들어 볼까.

이것을 그리는 것은 자유요, 그것은 예술이었다.

데생에 시험의 붓을 들었다.

표주박을 한 손에 들고 골짜기의 잔디밭 위에 넋없이 앉은 한 여인의 횡면─흰 닭에 검정 닭 모양으로 뛰어나게 차린 품이, 그리고 그 날씬한 몸맵시가 금주에 틀림없었다.

한 사람의 폐병 환자를 취급할 것은 잊을 수 없는 대상이었으나 하필 금주를 그리고자 한 바는 아니었건만 참을래 참을 수 없는 예술의 충동에서 시험하려는 붓끝에 못 잊는 금주가 모르는 듯 날아들음이 이상한 감흥을 자아내 주었다.

폐병 환자임에도 불구하고 마음을 당기는 금주, 애타는 속에서도 못 잊는 예술의 감흥, 알 수 없는 신비로운 심경, 그것을 자연미와 조화시켜 놓으려는 충동—그 소재의 하나가 금주다. 금주는 예술이다. 예술 속에 금주가 있다. 금주는 내 붓끝에 가리가리 요리될 것이다. 금주는 이미 내 것이다.

상하의 붓끝은 금주의 얼굴에서 몸집까지 선에 힘을 주고 다시 그었다.

금주는 나를 그리라는 듯이 움직도 아니 하고 앉아서 장글장글한 햇볕을 가슴에 받으며 시간 나마를 그린 듯이 앉았더니 두세 번의 얕은 기침 끝에 괴로운 표정을 지으며 더듬어 오른다. 일상 가서 앉는 샘터가 바위 위려니 하였더니 뜻밖에도 상하를 향하여 직로를 놓는다.

"오늘도 풍경이세요?"

상하의 앞에 우뚝 와 마주 서며 하는 인사다.

"네 그저…… 요샌 어떠십니까?"

"머— 그저 그래요. 미안하시지만 제 초상 하나 그려 주실 수 없을까요?"

자진하여서라도 그려 주고 싶은 상하의 마음이다. 그러나 대번에 승낙은 싱겁다.

"내가 뭐 그림을 잘 그리나요? 어디."

"천만에요."

하다가 금주는 풍경 속에 그려진 여자 위에 문득 눈이 가고 시선에 힘을 준다. 아직 선으로밖에 되지 않은 그림이지만 그 윤곽만으로도 어딘지 그것이 자기임을 알아낼 수 있었던 것이다.

"아니, 이게 제가 아니에요!"

금주는 자못 놀라며 물었다.

"네?"

"왜 풍경 속에다 저를 이렇게 그리세요?"

"그걸 모르십니까?"

금주는 가볍게 미소를 짓는다.

"알 수 없이 금주 씨가 그립습니다."

"알겠어요. 그러나 선생님, 용서하세요. 저는 며칠을 못 가 죽을 인간인가 보아요. 오늘도 각혈을 했답니다."

"모르지 않습니다."

"그러시면서 선생님은……?"

"내 마음을 나도 모릅니다. 까닭 없이 금주 씨가

그립습니다."

"선생님, 절 잊어 주세요. 저는 살겠다는 욕망밖에 아무것도 없습니다. 저도 봄이 그립습니다. 봄을 잊을 길이 있겠어요?"

세상이 쓰림을 못 참는 듯 한숨 끝에 주려 잡은 눈가의 주름.

상하는 다시 더 말을 못 했다. 삶의 위대한 힘에 마음이 찔린 것이다.

삶의 힘, 그것은 금주의 욕망의 전부다. 청춘에 살려는 봄꿈의 보금자리에서 썩어지는 봄의 생명이 가엾기도 했다. 안타깝기도 했다.

상하는 이 가엾은 생명을 예술의 힘으로 영원히 살리고 싶었다. 다시 붓끝에 정신을 모았다.

"저를 그린 그림은 저를 주셔야 해요, 네? 선생님, 약속하여 주실 수 있겠지요?"

금주는 두 번 세 번 당부를 한다.

3. 애욕

그림을 그리는 며칠 동안 쉬임 없이 자란 산속은 진초록으로 푸름이 거울같이 맑다. 산속은 청춘의 요람이라고 할까, 생기에 뻗은 산속, 이 산속에서 금주가 시듦이 거짓말 같지 않은가.

상하는 금주의 신변의 염려를 못 잊으며 일단의 정성을 다하여 끝낸 그림을 들고 산으로 기어올랐다. 샘터가 도랑을 끼고 잔솔을 피하여 기름진 풀잎을 밟으며 오불꼬불 돌았다.

샘터 가 바위 위에는 언제나같이 금주가 앞가슴을 풀어 놓고 일광욕을 하고 있었다.

"할미꽃은 벌써 머리를 다 풀었군요."

"진달래꽃도 지나 봐요."

하다가 금주는 캔버스 위에 주었던 눈을 문득 돌려,

"아이, 다 되었군요, 그림이……."

그리고 손을 내밀어 그림을 눈앞으로 당긴다.

"원하셨던 초상만을 그린 것이 아니라 금주 씨의 마음에 어떨까 해서 퍽 자제됩니다."

다 그려졌다고 아는 그림이건만 상하는 그래도 어딘지 만족할 수 없는 듯이 들여다본다.

"아녜요, 이 그림이 제겐 더욱 좋아요."

"글쎄 그러시다면……."

"이제야 완성한 예술품이 아니에요? 이 그림 속에는 생명의 고민상이 여실히 표현되어 있에요. 봄을 모르는 제 심정이 제 얼굴에 어떻게 이렇게 드러났을까요."

"영원한 기념으로 드립니다."

"아이, 고맙습니다."

하기는 하나 맘에 없는 그림을 받는 듯이 별안간 표정이 구름같이 흐린다.

상하는 까닭을 몰라 다음 말에 간난을 느끼고 준비에 바쁜 동안,

"현실은 참 괴로운 것이에요. 이것이 산 인간 풍경이 아니겠어요? 생명은 무엇으로 따질 수 있습니까? 선생님!"

"글쎄요, 욕망의 전부라고나 할까요."

"적절한 말씀이에요. 욕망이 제어된 곳에 생명은

없을 게에요. 청춘이 구깃구깃 구기운 제 심정이 어떠할 것입니까? 선생님!"

"가는 봄은 다시 돌아올 때가 있습니다."

"아녜요, 그야 위로엣말씀이지요. 인생의 봄은 거기에 적용되지 못하고 영원히 늙는가 보아요. 이제 보세요, 제가 며칠을 더 사나. 모든 것은 다 거짓이에요. 속아서 사는 것이 인생의 진리 같습니다. 저 너머, 저 교회당의 종소리는 성스럽게도 사람의 마음을 유혹합니다만 인간의 생명이야 좌우할 수가 있겠어요? 전도부인의 설교에 이 약수터에서도 벌써 몇 사람이나 쫓아가 기도를 받았습니다만 기적도 없었습니다. 저는 이제 이 그림 속에서만 영원히 살까 합니다. 요구하였던 초상이 제 마음을 이렇게 표현한 그림을 얻게 되니 저라는 고깃덩어리는 썩어져도 정신만은 영원히 살 것이에요."

"세상을 그렇게만 해석하실 수 있을까요?"

"그렇지 않으문 뭐 기적이게요! 단지 제가 요구하던 제 초상만을 그리셨다면 저라는 인간밖에 더 그린 것이 되겠어요? 여기에는 제가 모든 인간을 대표한 한 본보기로 된 것이 더욱 좋아요. 세상을 비웃고 제 정신만을 살린 것이 되어 있지 않습니까? 새파란 청춘이 거기에 영원히 남는 것 같습니다."

"그러시면 애초에 초상을 원하셨던 뜻은……?"

"그건 묻지 마세요."

"비밀인가요?"

"비밀이랄 건 없지만 말씀드리기 거북해요."

"거북한 일 같으면야 나더러 원했으리라고요?"

"그럼 걸 기어코 알으셔야 하나요? 뭐 말씀 못 드릴 것도 없긴 없어요. 그럼 얘기하지요. 저는 이미 약혼을 했더랍니다. 결혼을 앞으로 얼마 남기지 않고 참다못해서 이리로 왔에요. 그러니 사랑하는 이를 이렇게 멀리 떠나 보내고 객지에서 그이가 오죽이나 제가 그리울 게야요? 그래서 저는 아내의 책임을 다하지 못하는 그이의 심정을 위로하여 드리려고 선생님에게 제 초상을 원하였던 게지요. 말하자면 저는 괴악한 년이에요. 제 목숨만 살아나겠다고 아내로서의 책임을 피하는 년이 괴악한 년이 아니에요? 선생님!"

상하는 놀랐다. 금주를 위하여 정력을 다한 예술품이 자기를 박차고 금주를 사랑하는 사나이의 청춘을 위로함으로 금주에의 사랑에 만족을 줌이 되는 것이다.

사랑하는 이를 예술화시킴으로 만족할 것 같던 상하의 심정은 예술에 있지 아니하고 애욕 속에 있었다.

애욕, 그것은 예술보다도 위대한 힘으로 상하의 마음을 불태웠다. 이 세상에서의 온갖 힘으로도 꺾을 수 없는 가장 큰 힘 같았다.

누가 그러고자 해서 그런 힘을 길러 왔을까? 한 포기의 풀이 때가 오면 아무리 꺾어 버려도 몇 번이고 거센 땅을 들치고 나와 기어이 아름다운 꽃을 피워 내는 그것과도 같이 꺾이지 않는 힘이었다.

"금주 씨! 그 그림을 내 눈앞에서 용감하게 찢어 보일 수 없습니까? 없습니까? 금주 씨!"

그것은 곧 자연의 힘이요, 생명의 부르짖음인 듯이 열정에 타는 외침이었다.

벅찬 소리를 듣는 듯이 고민의 표정이 깊어 간다고 보여지는 순간, 금주는 서너 번의 괴로운 기침

끝에 붉은 핏덩이를 선지로 쏟는다.

뿌리 박은 사랑의 위대한 힘에 용납할 수 없는 고민의 상징일까. 그렇지 않으면 사랑에 제어된 구기운 청춘의 발버둥일까.

상하는 오직 아연하고 더 할 말에 간난5)을 느꼈다.

4 생명

마음의 평화를 잃은 상하는 그날 밤을 거의 새다시피 고요히 앉아서 이러한 경우에 들어맞을 선철의 명구를 무수히 끌어다 자위에의 수단을 일삼아도 보았으나 그것은 모두 거짓부렁이었다.

자기의 예술은 금주의 사랑에 완전히 사로잡힌 것 같아 아무리 하여도 불안한 마음을 가라앉힐 길이 없었다. 그것은 마치 생명을 잃은 것과도 같았던 것이다.

---

5) 몹시 힘들고 고생스러움. 또는 가난의 원말.

예술은 곧 자기의 생명이 아니었던가. 십여 년 동안 예술을 위하여 닦은 공부는 그대로 자기의 생명이었다. 만일 자기에게 예술이란 세계가 제어되어 있었던들 자기는 스스로 목숨을 끊고 영원한 예술 속에 깊이 잠들고 있었을는지도 모른다. 오직 예술 그 속에서만 참삶을 살 수 있었던 것이다.

거지 같은 오늘의 생활—그것도 다만 예술에 충실하려는 마음이었다. 밥만을 위하여 삶을 찾았더라면 자기는 결코 이러한 처지에서 한 대의 담배에조차 궁하게 되지는 않았을 것이다.

△△사에서 축출을 당할 때 ××회사도 자기를 끌었고, ○○사에서도 말이 있었다.

그러나 예술을 희생하고 뜻 아닌 곳에서 밥을 빌 수는 없었다. 그것은 곧 자기라는 생명을 희생하는 것과도 같았던 것이다. 그리고 지금도 결코 그것을 후회하는 것이 아니다. 한 개의 예술을 창조할 때 그 속에서 생을 찾고, 생의 가치를 느낌으로 자기라는 존재를 내다본다. 불안한 세태에 참을 수 없는 고독을 느낄 때에도 어떠한 예술적 소재를 머릿속에 두고 캔버스와 마주 앉을 때, 그리하여 새로운 세계가 붓끝에서 창조될 때 역시 자기의 생은 그 속에서 빛났다.

약수터의 풍경을 그릴 때에도 금주의 영원한 생명을 위하여 자기의 생명의 정성을 다하여 기울여 넣었다. 그리하여 예술 속에 남아질 영원한 생명을 꿈꾸고 세상을 비웃었다.

그러나 금주의 사랑 앞에서는 예술의 힘도 생명을 잃는다. 확실히 자기는 금주를 못 잊는 것으로 자기의 마음을 증명할 수 있지 않은가.

이것이 자기의 마음일까, 사람의 본성일까, 상하는 자신의 존재에 대한 회의를 풀 길이 없었다.

내어다볼 수 있는 죽음을 앞에 놓은 금주나, 씩씩한 건강을 자랑하는 자기나, 생명이 없는 점에 있어서는 조금도 다를 것이 없었다. 금주의 생명을 가이없어하며 캔버스 위에 그려 놓은 자기의 생명도 반드시 가이없게 보아 주어야 마땅할 것이다. 아니 금주의 생명이 도리어 자기의 생명을 비웃을는지도 모른다. 그림을 원하여 은근히 자기의 마음속에 알뜰하게 사랑의 패를 주는 듯하다가 약혼설을 말하여 냉정히 돌려 따는 것은 자기를 조롱하는 것이 아니었던가. 더욱이 그 그림으로 사랑하는 이의 만족을 주자는 것은 확실히 자기의 예술을 비웃어 줌도 되는 것이다.

금주를 마음대로 할 수 있든지 그렇지 않으면 그 그림을 다시 빼앗아 금주의 눈앞에서 빠악 빡 찢어 불살라 버리든지 하지 아니하고는 언제까지나 마음의 평화는 올 것 같지 않았다.

종곡(終曲), 생명의 성격

이튿날 상하는 약수터의 아침 물참에 금주를 찾아 떠났다.

그러나 이태 동안을 하루같이 빠져 본 일이 없다는 금주가 오늘은 약수터에도 산속에도 보이지 않았다. 반나절 동안을 산속에서 기다려보았어도 금주의 그림자는 나타나지 않았다.

상하는 문득 그날의 각혈을 연상하고 그의 죽음을 뒤미처 생각해 보며 몸서리를 쳤다.

　그러나 금주는 죽음의 길을 찾아간 것이 아니요, 삶의 길을 찾아간 것이다. 금주가 거처하던 주인집을 찾으니,

　"네에, 그 아가씨요? 회당으로 갔지요. 전도부인이 늘 예수를 믿으면 병이 낫는다구 해두 쓸데없는 소리라구 귀담아도 듣지 않더니 어젯밤 피를 연거푸 세 번인가를 토하고는 근력 없이 밤새도록 누워서 뜬눈으로 새고 나서 무슨 생각으로 아침 일찍이 그리로 갔답니다."

　주인마누라는 분명히 대답하였다.

　상하는 금주의 흉보를 듣는 것에 못지않게 놀랐다. 그렇게도 믿지 못하던 교회당을 필야엔 금주도 찾아가고야 만 것이다. 생명을 위하여는 알고라도 속지 않을 수 없는 것이 금주의 마음이었다.

　상하는 교회당을 향하여 발길을 옮겼다. 황혼의 불그레한 노을 속에 잠긴 신비로운 교회당의 지붕을 바라보며 산턱 길을 추어 올랐다.

뜻밖에도 금주는 교회당 뒤 솔밭 잔디판 위에 힘없이 앉아서 건너 산허리 밑의 마안한 바다를 무심히 바라보고 있었다.

"이리로 또 오세요? 왜 자꾸 이렇게 저를 따라다니는 게에요?"

상하의 그림자를 대하기가 바쁘게 금주는 독을 뿜는 듯한 날카로운 눈초리로 새침하여 쏜다.

상하는 그 대담함에 놀라고 멈칫 섰다.

"젊은 계집이 산속에 혼자 앉았는데 따라오는 것은 무슨 뜻이에요?"

"어제는 실례했습니다."

대답에 궁하여 늦어진 인사를 어색하게 하였다.

"글쎄 안 그래요? 선생님! 선생님에게 생명이 있다면, 응당히 저에게도 생명은 있어야 옳을 것이 아닙니까. 생명은 선생님의 전유물만이 아니니까 말이에요. 안 그래요? 선생님!"

"……"

"그러나 선생님은 선생님의 청춘만을 위하여 남의 청춘을 짓밟으려는 것이 욕망의 전부이지요? 다 알고 있에요. 저인들 왜 청춘이 그리울 길이 없겠습니까. 바에서 카페로 카페에서 티룸으로 이렇게 굴러 다니는 동안 가지가지의 세파에 마음이 늙은 계집이랍니다. 왜 청춘이 그리울 길이 없겠어요. 청춘에 목 말랐지요. 영원한 청춘에 목이 말랐에요. 그러나 선생님! 생명이 있고야 청춘이 있지 않습니까? 이렇게 된 바짜에 머 거리낄 것 있겠어요? 털어놓고 시원히 말씀드리지요. 저는 실상 남편도 아무것도 없는 계집이에요. 선생님이 다자꾸 저에게 맘을 두는 눈치를 엿보고 선생님의 사랑의 정도를 저울질하여 보자고 제가 초상화를 청해 본 것이었에요. 그랬더니 그 그림 속에서 확실히 선생님의 사랑이 열정적인 것을 찾고, 어떡허면 그 열중된 선생님의 사랑의 불길을 고이 재워 볼 수가 있을까 하는 데서 냉정히 선생님의 마음을 단념시키자는 것이 남편이 있다고 거짓말을 꾸며 댄 원인이었더랍니다. 그러나 선생님은 그럼에두 불구하시구 저더러 그 그림을 찢으라고 열정적으로 부르짖으실 때 저는 저같이 천한 계집을 그처럼 사랑해 주시는 선생님의 그 정열에 감복하여 청춘의 힘을 이길 길이 없이 흥분되는 마음에 그만 각혈까지 하게 되었더랍니다. 마음이 흥분되면 또 각혈을 할까 두렵습니다. 저를 다시는 괴롭히지 말아 주세요, 네? 선생님! 이게 저는 선생님에게 알뜰한 원이에요. 영원히 잊어 주실 수 있겠지요? 네? 선생님!"

말끝을 여물게 맺을 길이 없이 뒤미처 스미는 눈물을 금주는 걷어잡지 못한다.

순간, 상하는 금주의 농락에 불쾌함을 느끼기보다 뜨겁다 못하여 냉정하지 않을 수 없는 금주의 그 청춘의 정열에 감격하지 않을 수 없었다.

청춘에 끓는 그의 마음이 오죽이 괴로웠을까. 괴롭다 못하여 냉정하여졌을까. 냉정히 거절을 하고도 참을 수 없이 떨어뜨리는 눈물—청춘에 끓는 정열의 눈물이 아니었던가, 생명이 발버둥치는 냉정한 눈물이 아니었던가. 생명은 곧 청춘의 힘이다. 이 눈물 앞에 어찌 마음이 흔들리지 않을 수 있을까.

자기가 생명으로 아는 생명과 금주가 생명으로 아는 생명과의 그 생명을 가지는 성질은 비록 다르다

하되 생명인 점에 있어서는 공통된다. 오직 목숨을 생명으로 아는 금주에게 있어선 이 이상 더 생명을 사랑할 줄 아는 아름다운 맘씨를 가지기 바랄 수 없을 것이다.

이미 이러한 맘씨가 금주의 마음속에 숨어 있었음에도 헤아리지 못하고 그의 마음을 괴롭혀 온 상하는 자책의 마음에 고개가 숙었다. 대답에의 빈곤을 느껴 어리둥절하는 동안 교회당의 저녁 종소리가 성스럽게 산곡을 울린다.

뜨앙! 뜨앙! 땅땅! 땅!……

그것은 마치 상하의 난처한 정경에 동정이나 하려는 것처럼 금주를 불러들였다.

비탈진 산턱길에 조심스레 발자국을 옮겨 짚은 금주의 힘없는 거동을 멀거니 바라보며 성스럽게 들려오는 종소리의 음향 속에서 상하는 알 듯하면서도 알 수 없는 생명의 성격에 고요히 생각을 깃들이며 있었다.

병풍에 그린 닭이

사흘이면 끝을 내던 이 굵은 넉새 삼베 한 필을 나흘째나 짜는데도 끝은 안 났다. 오늘까지 끝을 못 내면 메밀알 같은 그 시어미의 혀끝이 또 오장육부까지 한바탕 할퀴어 낼 것을 모름이 아니나, 손에 붙지 않는 바라 하는 수 없다.

박씨는 몇 번이나 이래서는 안 되겠다 마음을 새려먹고, 놓았다가는 다시 북을 들어 들고 **쨍쨍** 놓고 **쨍쨍** 분주히 짜보나, 북 속에 잠긴 실은 풀려만 가는데도 가슴에 얽힌 원한은 맺혀만 가, 그만 저도 모르게 북을 놓고는 설움에 잠기게 되는 것이다.

생각하면 참 눈에서 피가 쏟아지는 듯하였다. 하기야 애를 못 낳는 죄가 자기에게 있다고는 하지만 남편까지 그렇게도 정을 뗄 줄은 참으로 몰랐던 것이다. 어떻게도 섬겨 오던 남편이었던고? 돌아보면 그게 벌써 십 년 전—시집이라고 와보니 남편이란 것은 코 간수도 할 줄 몰라서 시퍼런 콧덩이를 입에다 한입 물고 훌쩍이지를 않나, 대님을 바로 칠 줄 몰라서 아침 한동안을 외로 넘겼다 바로 넘겼다—남이 볼까 창피하여 시부모의 눈을 피해 가며 짬짬이 코를 닦아 주고, 아침마다 대님은 쳐까지 주어 자식같이 길러 낸 남편이요, 그날그날의 끼니에 쫓아 군색하여 먹기보다 굶기를 더 잘 하는 가난한 살림살이를 어린 몸이 혼자 맡아 가지고 삯김, 삯베, 생선 자배기는 몇 해나 였으며, 심지어는 엿 광주리까지 이어, 그래도 남의 집에 쌀 꾸러는 아니 다니게 만들어 신세를 고쳐 놓은 것이 결코 죄 될 일은 없으련만, 이건 다자꾸 애를 못 낳는다고 시어미는 이리도 구박이요, 남편은 이리도 정을 떼는 것이다.

글쎄 뉘가 애를 낳고 싶지 않아 안 낳나? 성주님께 빌기는 몇 번이나 했는데…… 불공도 드리기를 철따라 게을러 본 적이 없다. 그래도 안 생기는 것을 어쩌자고…….

생각할 때마다 아픈 눈물이 가슴을 찢으며 나왔다.

그러나, 그것이 자기의 죄임에는 틀림없다. 집안의 절대를 생각해도 그렇거니와, 아니 근 사십에 남 같으면 벌써 아들이라, 딸이라, 삼사 형제를 슬하에 오롱오롱 낳고 홍지낙지(興之樂之)할 것인데, 도무지 사람 사는 것 같지가 않게 밤낮 수심으로 한숨만 짓고 앉았는 남편이 하도 가궁[1]해서 언젠가는,

"이전 난 아들 못 낳갔넝거우다, 첩이래두 얻어 보구레."

하니,

"글쎄 첩을 얻으문 집안이 편안하야디. 그르문 님 재레 더 불상하디 않갔습마?"

이렇게 자기를 위하여 자제까지 하다 얻은 그러한 첩이다.

그렇게 얻은 첩에게 이제 남편은 빠졌다. 처음에는 그래두 며칠 만에 한 번씩은 자기 방에도 들어와

---

1) 불쌍하고 가엾다.

잘 줄을 알더니, 이 봄을 잡으면서는 그림자도 얼씬하지 않는다. 이것이 무엇을 말하는 것일꼬. 시어미야 아무리 구박을 주어도 남편의 정만 있으면 살지 하고 한뜻같이 그 시어미를 섬겨 왔고, 남편은 또, 어머니를 긇다 자기 편을 들어 왔다. 그러나 이젠 남편마저 어머니 편이다. 누굴 믿고 살아야 하나? 아무케서도 첩년보다 자기가 시퍼런 아들을 하나 먼저 낳아, 가시 돋친 시어미의 혀끝을 다듬고, 첩년에게 빼앗긴 남편의 정을 온통 끌어다 평화로운 가정을 만들어 놓아야 할 텐데. 그래서 어디 선달네 굿에나 한번 더 가서 애를 빌어 보리라 총알같이 별러 왔으나, 그것도 임의롭지 못하다. 어제도 굿 이야기를 했다가 퉁바리를 썼다. 그러나, 오늘 밤까지 굿은 끝나고 만다. 아무리 생각해도 욕이 무섭다고 이 좋은 기회를 놓치기는 차마 아깝다. 박씨는 다시 잡았던 북을 놓고 베틀을 내려 건넌방으로 건너갔다. 한번 더 시어미의 의향을 품해 보자는 것이다.

"오마니! 아무래두 굿에 가보야가시요?"

시어미는 들었는지 말았는지 머리를 숙인 그대로

견던 꾸리만 그저 결을 뿐이다.

"그래두 알갔소, 선앙님(성황님)이 복을 줄디."

"아—니 이년이 요즘엔 바람이 났나 보더라. 짜래는 베는 안 짜구 날마다 먼 산만 멍하니 바라보고 앉았더니 글쎄, 무슨 일을 내구야 말디. 시퍼렇게 젊은 년이 가랭이를 벌리구 서나덜이 우글우글하는 굿 구경을 간다!"

과하다. 가슴이 미어지는 듯하다. 이렇게도 말을 할 수가 있나? 분한 생각을 하면 마주 대항을 하여 될 대로 되라 가슴속에 구긴 분을 풀어도 보고 싶었으나, 시어미의 말대답을 며느리 된 도리에 받는 수가 없다.

"아이고 오마니! 거 무슨 말씀이오? 그래두 내 몸에 자식이 나야 안 되갔소? 온나줴 오마니 제레 아무래두 명미 한 되만 개지구 가볼래요."

"아이구 참 집안이 망헐내문 폐난이나 망하디. 메느리 바람 닐었대는 소문 냉기구 망할 건 머잉고, 귀떼기레 있으문 너두 동내서 너까타나 쉴쉴 허는 소리를 들었갔구나. 에 이년아."

"놈이야 아무랬댐 멜 허우, 나만 안 그랬음은 되디요. 아무래두 갔다올내요."

"아 이년아! 아무래두 갔다 오갔댐엔 나 있는 덴 와 와서 이리 수선이냐? 수선이. 웅, 이년이 굿 핑계를 대구 무슨 수를 푸이누라구? 다 알디 다 알아, 이년 네, 오늘 저녁 선달네 굿엘 어디 갔단 봐라. 내 집 문턱에 발을 못 들여놓으리라, 본래 야레 미물이디 미물이야. 그래두 네따운 년을 에미네라구……."

박씨는 더 말하고 싶지 않았다.

만일 남편이 이 소리를 들었다면 나를 화냥년이라고 당장 내어쫓을까? 아니, 아무리 정은 첩년에게 갈렸다고 하더라도 십여 년을 같이 살던 내 마음을 몰라줄 리는 없을 거야. 이 입에 담지 못할 힘담으로 나를 집어먹으려는 그 입놀림을 남편이야 마뜩해 곧이들으리! 박씨는 도리어 남편이 이 소리를 좀 들었더면 오히려 속이 시원할 것 같다. 아무리 몰인정한 사람이기로 애매한 누명을 뒤집어쓰는 이 나를 보고 짐승이 아닌 다음에야 내 이 터져 오는 가슴을 마음으로라도 어루만져는 주겠지 하니, 남편이 그립기 그지없다. 장에서 돌아오기만 하면 이런 소리를 반반이 외워 바치고 가슴속에 서린 분을 풀어 보고 싶다. 그래서 남편이 내 맘을 알아만 준다면 명미도 아니 줄 리 없을 것이니…….

생각을 하며 박씨는 가슴에 넘쳐흐르는 울분을 삼키고 다시 베틀로 돌아왔다.

참으랴 참을 수 없는 눈물이 가슴을 할퀴기 시작한다. 마음놓고 실컷 울기나 하면 분이 풀릴까. 참기도 어려웠으나 참으려고도 아니 하고 그냥그냥 울다 보니 벳바닥 위에는 어느새 벌써 은하수같이 기다란 해 그림자가 꼬리를 달고 가로누웠다.

벳바닥 위에 해 그림자가 가로누우면 또 저녁을 지어야 하는 것이다. 박씨는 치마폭을 걷어 들어 눈물을 씻고 일어섰다.

저녁을 먹고 나서도 남편은 돌아오지 않는다. 이제나 돌아오려나 문 밖에 나서니, 은은히 들려 오는 선달네 굿소리!

둥 둥둥 둥둥둥!

둥 둥둥 둥둥둥!

한참 흥에 겨워 치는 장구 소리다.

이 소리에 박씨의 마음은 더욱 초조하다. 그래도 달려가기만 하면 신령님은 복을 한아름 콱 안겨 줄 것 같다.

아이, 그이가 오늘은 또 속상하는 김에 술을 잡수셨나 보지. 들락날락 기다리나 어둠이 짙어 가는데도 돌아오는 기척이 없다. 박씨는 안타까웠다. 어둠은 점점 짙어 가는데 그러나 굿이 끝나면 하는 생각은 그대로 참지는 못하게 했다. 아이를 못 낳는 한, 그러지 않으면 시어미의 그 욕을 면해 볼 도리가 있을까? 시어미 눈이야 얼마든지 피해갈 수 있을 것이나, 시어미의 치마끈에 매달린 고방문 쇠를 어찌할 수 없음에, 복을 빌 명미를 낼 수 없음이 자못 근심일 따름이다. 그러나, 그렇다고 또한 이 밤을 그대로 보낼 수는 없다. 생각다 못하여 박씨는 애지중지 농 밑에 간직해 두었던 은바늘통을 뒤져 냈다. 이것은 어머니가 시집올 때 노리개도 못 해주는데 이것이나 하나 해줘야 된다고 옥수수 엿 말을 팔아서 만들어 준 것으로 자기의 세간에 있어선 다만 하나의 보물이었다. 그러나 박씨는 이제 자식을 빌려 가는 그 명미의 밑천으로 그것을 팔자는 것이다.

바늘통을 뒤져 든 박씨는 한점의 미련도 없이 그것을 들고 동구 앞 주막집 뚜쟁이 늙은이를 찾아가 일금 이 원에 팔아서 입쌀 한 되, 백지 두 장을 사들고 부랴부랴 선달네 굿터로 달려갔다.

굿은 한창이었다. 사내, 계집, 어린이, 큰애, 늙은이, 젊은이 할 것 없이 동네 사람들은 거의가 다 모인 성싶게 마당으로 하나가 터질 듯 둘러섰다. 보니 그 안에선 떡이라 고기라 즐비하게 차려 놓은 상을 좌우에 놓고, 남색 쾌자에 흰 고깔을 쓴 무당이 장구에 맞추어 흥겨운 춤이 벌어져 있다.

박씨는 선달네 마누라에게 온 뜻을 말하고 놋바리 두 개를 얻어 담뿍담뿍 쌀을 담아 정하게 백지를 깔고 굿상 위에 받쳐 놓았다.

복을 빌러 온 사람은 박씨 자기만이 아니었다. 남편이 앓아서 무꾸리²⁾를 온 색시, 자손들을 잘살게 해달라 공을 드리러 온 늙은이, 소를 잃고 점을 치러 온 사내…… 무어라 꼽을 수 없이 수두룩하다.

무당은 춤을 한참 추고 나더니, 복 빌러 온 사람들을 차례로 불러 복을 주기 시작한다. 박씨는 여덟째 번이었다.

"야들아!"

큰무당은 한참 장구에 흥겨운 사내들을 소리쳐 부른다.

"에 – 이!"

"어허니야 신애들아! 너이들 들어 봐라. 김해에 김만복이 서얼훈에 무자하야 목욕재계 사흘 후에 성주님께 자식 빌려 명미 놓고 등대3)했다. 성주님을 모셔다가 오옥동자 금동자를 오늘루서 주게 해라. 자 – 노자! 노자 노자아 하!"

큰무당은 다시 팔을 벌려 춤을 을신을신 추기 시작하니 신애들은 또 엉덩춤에 장구다.

둥둥 둥둥 둥둥둥…….

둥둥 둥둥 둥둥둥…….

---

2) 무당이나 판수에게 가서 길흉을 알아보거나 무당이나 판수가 길흉을 점침.
3) 미리 준비하고 기다림.

큰무당은 한참이나 춤을 추고 나더니, 박씨를 불러 자기가 입었던 쾌자를 벗어 입히고 고깔을 씌운다.

박씨는 자못 그것이 사람 많은 가운데서 부끄러운 노릇이나, 그것을 가릴 차비가 아니다. 무당이 시키는 대로 정성껏 받지 않으면 안 된다. 그러나, 다만 한 가지 근심은 추어 보지 못한 춤이라, 어떻게 팔을 벌리고 다리를 놀려야 할지 알 수 없는 것이요, 그것이 서툴러서 뭇사람들의 웃음거리가 되면 하는 것이 순간 낯을 붉히었으나, 자식을 비는 춤이거니 하면 저도 모르게 온 정신이 춤에만 쏠려들었다.

"성주님 오셨나이까. 김해에 김만복이 임전에 자식 빌려 가노이다. 금동자를 주소서. 금동자를 주옵소서. 야들아! 신애들아! 자— 때려라. 노자 노자—"

"에—이!"

큰무당의 호령에 신애들은 또 일제히 받으며 춤장구를 울린다.

"쿵!"

박씨는 한 팔을 들었다.

"쿵!"

또 한 팔을 들었다.

"쿵! 쿵! 쿵덕쿵!"

장구 소리에 맞추어 박씨의 팔은 올라가고 내려오고, 처음 그 한 팔을 들기에 힘이 들었지 들고 나니 아무것도 아니다. 들었다 놓았다 춤도 아주 곱다.

얼마 동안을 추고 난 뒤, 큰무당은 또 신애들을 불러 장구 소리를 멈추게 하고 박씨를 붙들어 쾌자와 고깔을 벗긴 다음, 명미 바리에 쌀을 한줌 집어 내어 공중으로 올려 던졌다. 다시 그것을 잡아 가지고는 그것이 쌍이 맞나 안 맞나를 검사하여 안 맞으면 버리고, 맞으면 박씨를 준다. 그러면 박씨는 그것을 받아서 잘근잘근 그러나, 경건한 마음으로 씹어서 삼킨다. 그것이 복인 것이다. 무당은 그 쌍이 맞는 쌀알이 박씨의 나이와 같이 될 때까지 몇 차례를 거듭하고 나더니,

"어허니야아…… 어허니야아……."

큰무당은 춤을 얼신얼신 추며,

"성주님이 김해에 김만복이 무자하사 천복 디복 다 주시다. 서른여섯 다섯 쌍이 다 맞아떨어졌다.

옥동자 금동자가 머지않아 생기리라. 성주님을 박대 마라. 서낭님을 박대 마라. 야! 박씨야아!"
하더니 굿상 위에 괴어 놓았던 흰떡 한 개를 박씨의 치마를 벌리래서 집어넣는다.

"이건 금동자니라."

또 한 개를 집어넣고,

"이건 옥동자니라."

그리고 나서 냉큼냉큼 세 개를 연거푸 집어 주며,

"옥동자 금동자 오 형제를 두었더라. 이 복 받아 성주님께 물러 주고 성공을 드려라 아―하아!"
하니, 박씨는 받은 떡을 떨어질세라 조심히 치맛귀를 둘러 싸안고 대문으로 빠져 집으로 돌아왔다.

그리고는 무당이 가르친 대로 뒤란 밤나무 밑 구석 오쟁이에 싸고 온 떡을 정성스레 하나하나 집어넣고 공손히 읍을 하여 허리를 굽혀 절을 하였다.

"성주님! 아무케두 자식을 낳게 해줍소사."

또 한번 절을 하고 나서,

"시어머니 마음을 고쳐 줍소사."

또 절을 한 다음,

"남편을 제 방으로 건너오게 해줍소사."

그리고 또 한번 절을 하고는 조심조심 물러나 뒤란을 돌아왔다.

변씨의 방에는 불빛이 익은 꽈리처럼 지지울리게 창을 비친다.

남편이 장에서 돌아왔나 가만가만히 문 앞으로 걸어가 엿들으니 사람이 없는 듯이 방 안은 고요한데 남편의 고무신도 변씨의 그것과 같이 가지런히 토방 위에 놓여 있다. 돌아오기는 왔다. 그러나 아직 잘 때는 아닌데 왜 이리 조용할꼬? 해어진 창 틈으로 가만히 엿보니 남편은 술이 취한 양 아랫목에 번듯이 누웠고, 변씨만이 등잔 앞에 펼쩍이 앉아 남편의 해진 양말 뒤축을 꿰매고 있다.

박씨는 전에 달리 남편이 더욱 그리웠다. 행여나 오늘 밤은 제 방으로 건너와 주무시지 않으시려나? 자기의 돌아온 뜻을 알리려고,

"아까 어둡두룩 안 돌아오시더니 언제 돌아오셨나."

하며 벌컥 문을 열었다.

그러나 남편은 세상모르게 잠에 취했고, 변씨가 한번 힐끗 마주 쳐다보더니,

"아니! 이 밤중에 함자 어딜 갔더랬소!"

가시가 숨은 말을 그저 한번 던질 뿐, 눈은 다시 양말 뒤축으로 떨어진다. 남편이 그리운 생각을 하면 그 옆에라도 좀 앉았다 나오고 싶었으나 눈에 가시같이 변씨가 거슬린다.

"술을 또 잡솼디?"

박씨는 남편의 얼굴을 한번 들여다보고는 돌아나와 자기 방으로 건너왔다. 등잔에 불을 켜고 앉으니, 울적한 마음 더한층 새롭다. 이불도 펴놓을 생념이 없어 그대로 초조하게 앉아서 혹시 남편의 잠이 깨지나 않나 정신을 변씨 방으로만 모았다.

그러나 아무리 앉아서 기다려야 남편의 깨는 기척은 들리지 않는다. 한번 더 건너가 보리라 문을 여니 어느덧 변씨 방에는 불이 없다. 불 없는 방에 건너가선 안 된다. 우두커니 문을 열어 잡고 새카만 변씨 방을 건너다보는 박씨의 마음은 안타깝기 그

지없었다. 울고 싶도록 마음은 아프다. 그러나 할 수 없는 일이다. 서러운 한숨을 저도 모르게 꺼질 듯이 쉬고 힘없이 문을 되닫았다.

새벽녘에야 겨우 눈을 붙였던 박씨는 참새 소리에 그만 잠이 깨었다. 처마 밑에 배겨 자던 참새가 포득포득 기어나올 때면 아침밥 차비를 하여야 되는 것이 습관적으로 그의 잠을 깨우는 것이었다.

박씨는 졸림에 주름지는 눈을 애써 비벼 뜨며 뒤란으로 돌아가 재 삼태를 들고 부엌으로 내려갔다.

그러나 부엌에 발을 막 들여놓으려는 순간, 박씨는 뜻밖의 사실에 놀라고 문득 걸음을 세우지 않을 수 없었다. 어느새 언제 나왔는지 전에 없이 시어미가 부엌에 나와 앉아서 쌀을 일고 있는 것이었다. 이상한 일이다. 박씨는 한참이나 그것을 멍하니 바라보다가,

"아니 오마니! 와 일쯔거니 나오셨소."

한 발을 마저 문턱 너머로 들여놓았다.

시어미는 일던 쌀만 일 뿐 아무 대답도 없다.

"아이구 오마니두! 아침엔 요좀두 추운데."

박씨는 자기가 쌀을 일려고 함박을 붙들었다.

"해가 대낮이 되두룩 자빠져 자다가 이제야 나와서 이리 수선이야, 이년이! 어드메 가서 밤을 밝혜개지구 와선…… 너 같은 더러운 년이 짓는 밥은 이젠 더러워 먹을 수 없다. 이거 썩 놔? 어즌나젤 어디멜 갔던 게냐, 이년!"

박씨는 쥐었던 함박을 놓지도 주지도 못하고 섰다.

"아, 이년이 더럽대두 안 나가구 버티구 섰네. 안나갈 테냐? 그래! 야 있네? 야! 야! 만복이 있네? 이, 이년을 그래, 그대루 둔단 말이가? 계집년이 밖에 나가 밤을 새고 들어온 년을!"

시어미는 소리를 질러 아들을 부른다.

이에 응하여 쿵 하는 건넌방 문소리가 난다고 듣고 있는 순간 턱 하는 소리와 같이 박씨는 함박을 쥔 채 부엌 바닥에 엎드러졌다. 어느새 남편은 달려와 발길로 사정없이 둥둥을 제겼던 것이다.

"이년! 이 개만두 못한 쌍년! 어즌나젤 어드메 갔더랜? 나래는 새끼는 못 낳구 한대는 게 서방질이로구나, 잉? 이년! 제 서나두 모르게 바늘통을 내다 팔아 개지구 밤을 새와 들어오는 년이 화냥년이 아니구 그럼 머이가? 바늘통을 몰래 팔문 내레 모를 줄 알았든? 내레 주막에서 다 들어서. 이년 그래 내레 이년을 에미네라구 데리구서, 에! 참 분하다."

박씨는 기가 막혔다. 정은 변씨한테 **빼앗겼다** 하더라도 그래도 어디론지 한껏 믿고 있던 남편의 입에서 이런 말이 나올 줄은 참으로 몰랐다. 아무리 시어미가 불어넣었기로니 밉지만 않다면야 이런 행동까지는 차마 않았을 것이다. 분한 생각을 하면 이 자리에서 죽더라도 같이 맞싸워 보고 싶으나, 그래도 남편이다. 그래서는 안 된다.

"아니 여보! 이게 무슨 일이오? 난 당신이 이렇게 내 속을 몰라줄 줄은 몰랐수다레. 굿이 어즌나쥐꺼지래기 당신은 장에 가서 오시지 않구 해서 아, 거길 갔다가 이내 와서 잤는데 멀 그르우?"

박씨는 아무렇지도 않다는 듯이 치마를 털고 일어나서 청백한 나를 좀 보아 달라는 듯이 남편의 턱 아래로 기어들었다.

"이전 네까진 쌍년 소린 백번 해두 곧이 안 듣겠다. 이 쌍년 같으니, 썩 게 나가니라."

그 억센 손이 끌채를 덥석 감아 쥐는가 하더니 사정없이 흔들며 끌어 낸다.

"이년, 다시 내 집에 발길을 또 들여놓아라. 어디 가서 뒤지든지 도와허는 놈허구 맞붙어 살던지 내 집엔 다시 못 두로리라."

휙 잡아 둘러 놓으니, 박씨는 넘어지지 않으려고 비칠비칠 힘을 주다 못해 개바주 꿉에 번듯이 나가 자빠진다.

박씨는 다시 일어나고 싶지도 않았다. 그냥 그 자리에서 죽고 싶었다. 남편에게까지 이 더러운 누명을 쓰고 살아서는 무엇 하나? 차라리 죽는 것이 편하리라. 그러나, 목숨을 임의로 하는 수가 있나? 죽지 못할 바엔 남이 볼까 창피하다. 박씨는 일어났다.

그러나, 대문은 걸렸다. 갈 데가 없다. 갑자기 몰렸던 설움이 물에 밀리는 모래처럼 터져 나왔다. 친정이나 있으면 남같이 어머니나 찾아가지 않겠나?

아버지의 뒤를 좇아 어머니마저 돌아가신 지 오래다. 박씨는 생각다 못해 이 집에서 학대를 받고 붙어사느니보다는 어디로든지 가는 것이 차라리 편하리라. 가다가 죽으면 죽고, 살면 살고 아무리 계집이기로 제 몸 하나야 치지 못하리. 또, 치기 어려우면 시집이래두 가지. 남이라구 두번 세번 서방을 얻을까? 에구 그 시어미 달년, 첩년의 눈독ー그만한 시집이야 어딜 가면 없으리 생각을 하며 박씨는 마음을 어이돌아 신작로 큰길을 더듬어 나섰다.

하지만, 무슨 미련이 뒤에 남았는지 차마 발길이 앞으로 내달아지지 않았다. 한 발 걸음 두 발 걸음 촌중을 살펴보고, 그리고 자기의 집을 찾아내고는 눈물을 흘렸다. 그런데다 방향조차 없는 길이다. 가다가는 산모퉁이에 힘없이 주저앉아 한숨을 짓다가는 다시 일어서 걷고, 걷다가는 또 쉬고 하기를 몇 번이나 반복을 하다가 이윽고 해는 저물어 색시 적에 같이 엿장수를 다니던 조씨라는 엿장수 늙은이의 집을 찾아 들어가 그날 밤을 쉬기로 하고 저녁을 얻어먹었다.

그러나 먹고 누워서 피곤을 풀며 가만히 생각해 보니, 자기가 예까지 떠나온 것이 열 번 잘못 같게만 생각되었다. 비록 갈 데는 없으되 어디나 가서 자리를 잡고 정을 붙이면 못 살 것은 아니지만 아무리 악한 시어미요 이해 없는 남편이라 하더라도 이미 자기는 그 집 사람이었다. 어떠한 고초가 몸에 매질을 하더라도 그것을 무릅쓰고 그 집을 바로 세워 나가얄 것이 자기의 반드시 하여야 할 의무요, 짊어진 책임 같았다. 욕하면 먹고, 때리면 맞자. 욕도, 매도, 다 참으면 그만이 아닌가. 내가 왜 그 집 대문을 떠나 시퍼렇게 젊은 년이 뉘 집이라고 이 늙은이네 집에서 자려고 할까? 그만 것을 참지 못하여 마음을 달리 먹고 떠나온 것이 여간 마음에 뉘우쳐지는 것이 아니다. 병풍에 그린 닭이 홰를 치고 우는 한이 있다 하더라도 나는 그 집을 못 떠나야 옳다. 죽어도 그 집에서 죽고, 살아도 그 집에서 살아야 할 몸이다.

　　박씨는 다시 발길을 돌렸다.

　　이미 어둡기 시작한 날이라 이십 리나 걸어야 할

밤길이 적이 근심되었으나, 가다가 죽는 한이 있다 하더라도 아니 돌아설 수가 없었다. 아득한 밤길을 헤엄이나 치듯 갈팡질팡 어릅쓸어 마을 앞까지 이르렀을 때는 밤도 이미 자정에 가까웠으리라 고요한 정적에 잠겼는데, 이따금 개소리만이 경경 하고 건너 산에 반영을 일으킨다.

박씨는 요행히 주막집에 불이 켜 있는 것을 보고 달려가 아직 주머니 귀에 남아 있는 바늘통을 판 밑천으로 양초 두 자루, 백지 다섯 장을 사들고 우선 뒷산 서낭당으로 올라갔다. 자기의 지금까지의 그 잘못을 서낭님께 뉘우쳐 보자는 것이다.

초에다 불을 켜서 서낭님의 앞에 가지런히 한 쌍을 꽂아 놓고 공손히 읍을 하고 서서 오늘 하루의 지난 일을 눈물을 흘리며 뉘우쳤다.

그리고 시어미의 마음을 고쳐 달라 빌고, 남편을 이해시켜 달라 빈 다음 아무케 해서도 자손을 보게 하여 남편의 그 수심을 하루바삐 풀게 해주고 집안의 대를 이어 달라 간곡히 빌었다. 그리고 다시 절을 하고 나서 백지 다섯 장을 연거푸 소지를 올렸다.

그런 다음, 집으로 발길을 돌리며 내려다보니, 남편의 방에도 시어미의 방에도 아직 불은 다 빨갛게 켜져 있는데, 오직 자기의 방만이 홀로 어둠에 싸여서 어서 주인이 돌아와 밝혀 주기를 기다리는 듯하였다.

박씨는 불빛을 향하여 걸음을 재촉했다.

개 짖는 소리가 사탁 아래 또 들린다.

유앵기(流鶯記)

1

앞문보다는 뒷문 쪽이 한결 마음에 든다.

─끝이 없이 마안하니 내다만 보이는 바다, 그렇게 창망한 바다 위에 떠도는 어선, 돛대 끝에 풍긴 바람이 속력을 주었다 당기었다…… 결코 마음에 드는 풍경이 아니다. 어딘지 거기에는 세속적인 정취가 더할 수 없이 담뿍 담기운 듯한 것이 싫다. 무엇이 숨었는지 뒤에는 꿰뚫어볼 수도 없이 빽빽히 둘러선 송림, 오직 그것밖에는 바라보이지 않는 뒷문 쪽의 풍경이 턱없이 좋다.

성눌은 마침내 뒷문 곁에 책상을 놓았다.

놓고 나서 마지막 정리인 책상 위까지 정리를 하여 놓은 다음, 뒷산을 대해 마주 앉으니 병풍을 두른 듯이 앞을 탁 막아 주는 데 마음이 푹 가라앉는다. 가라앉으니 앞은 막혔건만 앞이 트인 바다보다 눈앞은 더 환하니 내다보이는 것 같다. 역시 끝없는 바다와도 같은 현상이다. 그러나 거기에는 세속적인 생선을 실은 배가 아니고, 그렇지 않은 그 무엇이 필시 실려 있는 듯한 그러한 배가 오락가락한다.

환상일시 틀림없으나, 이러한 것을 사색게 하는 그러한 자리가 성눌에게는 좋았다.

시원하다. 산으로 내려오는 바람도 시원하거니와, 마음도 시원하다. 비록 산경의 초라한 모옥이라 하여도 서울의 여사보다는 기분일지 모르나 마음이 붙는다. 앞문 쪽을 현실이라면 뒷문 쪽은 확실히 초현실적이다. 마음에 부딪치는 세속적인 모든 것을 떠나, 이런 마음의 바다 속에서 영원히 산들 어떠리. 신상도 희망도 생활의 목적도 모두 다 잃고 가장 이상적이어야 할 청춘의 정열까지 마저 식은 생활의 패배자라고 비웃어도 좋다.

성눌은 마음을 풀어 놓고 새생활이 비롯하는 첫 끼를 이 산속에서 먹었다.

2

새생활이라고는 하지만 성눌은 무슨 이렇다 원대한 포부를 품고 선조의 산막을 찾은 것도 아니요, 수양이나 정양 같은 것을 염두에 둔 것도 물론 아니다. 다만 벗이 미쁘지[1] 않으니 마음 둘 곳이 없다. 마음 둘 곳이 없으니 고독하다. 고독이 떠나지 않을진댄 차라리 미쁘지 않은 벗을 보지 않음으로 고독함이 한결 덜어질 것도 같은 데서 어디 한번 하여 보자는 데 지나지 않는다.

누가 성눌만한 생활의 과거를 안 가졌으랴만 성눌은 그것을 결코 평범시하고 싶지 않았다.

─유족하지 못한 가산을 털어 바치고 공부를 하였

---

1) 믿음성이 있다.

다. 사회의 가장 참된 일원으로 일을 하기에 목숨을 바치자던 정열의 이상은 사회생활의 첫 관문에서 부서졌다. 난치의 병이 그의 몸을 아주 단단히 붙든 것이다. 더할 줄만 아는 각혈은 절망에 가까운 공포를 주었다. 사회의 참된 일원이 되기 전에 죽는다! 아까운 일이다. 살아야 되겠다! 아무리 해서도 살아야 되겠다! 약으로 병을 다스려야 한다! 그러나 십여 년 동안의 닦은 공부는 전 가산을 새빨갛게 긁어 먹고 오직 남은 것이라고는 빈손 안에 앞길의 운명을 판단하고 있을 손금밖에 쥔 것이 없었다.

거기, 도와 주려는 사람도 없고, 집으로 내려와 누웠으면 병에는 좀 더 나을 것 같으나, 역시 손금밖에 쥔 것이 없는 아버지에게 가난의 설움을 더 끼치기 싫다. 도리어 집에서는 알까 두렵게 곧장 병든 몸을 알키우려는 법도 없이 운명에 목숨을 맡겨 그저 한산한 여사에 누웠다.

가끔 친구들이 찾아온다. 과자도 가지고 오고, 철 따라선 과실도 들고 온다. 먹기를 권하고 병을 근심한다.

그러나 근심하는 것만으로는 그들도 탈이 낫지 않을 줄을 모를 리 없다. 갈 때마다 하는 말이 공기 좋은 산간으로 전지요양을 가란다. 그것이 약물치료보다 낫다고 간곡히 간곡히 권한다.

과자나 과실을 권하는 것은 인사요, 전지요양을 권하는 것은 생명이란 거룩한 거기에 정성을 표시하는 말일 것이다.

그러나 전지요양에조차 여유가 없는 줄을 모르는 벗들이 아닌 그들이 이런 말을 할 때는 이것도 역시 과자나 과일이나의 권과 같은 인사말에 지나지 않는다. 전지요양을 백번 권했댔자 탈이 나을 수 없는 것이다.

"왜 전지요양을 가래두 안 가?"

자꾸만 이렇게 권할 때는 딱도 하다.

벗과 벗이 서로 대하는 의무는 이런 말로 다해지는 것일까.

모르는 사람은 모르니 서로 지나치고, 아는 사람은 아니 서로 모자 벗고 인사하고, 벗은 벗이니 악수하고, 가령 점심때면 점심이나 노느고, 그리고 술

잔이라도 들게 되면 한 일 원 정도에서 오 원, 십 원도 비용은 나게 된다. 이것이 친한 벗 사이에서 가장 벗다운 성의를 표하는 인사다. 벗 아닌 사람보다 더한 것이 그것이다. 다만 그것이 벗의 필요성인 듯싶다. 점심 한 그릇 술 한 잔 그것으로 벗으로서의 사명이 다하는 것이라면 그것을 원치 않을 때는 벗의 필요성은 없는 셈이 된다.

성눌은 그런 것을 원치 않고도 벗의 필요성이 있을 그 무슨 두터운 성의와 정열이 있어야 할 것을 믿고 싶고, 그 정열이 서로의 마음을 얽어 놓으리라야 사람의 벗됨에 부끄러울 것이 없을 것 같다.

병 앓아 누우니 성눌은 전에 못 느끼던 벗이 이렇게도 미쁘지 못하다. 외로운 여사에는 벗밖에 의지할 데가 없고, 또 따뜻한 정이 벗에게로만 향한다. 그러나 벗은 벗대로의 인사가 있을 뿐, 성눌의 생각과 같은 그런 두터운 성의는 그들의 염두엔 없는가 싶다. 건강을 잃은 성눌의 베갯머리는 언제나 외롭고 쓸쓸한데 세월은 그대로 가고 병세는 차도를 모른다.

이러한 때 어떻게 알았는지 아버지가 성눌을 찾아 올라왔다. 집을 팔고 밥을 빌어먹어도 병은 고쳐야 아니 하느냐고 병을 속이고 누웠음을 꾸짖고 시골로 데려 내려갔다. 성눌은 아버지의 아들에 대한 성의에 눈물이 났다.

아버지, 아버지가 아들에게 대하는 그러한 성의로 사람들은 서로 대할 수는 없는 것인가, 아버지는 죽음 속에서 자기를 꺼내 가지고 가는 듯싶었다. 처음에 돼지를 팔아 약을 사오고 또 소를 팔고, 그래도 차도가 없어서 집을 저당하여 금융조합에서 빚을 내다 뜸을 뜬다 침을 놓는다 할 수 있는 자력과 할 수 있는 정성을 다 들여 치료하는 동안이 삼 년, 무엇에 효과를 얻었는지 그렇게도 난질이란 관사를 달고 다니던 병이 씻은 듯이 나았다.

성눌은 생활의 무대에 다시 나섰다. 서울로 올라온다. 벗들은 반갑게 악수하고 투병 축하회를 연다. 그것도 성대하게 요릿집에다 기생을 셋씩이나 불러 놓고 성눌을 위하여 축배를 드린다. 누구나가 성눌을 위하여 지성으로 술을 권하고 기분을 상치 않으려 될 수 있는 데까지 즐겁게 놀기를 위주한다. 기생도 제일 이쁜 것은 제각기 사양하고 성눌에게 맡긴다. 마치 성눌을 위한 세상 같다.

그러나 성눌은 이런 자기의 세상에서 응당히 기분이 즐거울 것이나 즐겁지 않았다. 만일 자기가 구사의 일생에서 생을 건지지 못하였더라면 물론 이런 축하회는 없었을 게고, 조전이나 조문이, 그리고 추도회를 여는 정성이 있었으리라, 병이 나으면 반가우니 축하회, 죽으면 슬프니 추도회, 왜 축하회와 추도회를 여는 그런 정성으로 병들어 누웠을 때 목숨을 건져 주기 위한 구조회는 못 열었던가? 살아 반가우니 축하회를 여는 정성이라면 죽음의 슬픔도 그만한 성의에 못지않았으리라고 보인다. 요행 살아났으니 말이지 죽고 말았더라면 그들의 이러한 성의는 보람 없는 슬픈 일이 되고 말았을 것이 아닌가.

사람을 위한다는 것은 다 제 자신을 위하는 일임에 틀림없다. 과일꾸러미도 축하회도 그것이 다 실질에 있어 자기에게 도움이 되지 못하는 한 그들 자신이 낯밖에 더 나지는 것이 없다. 그렇다면 지금

술 먹기를 그렇게도 권하는 십여 인의 벗들은 그럼 자기를 위하는 정성보다 다 제 자신을 위하는 정성이 더 클 것인가 하니 세상이 금시 어두워지는 것 같다. 성눌은 아버지의 사랑이 그리웠다. 아버지는 왜 자기 때문에 당신의 재산을 희생하여 세간을 팔아 공부를 시키고 알뜰히 죽음에서 자기를 또 구해 내시고는 지금 밥에 구차를 받고 계시나?

"아버지!"

입 밖에 나오지는 않았으나 확실히 불러는 졌다.

"왜."

아버지의 대답도 분명히 귀에 들렸다.

"저는 이번에 꼭 죽을 걸 아버지의 정성에 살아났습니다."

"애, 부끄럽다. 그게 무슨 말이냐, 내가 네 소원껏 다 해준 일이 있니? 내가 돈을 좀더 모았더라면 너는 네 마음을 팔지 않고도 살 수 있을걸……."

"아버지, 무슨 말씀입니까? 저 때문에 세간을 팔으시고 늙으신 몸이 농사를 짓느라 다리를 부르걷으시고……."

"얘, 별말 마라. 누구 때문에 사는 줄 아니, 내가."

눈가죽이 뜨거워 온다고 느끼는 순간,

"자, 어서 잔을 따세요."

간드러지게 청하는 소리가 고막을 울린다. 바라보니 아버지는 간데없고, 기생의 동글하게 쥐인 손깍지 위에서 남실거리는 술잔이 턱 앞에 와 기다린다.

환상! 환상에 왔던 아버지! 누구 때문에 사느냐는 그 한마디, 그 한마디가 어떻게도 성눌의 마음을 찔렀는지 모른다. 그리고 그것은 지금까지 성눌의 마음을 지배하고 있다.

성눌은 그 후 곧 어느 회사에 취직을 하였으나 '누구 때문에' 하는 그 한마디를 잊을 수가 없었다.

누구 때문에? 자기는 누구 때문에 사는 것인가? 아버지는 자기 때문에 모든 사랑과 정성을 다하심으로 삶을 일삼으신다. 그러면 자기는 누구를 위하여 사랑과 정성을 바침으로 삶을 다해야 될까? 자기에게도 아버지가 자기를 위하듯 그러한 사랑과 정성은 아버지 못지않게 마음속에 간직되어 있다고 알고 또 그것을 믿고 싶다. 그리고 무엇에든지 지성으로 사랑을 베풀고 싶고 또 마음을 다하고 싶음이 못 견디게 가슴속에서 용솟음치고 있음을 느끼기도 한다. 그러나 그 사랑과 정성을 베풀 길이 없이 그저 그날 그날을 밥을 위하여 비위에도 맞지 않는 일을 하고 있다. 문화사업이란 미명 아래서 사람을 속이고 돈을 빼앗고 하는 회사의 정책에 자기도 따라가야 한다. 지난날 '사회의 일원으로'라던 정열의 이상이 병마의 간섭에 식어 감이 안타까워 아무케서도 살아야겠다던 그 욕망을 생각하니 얼굴이 뜨거웠다. 그러나 그렇게 아니 하고는 생활의 방편이 도모되지 않는다. 먹어야 사는 것이 사람이다. 역시 범속한 한낱 사회의 일원임에 틀림없고 또 그러한 존재의 사람의 벗임에 언제나 충실하게 된다. 그러니 그 어떤 공허감에 생활의 정력은 자꾸만 식어 간다. 도무지 마음 가는 데가 없고 손이 붙는 데가 없다. 회사를 박차고 나왔다. 식어 가는 정력 속에 도리어 자기의 존재가 있음을 어찌하는 도리가 없었던 것이다.

그러나 우울과 고독은 여전히 깃을 들고 속속들이

파고든다. 그러면서도 그것은 그 무슨 진리를 담은 껍데기 같게도 그 속에는 찾아질 진리가 있는 듯싶었다. 그리고 그 우울과 고독은 알을 낳을 때의 그 모체의 괴로움인 듯이도 생각이 된다. 그리하여 그것을 족히 이겨 벗기기만 하면 그 속에서는 노른자위와 흰자위를 제대로 가진 진리의 알이 쏟아져 나올 것 같다. 그러나 그 우울과 고독은 못 견디게 사람을 괴롭힌다. 성놀은 불 속에나 뛰어든 것같이 몸 가질 바를 몰랐다. 이리도 뛰어 보고 저리도 뛰어 보고 싶다. 그래서 몸을 뒤재 본다는 것이 이렇게 농촌으로 발길을 돌리게 된 것이요, 비교적 한적한 곳을 찾는다는 것이 이 산막이었다.

3

산막은 언제나 조용하다. 건넌방에는 산지기 늙은이가 자식 오뉘를 데리고 있다고는 해도 있는지 마는지다. 늙은이는 신소리 한번 크게 마당을 거닐 기력이 이미 진했고, 아들은 식구를 벌어먹이기에 종일을 산속에서 부대를 패다가는 밤이면 곤한 잠에 곯아떨어지고, 과년한 처녀의 거동은 늙은이의 거동보다도 조심성이 있다. 아침 저녁 밥상을 들여다 놓을 적에도 치맛자락 한번 허투루 날리지 않는다.

이렇게 고요한 속에서도 성눌은 여전히 고독하다. 언제나 떠나지 못하는 그 공상, 그 사색은 주위가 더할 수 없이 고요하니 여느 때보다도 더한층 차지게 달라붙는다. 그러나 그렇다고 이렇다 찾은 것은 없다. 그러니 무언지도 모르게 그리운 것은 더한층 알뜰해진다. 손을 내어밀면 잡힐 듯이 그 무엇은 눈 앞에 있는 것 같으나 내어밀고 보면 역시 아득한 공허다. 우울하다. 찾다 못 찾으면 그것은 언제나 선철에게서밖에 찾을 곳이 없을 것 같아 생각이 진하면 놓았던 책을 또 집어 든다. 하이데거, 야스퍼스, 파스칼, 니체…… 그러나 또 속아넘는다. 언제나같이 거기에서도 또 이렇다 개운한 위안을 얻지 못한다. 시원한 바람이 그립다. 산으로 올라간다. 이것이 날마다 반복되는 생활이다.

오늘은 또 키에르케고르를 안은 채 산으로 올라간다.

가을의 산속은 귀뚜라미 소리에 누른다. 밤새도록 귀뚜라미가 울고 나면 이튿날의 산속은 알아보게 누른빛이 짙는다. 오늘도 어제보다는 확실히 색채에 가난하다. 산기슭에 매어달린 풀밭에는 혼자 우쭉 솟아서 기세를 뽐내는 듯하던 방초도 이제는 나도 늙었쉐 하는 듯이 새하얀 머리를 힘없이 풀어 놓고 호들기처럼 말라드는 잎사귀는 소생할 힘조차 없는 듯이 늘어졌다. 아니, 산간의 거족에 흘림 없는 아름드리 나무들도 벌써 잎사귀에 누런 물이 들었다.

인간 사회는 세파에 누르듯이 산속은 서릿바람에 누른다. 지금 서리를 실은 한줄기 바람이 떡갈나무 숲으로 스치다가 그 숱 많은 잎사귀 속을 헤어나지 못해 몸부림을 치는 바람에 이리 갈리고 저리 갈리면서도 애써 제자리에 부지하려고 매어달려 악을 쓰는 잎사귀들─그것은 꼭 세상 사람의 운명과도 같은 것이 아닌가. 자기도 분명히 저 나무 잎사귀가 이리 갈리고 저리 갈리면서도 애써 제 자리를 잃지 않으려고 악을 쓰듯이 속세의 세파에 쫓기어 시달리는 존재에 틀림없다고 생각을 하는 순간, 마침내 한 잎의 떡갈나무 잎사귀는 더 저항할 힘이 없이 그만 제 자리를 떠나 바람 쫓아 공중으로 뜬다.

성눌의 눈은 그 잎사귀를 따라간다. 잎사귀는 바람에 풍겨 그냥 그냥 하늘 높이로 솟아오르더니 한 마리의 새같이 키를 돌리어 서쪽 하늘로 방향을 꺾어 돈다. 성눌은 왠지 그 잎사귀가 가는 방향을 알고 싶어서 가슴을 넘는 풀밭 속을 허방지방 헤치며 맞은편 언덕까지 쫓아넘다가 뜻 않았던 인기척 소리에 문득 발길을 멈추었다.

"엄메야! 여긴 멀구가 그대로 있구나? 막."

머루와 다래 덩굴이 엉킨 경사진 언덕 아래, 언제 올라왔는지 산지기 늙은이 모녀가 머루를 따며 지껄이고 있었다.

얌전이는 일찍이도 머루나 다래 사냥을 다니는 일은 있었으나, 아무리 집 뒷산이라고는 해도 늙은이가 이 험한 산길에 얌전이를 대동하고 올라옴을 본 적은 없다. 그리고 머루 따러 온 모녀가 다 새옷을 갈아입고 떠난 것은 수상하다. 얌전이는 전에 볼 수 없던 자주 길소매를 단 흰 옥양목 적삼에 구김살도 가지 않은 싯누런 삼베 치마를 입었다. 웬일일까, 성눌은 한 그루의 커다란 소나무에 등을 지고 그들의 대화에 귀를 기울인다.

그러나 그들은 다시 아무 말이 없고, 늙은이는 회돌아진 모롱고지의 좁은 길을 이따금씩 기웃거리며 넘석거리는 품이 필시 누구를 기다리고 있는 모양이었다.

조금 만에 한 삼십이나 되어 보이는 장대한 농군 한 사람이 역시 바구니를 들고 무엇을 찾는 듯이 일변 모롱고지 길을 살피며 걸어 내려오는데 보니 그 어머니인 듯한 역시 백발이 헛나는 늙은이 하나가 그 뒤에 덧달렸다.

이 사람들을 본 산지기 늙은이는 별안간 얌전이에게 눈을 주며 바람에 약간 거슬린 머리칼을 고이 쓸어 재우고 저고리 앞섶까지 단정하게 여며 준다.

산턱까지 미친 농군은 뚝 떨어진 언덕 위로 올라가고 늙은이만이 그냥 풀밭길을 지팡이로 헤치며 산지기 늙은이의 앞까지 오더니 지팡이에다 힘을 잔뜩 주며 우뚝 걸음을 멈추고 허리를 뒤로 편다.

"후우, 여긴 멀구가 많기두 많수다! 후우, 노친은 어디서 오셨나요?"

그리고 얌전이를 힐끗 한번 쳐다본다.

"우린 요 아래서 왔어요. 노친은 어디서 왔소?"

"난 더 너메 샘골 사는 늙은이우다. 그래 이 각신 댁집 딸이오? 아이구 머리두 끔찍이두 자랐수다레!"

엉덩이 밑까지 치렁치렁하게 땋아 늘인 머리채를 탐스러운 듯이 쓸어 본다.

"예에, 딸이우다."

"저고리두 꼭 맞게두 지어 입었다! 옷은 네가 다 지었니?"

"그러문요. 걔가 못 하는 일이 없답네다. 베두 잘 짜구요. 김두 잘 매구요. 뭐 못 하는 일이 있나요."

얌전이는 대답할 겨를도 없이 어머니는 딸의 칭찬이다.

하는 양이 꼭 얌전이의 선을 보러 온 것 같다. 사

나이도 머루 딸 생각은 아니 하고 얌전이를 볼 것만이 하여야 할 일인 듯이 언덕 위에 마음놓고 앉아서 주의 깊은 시선을 얌전이에게로만 보내고 있는 것이 아니었던가.

얌전이의 간선![2] 하고 깨닫는 순간 성눌은 새파란 칼날이 가슴 한복판을 스쳐가는 것처럼 오싹하고 전신이 위축됨을 느낀다. 이상한 감정이었다. 얌전이의 선을 보이는데 자기의 마음에 동요가 생길 필요는 없지 않은가? 그러나 분명히 가슴이 뛰고 있음을 제 자신 인식한다. 그러면 일찍이 자기는 얌전이를 사랑하고 있었나, 성눌은 생각해 본다. 그러나 결코 그러한 생각을 가져 본 일이 기억에 없다. 다만 속정에 물들지 않은 순진한 그 마음씨가 좋았을 뿐이다. 그러나 그렇다고 그것으로 얌전이의 간선에 마음이 흔들릴 이치는 없는 것이다. 무슨 때문인가? 그렇게 순진한 처녀가 아무것도 모르고 땅이나 파는 우둔한 농부의 손 안에서 구애될 것임이 얌

---

2) 선을 봄. 간택.

전이를 아끼는 동정심에서 생기는 마음일까? 성눌은 제 마음이면서도 제 마음을 알 수가 없었다.

늙은이는 너도 가까이 와서 얌전이를 자세히 보라는 듯이 두어 걸음 떨어진 낭떠러지 섶으로 걸어가며 다래는 여기가 많다고 아들을 불러 내린다. 그리고는 무어라고 소곤거리며 아들도 어머니도 얌전이 편을 힐끗힐끗 바라본다.

이런 눈치를 살필 때마다 얌전이는 모르는 체 그저 수굿하고 머룬지 다랜지를 따기는 따나 어던지 그 몸가짐은 더욱 조심성을 요하는 듯하고 또 초조해하는 빛이 역연히 눈에 뜨인다.

틀림없는 간선이다. 성눌은 진정되지 않는 가슴에 물결을 뛰놓이며 애써 그들의 이야기를 엿들으려고 일거일동에 주의 깊이 살피었으나 그들이 돌아갈 때까지 이렇다 한마디도 비밀한 내용 이야기는 엿들을 수가 없었다.

4

산막으로 내려온 성눌은 전에 없이 얌전이가 그리움을 느낀다. 용모에서보다 그 소박한 순결한 마음씨가 자기의 마음을 붙잡는 것 같다. 눈 코 입 그 어느 것에 흠잡을 곳이 없다고는 해도 결코 미인은 아니다. 어디서든지 찾아볼 수 있는 한 평범한 여자에 지나지 않는다. 이러한 얌전이가 이제 그렇게도 그립다. 그리고 얌전이를 그 사나이가 아무렇게나 제 마음대로 할 수 있겠거니 하니 그 사나이가 못 견디게 밉기까지 하다.

아니, 내 마음이 왜 이럴까? 생각에 잠겨 보는 동안, 얼씬하는 그림자에 주위를 살피니 어느새 밥상이 들어온다. 얌전이는 저녁상을 조심스레 들고 문턱을 넘어서 사뿐사뿐 성눌의 앞으로 걸어오고 있었다. 그리고 상을 놓는가 하니 어느새 얌전이는 벌써 문 밖으로 사라지고 만다.

그러나 성눌의 눈앞에는 여전히 얌전이가 있다. 환상임을 깨닫고 밥그릇을 연다. 따뜻한 김이 모락

모락 피어오르는 하얀 이밥 속에도 얌전이는 있다. 고사리나물 위에도 있다. 조기 토막 위에도 있다. 눈이 가는 곳마다 얌전이는 있다. 성눌은 정신을 깨닫는다. 마지막 넘어가는 해그림자가 불그레하게 밥상 위에 물을 들인다. 그러나 그것도 한순간뿐이다. 얌전이는 그대로 있다. 숭늉에다 밥을 말아 뜨니 밥숟갈 위에까지도 얌전이는 떠올라 온다.

"상 가져가거라."

실로 성눌은 얌전이가 차마 그리워 이렇게 밥숟갈을 놓기가 바쁘게 소리를 질러 보기는 이번이 처음이었다.

곧 달려온 얌전이는 떠넣었던 밥을 채 씹어 삼키지도 못한 것같이, 그래서 그것을 어떻게 비밀히 처리하려는 것처럼 입 안을 꼭 다물었다.

"너 낮에 머루 얼마나 따왔니?"

돌연한 질문에 얌전이는 밥상을 들다 말고 멈칫선다.

"너 낮에 머루 따러 산에 올라왔두나."

별안간 얌전이는 홍당무같이 발개지는 얼굴을 말

없이 숙인다. 그럼 낮에 성눌은 자기가 그 사내에게 선을 보이는 꼴도 보았겠구나 하는 생각이 처녀의 마음에 더할 수 없이 수줍었던 모양이다.

그러니 또 성눌은 얌전이의 그 난처해하는 태도에 자기의 마음도 꼭 같이 난처하다. 공연히 그런 말을 하였나 보다, 얌전이의 난처해함이 스스로 변해될 그러한 말은 없을까 생각에 바쁜 동안,

"이예."

대답을 남긴 얌전이는 어느새 벌써 허리를 굽히어 상을 집어 든다. 그리고는 돌아서기가 바쁘게 한걸음 한걸음 물러나는 얌전이. 그렇게 물러나서 부엌으로 사라지니, 또 뒤이어 허공에 나타나는 얌전이, 그 얌전이도 마찬가지로 수줍음에 고개를 숙인 얌전이었다.

사나이의 버릇인 탐욕이 이렇게도 얌전이를 자꾸만 눈앞에 끌어내놓는 것인가? 성눌은 생각해 본다. 그러나 결코 그러한 종류의 탐욕이 아닌 것을 곧 양심은 증명한다. 지금까지 알뜰히도 마음이 괴롭게 찾아오던 그것은 얌전이를 찾는 데 있었던 것 같고,

또 얌전이를 찾았다고 안이 비었던 마음에 그 무엇이 꽉 들어차는 것 같았다.

성눌은 언제나처럼 불을 켜고 책을 펴놓는다. 그러나 책 위에도 얌전이는 따라온다. 그리고 책보다도 얌전이를 보는 것이 더 마음이 즐겁다. 만 가지의 공상도 얌전이와 같이 아름다워 본 적이 없었고, 책 속에서도 얌전이와 같이 아름다운 구절을 일찍이 찾아본 적이 없다. 얌전이를 영원히 자기의 것을 만듦으로 아름다움에 주린 공허한 마음을 얌전이로 채우고 싶다. 그리고 그것은 못 견디게 마음을 짓누른다. 며칠을 두고 누를래 누를 수 없는 마음이었다.

마침내 성눌은 사람을 내놓아 혼담을 전하기로 한다.

5

이튿날 성눌은 전에 없이 명랑한 기분을 안고 산으로 올라온다. 얌전이와의 청혼 교섭 전말을 여기서 들려 주기로 그 사나이와 약속하였던 것이다.

산토끼처럼 제 길을 잊지 않고 제 발부리에 닦여진 풀밭길을 성눌은 언제나같이 밟아서 언덕 위 바위 위에 자리를 잡는다.

바위의 주위는 여전히 어지럽다. 치리가미(휴지) 조각, 담배꽁다리, 성냥개비, 말라붙은 가래침, 근한 달 격이나 버릴 줄만 알고 쓸어 보지 않은 생활의 찌꺼기다. 누가 보든지 그것은 뚜렷하게도 사람이 살아난 자취로 아니 볼 수 없으리라.

그러나 여기서 살았다는 자취는 오직 그것을 뿌려 이 산속을 어지럽힌 것밖에 없다. 하지만 지금 성눌은 이 산속에서 무심히 낙엽만을 지우고 있는 자신이 아니었던 것을 믿고 싶다. 그것은 얌전이를 찾은 때문이다. 많은 여자 가운데서 흔들려 보지 못하던 마음이 얌전이를 위해서 흔들린 것이 아닌가. 분명히 자기는 바람에 시달리다 시달리다 못해서 제 자리를 떠나 공중으로 끝없이 날아 올라가는 낙엽을 쫓아가다가 머루를 따는 얌전이를 보고 마음에 동요가 생겼던 것이다. 그것은 결코 자위도 아니요 공상도 아닌 버젓한 현실인 것을 다시금 따져 보며 통

혼의 보고가 올라오기를 기다린다.

그러나 그것은 그리 초조한 것도 아니었다. 언제나 생각해도 그것은 자기의 위신에 미루어 산지기 늙은이 내외는 일언에 쾌히 승낙을 하리라 믿는 까닭이다.

오히려 근심은 이런 데 있었다.

얌전이로 더불어 어디서 어떻게 살림을 차려야 할 것인가? 서울은 싫다. 얌전이의 마음을 더럽히지 않을 이 산속에서 차라리 농사를 지으리라. 그리하여 속세에 눈을 감는 것만으로도 무거운 짐을 벗는 듯이 한결 몸은 가벼워질 것 같고 따라서 마음은 한결 후련해질 것 같다. 생활의 진리를 담은 껍데기 같게도 우울하던 마음은 여기에 완전히 벗겨지고, 가슴속 깊이 들어찬 정열은 샘물처럼 터져 흘러서 우울과 고독을 깨끗하게 씻어 낼 것 같다. 아름다운 공상 속에 여념이 없는 동안, 보고를 안은 사나이가 언덕으로 기어오른다.

성눌의 가슴은 뛰었다. 그러나 그 사나이가 안고 올라온 보고는 뜻밖에도 성눌의 뛰는 가슴을 여지없이 짓밟아 놓는다. 산지기 늙은이 내외의 말은, 성눌이와 얌전이는 마치 기름과 물과 같아서 도저히 서로 합할 수가 없는 존재이니 그것이 어떻게 작혼이 될 수 있겠느냐고 일언에 거절을 하더라는 보고다. 그래 얌전이를 농갓집으로 출가를 시켜서 고생을 시키느니보다는 성눌이와 작혼을 하여 월급생활로 고칠 팔자를 왜 마다느냐고 따지어 권해도 보았으나 산지기 내외는, 월급생활보다 땅을 파서 먹는 것이 더 귀하다고 하면서 손발 두었다가는 무얼 하는 것이냐고, 성눌이 같은 사람이야 모 한 대 김 한 이랑 꽂고 맬 줄 알 것인가, 우리 얌전이는 백이 백말 해도 모 잘 꽂고 김 잘 매는 농갓집의 장정일꾼을 얻어 주겠다고 하더라는 것이다.

성눌의 가슴은 그냥 뛰었다. 뛰는 의미만이 달랐을 뿐이다. 말을 듣고 나니 자기는 과연 얌전이에게 있어 손톱만한 필요도 없는 존재인 것을 순간 깨달은 것이다.

그렇다면 이 세상에서 자기의 존재성은 어디 있는 것일까, 성눌은 생각을 해본다. 아무 데도 없다. 앞날의 일은 추측할 바 못 되지만 현재에는 없다. 과거에도 없었다. 모 한 대 밭 한 이랑을 임의로 처리할 줄 아는 능력을 이미 배양하지 못했다. 그것만 배웠더라도 이렇게 불필요한 존재로 얌전이에게서 일언으로 거절은 아니 당하였으리라! 성눌은 자책의 부끄러움에 가슴이 더한층 뛰었다. 이 한 달 동안의 자기의 생활로 미루어 보더라도 산지기 늙은이의 눈에서뿐이 아니라, 자기 자신 무능한 한개 생활의 패배자에 틀림없었다. 얌전이는 늙은 어버이를 위하여 있는 정성과 노력을 다 들여 하루갈이에 가까운 터앞밭에서 옥수수를 혼자 거둬들이던 것을 빤히 눈으로 보았다. 그러나 자기는 그 동안 무엇을 하였던가, 밤이나 낮이나 계속해서 하는 독서, 그리고 공상, 그러나 책 속에서도 공상 속에서도 이렇다 얻어진 것은 없다. 역시 보람 없는 그날의 생을 보내고 있었을 뿐이다.

성눌은 피워 물었던 담배를 한숨과 같이 저도 모르는 사이, 바윗등에다 힘없이 썩썩 비벼 다시 못올 그 순간의 생애를 표시하는 한 토막의 자취를 또 무심히 바위 위에 기록을 하였다. 그리고 나서, 그 것이 자기임을 그 순간 또 인식할 뿐이었다.

6

성눌은 힘없는 발길을 또 산막으로 돌린다.

돌릴 때까지는 조용한 틈을 타서 자기가 직접 한 번 산지기 늙은이에게 말을 건네 보리라 은근히 마음을 먹었던 것이, 먹었던 마음을 건네 볼 겨를도 없이, 건네 볼 용기를 잃고 말았다. 들어오는 저녁 밥상이 전에 없이 얌전이의 손에서 그 늙은 어머니의 손에 바뀌어 들려 들어왔던 까닭이다. 그러니 그 것은 도시 자기라는 인물은 인제 다시는 믿을 수가 없는 것이니 얌전이를 예전대로 함부로 들여보낼 수가 없다는 반증이 아닐 수 없다.

성눌은 상을 받기보다 짐을 꾸리지 않아서는 안 될 것이란 생각이 앞서 들었다. 창피하기가 이를 데 없었던 것이다.

그러나 그렇다고 얌전이는 눈앞에서 깡그리 사라지는 것이 아니다. 하지만 자리끼도 여전히 늙은이의 손에 들려 들어오기를 잊지 않는 것을, 그리고 얌전이의 그림자는 마당으로도 한번 얼씬하지 않는 것을⋯⋯.

성눌은 밤을 두고 생각하여 보았다. 그러나 다시 말을 건네 본다는 것은 그것은 결국 낯만 더 무지는 쑥스러운 짓만이 될 것 같아서 이튿날 아침에도 의연히 늙은이의 손에 잊지 않고 들어오는 밥상을 낯간지럽게 받아 물리고는 도망이나 치듯 산막을 떠나 집으로 돌아왔다.

7

집에서는 뜻하지도 않았던 한 장의 편지가 성눌을 기다리고 있었다.

먹고 살기 위한 단체를 만들어 놓았으니 지체 말고 **빨리** 서울로 올라오라는 예의 그 벗 여섯 사람의 편지로, 김군이 대표가 되어 있었다.

성눌은 이 편지를 읽는 순간 저도 모르게 낯이 뜨거워 옴을 어찌하는 수가 없었다. 자기의 마음이 끌리는 얌전이에게는 절대로 필요치 않는 존재가 믿기지 않는 벗들에게서는 이렇게도 신임을 받게 되는 것이다. 미더운 데서는 버림을 받고 미덥지 못한 데서는 신임을 받는다. 그것은 결국 자기라는 인물은 그런 유에서나 신용할 수 있는 그러한 존재임에 틀림없는 것을 증명하는 것이 되는 것이다. 성눌은 순간 그것을 마음 아프게 깨달은 때문이다.

즉석에서 성눌은 회답을 썼다.

이 순박한 농촌의 자연처럼 자기의 마음을 살찌워 주는 데는 없다. 차마 농촌을 떠나기가 싫다. 내일부터 나는 농촌의 자연인의 한 사람이 되어서 머리에 수건을 동이고 낫을 들고 들로 벼 가을을 나서련다. 군들과 나는 인제 너무나 차이가 있는 동떨어진 사람이 되련다. 나 같은 사람은 서울 장안에도 그득 들어찬 게 그것일 테니 나는 인제 아주 잊어 주는 것이 좋을 것이다. 그리고 그것을 나는 두번 세번 당부하고 바랄 뿐이다.

이런 사연이었다.

그리고 성늴은 며칠 후에는 실제로 낫을 들고 들로 나섰다.

늙은 아버지가 자기를 위하여 모든 것을 다 희생하시고 생전 쥐어 보지 못하던 낫을 들고 여름내 피땀을 흘리며 지어 놓은 벼 가을을 또한 손수 하시고 그것의 마당질 품으로 남의 품벼를 베다가 그만 서투른 낫에 다리를 상하여 꼼짝못하고 누워 있으니 마당질만은 혼자로서는 도저히 할 수가 없는 일인데 이제 품을 들여놓지 못하면 아버지 혼자서 하여야 될 앞날의 마당질 처리를 내다볼 때 성늴은 그대로 앉아 있을 수가 없었던 것이다.

"벼 가을이 바루 그렇게 헐한 줄 아니? 너마자 어디 또 다치려구?"

아버지는 한사코 말리는 것을 성늴은 뿌리치고 품벼를 베러 나섰다.

천여 석의 씨를 뿌린다는 이 넓은 들에는 논배미마다 모두 다리와 팔뚝을 걷어 올리고 무슨 진리를 거두기나 하는 듯이 오직 거기에만 정신을 쏟고 낫들을 놀린다.

성눌이도 그들과 같이 발을 뽑고 논배미로 들어섰다. 이른 새벽이라 아직 햇볕을 완전히 보지 못한 아침 물은 어지간히 차다. 발바닥에 짚이는 물이 산듯산듯 소름을 끼쳐 주는 정도거니 하였더니 차츰 발가락에는 얼음이 꽂히는 듯이 아려 왔다.

그러나 이 논에 같이 들어선 칠팔 인의 가을꾼들은 그런 것쯤은 느끼지도 못하는 듯이 흥에 실린 낫만이 그저 분주하였다. 발가락은 못 견디게 아려 왔으나 성눌은 그것을 참기 어려워서 뛰어나와서는 안 된다. 강잉히 이빨에 힘을 주어 가며 그들과 같이 의연히 한편 쪽으로 열을 지어 가며 낫을 놀려야 했다. 그러나 일꾼들을 따를 수는 없다. 겨우 다섯 단을 묶어 놓고 보니 그들은 벌써 십여 단씩이나 뒤로 남겨 놓고 서너 발 가량이나 앞서 나가고 있다. 성눌은 좀더 속력을 내어 일단의 정열을 다해 본다.

그러나 그러한 속력으로도 손익은 그들의 일에는 미치지 못했다. 맞은편 논둑까지 다 나가서 허리를 펼 때 보니 성눌은 겨우 논배미의 한복판에 서 있었다. 하지만 그것도 얼마 동안의 일이었다. 낮밤을 지나고 났을 때에는 끊어져 내는 허리를 펼 수가 없었다. 그런 것을 그대로 우기자니 기력이 당해 내질 못한다. 일의 능률은 오히려 처음보다도 나지 않았다. 그래도 성눌은 시늉이라도 하게 남아 있는 힘이 제 자신 기적 같음을 느끼면서 견디어 냈다. 그리고 그런 힘이나마 한껏 남아 있기를 바랐으나 온몸은 땀에 뜨고 코로는 단김이 몰려 나왔다. 해가 지기까지 베는 시늉을 하고 또 베어 놓은 볏단을 등짐으로 메어 내다가 배까지 치고 났을 때에는 실로 촌보의 자유도 능치 못하게 전신의 동맥은 굳어진 듯이 제대로 움직여지질 않는다.

농사일이란 눈으로 보고 상상하던 짐작의 노력만으로는 도저히 미치지 못할 일임을 성눌은 이제 깨달았다. 그리고 얌전이에게서 거절을 당하게 된 이유의 일단도 여기서 서언히 밝아지는 듯하였다.

일꾼들은 논둑으로 나와 담배를 한 대씩 피워 물고 또 내일의 품꾼들을 제각기 따지고 다들 일어섰다. 그러나 오늘의 일꾼 중에서 내일의 품에 빠진 사람은 다만 성눌이 한 사람뿐이었다. 오늘 수고를 하였다는 인사가 있었을 뿐 누구나가 하나같이 성눌에게는 내일의 품을 말하는 사람이 없었다.

성눌은 모욕이나 당한 것같이 마음이 좋지 않았다. 여기서도 그들은 무언중에서 자기는 의연히 필요치 않은 인물인 것을 말해 주었던 것이다. 마음이 붙지 않는 곳에서는 반겨 청하고 마음이 붙는 데서는 거역을 당한다. 성눌의 눈앞은 또다시 어두워졌다. 이 넓은 세상에서 자기의 마음은 여전히 담을 데가 없는 것이다. 숨이 막히는 듯이 가슴이 답답했다.

그러나 숨이 끊기지 않는 것을 보면 분명히 숨을 쉬고 있는 것으로 공기를 호흡하고 있는 것은 사실이나, 마음의 호흡이 괴로운 것을 보면 분명히 세상의 공기는 탁해진 것 같았다.

가슴이 막힌 것 같은 답답한 날을 보내는 며칠 동안, 자기의 답장이 강경함을 안 벗들은 성눌을 기어이 끌어 올리려고 김군이 그 대표로 성눌을 찾아 내려오기까지 하였다.

자기를 이처럼 기어이 끌어 올리려는 벗들의 그 우정에는 아니 감사할 수 없었다. 그들의 주위에도 실직으로 밥을 땅땅 굶고 있는 친구가 수두룩함을 모르는 바 아닌데 하필 자기를 끌어 올리자는 것은 자기에게 대한 그들의 정의 발로 이외에 다른 아무 생각도 있는 것이 아니리라 생각을 하니 성눌은 주위의 탁하던 공기가 얼마쯤 완화되는 듯이 가슴이 좀 후련해지는 것도 같았다. 그리운 서울이 아니었으나 벗들이 벗을 위하는 그 충성에 성눌은 반항할 용기를 문득 잃는다. 어디를 가도 자기의 마음을 담을 데가 없다. 그럴진대, 터럭만한 도움도 되지 못하는 존재가 피땀을 흘리어 벌어 놓은 늙은 아버지의 등을 파먹고 있기보다는 다시 서울로라도 올라가 자기의 손으로 벌 수 있는 일을 하여 먹는 편이 차라리 나으리라, 생각을 돌려 굳히게 된 성눌은 두말없이 이튿날 아침차에 김군과 같이 몸을 싣기로 했다.

8

진고개의 어느 요정이다. 성눌이 올라오는 바로 그날 저녁에 벗들은 또 명색 성눌의 환영회를 열었던 것이다.

밤늦도록 소리하고 마신다. 성눌은 오래간만에 얼근히 취해 본다. 괴로움을 잊는 즐거운 밤이었다.

한 시 가까이 좋은 기분에 벗들과 어깨를 나란히 하고 귀로에 나섰다. 깊은 밤의 장안거리는 어지간히 고요하다. 행인이 딱 끊긴 바는 아니나, 이 성눌의 환영회 일행의 세상인 듯이 아스팔트 바닥에 그들의 구두 뒤축 닿는 소리만이 장안에 찬다.

좀 신중하지 못한 벗 한 사람은 기분일 탓일까, 목이 찢어져라 소리 높이 유행가를 불러도 보고, 타지도 않을 택시를 손을 들어 스톱도 시키고, 지나가는 여인의 옷자락도 부딪쳐 보고…….

하지만 거리 사람들이 그의 주기에 다 같이 호의로 그를 대하려고 하지는 않는다. 한번은 지나가는 행인의 어깨를 길을 어이다가 잘못된 체 힘껏 들이받았다. 그러나 받고 보니 그건 안 되었다. 싸움을 건 셈이다. 옳거니 글커니 밀치며 젖히며 시비를 서로 따지어야 하게 되는 판.

성눌은 중재를 위하여 나선다. 붙은 싸움을 떼고 사이에 들어섰다. 그러나 들어서고 보니 친구는 날쌔게도 빠져나 구두 소리 높이 거리의 정적을 깨치며 도망을 친다. 그 친구를 놓친 적은 분함을 참지 못하는 듯이 성눌에게로 돌려붙는다.

"이 새끼! 그래 네가 쌈을 도맡을 작정이냐? 뎀벨 템 뎀베라!"

볼 새도 없이 들어오는 주먹은 턱 하고 번개같이 성눌의 턱밑을 받아 낸다. 그뿐이면 좋았다. 단 한 주먹에 성눌은 쾅 하고 뒤로 나가둥그러지며 돌같이 단단한 아스팔트 바닥에 머리를 바쫏는다. 그것뿐이면 또 좋았다. 두부에서는 검붉은 피가 계제하게 흘러서 순식간에 머리는 핏속에 파묻힌다. 성눌은 죽었는지 살았는지 혼도한 채 일어나지를 못한다.

잘못은 어느 편에 있었든지 간, 죽었는지 살았는지 나가둥그러진 그대로 꼼짝못하고 피만 쏟아 내는 벗, 이 벗을 위하여 일행은 응당히 복수의 의무를 느껴야 옳을 것이나, 일견 적진의 행색은 거리의 불량배에 틀림없다. 즈봉을 땅에다 찰찰 끌며 샤쓰 바람에 캡을 비스듬히 쓴 사람이 둘, 노타이에 머리를 반반히 재워서 바른 골을 쪽 갈라 붙이고 모자도 없이 와이샤쓰 소매를 팔뚝까지 걷어 올린 사람이 하나. 싸움에는 아무런 기술도 갖지 못한 벗들은 그들에게 손을 대기는커녕 도리어 그들의 손이 올까 두렵게 말로라도 한마디 대항해 볼 용기조차 잃고 다만 자기네의 신변을 지키기에만 급급해서 쩔쩔매고 있는 동안,

"이 째끼들아! 다음엘람 술을 먹더라도 점잖게 먹고 다녀라!"

약점을 본 그들은 사람을 핏속에 묻어 놓고도 오히려 뻐젓이 버티고 서서 큰소리를 치면서 서서히 골목 안으로 사라진다.

그제야 일행 중의 한 사람이던 조군은 제 자신 모욕을 느꼈는지, 실로 벗의 치명상이 분했던지, 또는 성눌에게 대한 자기의 체면을 유지하자는 데선지

웃통을 벗고 넥타이를 끄르며 고함을 친다.

"이 자식들아! 네 자식들이 가면 어디로 갈 테냐? 뎀벨 템 뎀베 보자!"

그러나 사람을 핏속에 묻혀 놓고 그들이 설사 이 소리를 들었댔자 돌아서 대들 이치 만무하다. 반응이 없는데 조군의 기세는 더 높아진다.

"이 자식들아! 내 단주먹에 가루를 만들리라! 어디를 숨어? 이 자식들……."

그리고 있는 힘을 다하여 땅바닥이 깨어져라 발을 탕탕 구른다.

남은 벗 세 사람은 여기에도 격동할 용기가 없는 듯이 어리둥절해서 조군의 태도만 묵묵히 바라보고 섰다가 움찍 하고 몸을 뒤채는 것 같은 성눌의 거동이 눈에 뜨이자 죽지는 않았다는 그 동작이 그지없이 반가워서,

"성눌이! 성눌이! 정신 차려, 응? 성눌이!"

제각기 부르짖으며 김군은 성눌의 팔목을 잡아당긴다. 성눌은 일어서려고 전신에 힘을 주는 눈치였으나 몸을 가누지 못하고 빗둑 모로 쓰러진다. 피를

너무 많이 쏟은 탓일까, 달빛에 어린 얼굴이 몹시도 창백하게 보였다.

조군은 혼자서 덤비나마나, 겁이 시퍼렇게 난 세 사람의 벗은 성눌을 부축하여 병원을 찾아 내달았다.

9

하얀 붕대로 머리를 겹겹이 둘러 감고 병원 침대에 고요히 몸을 눕힌 성눌은 또 다시 한번 무심히 눈을 떴다. 천장에 매달린 휘황한 백 오십 촉 전등이 번개같이 눈에 꽂히며 시력을 압도한다.

주위에는 여전히 벗들이 졸리는 눈에 잠을 싣고 그린 듯이 앉았다. 그 모양은 자기에게 대해 심히 미안해하는 거동같이 짐작되었다. 그것이 그에게는 한껏 불쌍하게 보였다. 이미 받은 상처니 앉아서 밤을 새며 자기에게는 하등 필요가 없는 것을 인사상 자기의 곁을 떠나지 못하고 졸고 있는 것이다. 자기의 신변에 위험이 미칠 염려가 있을 경우에는 인사에 그렇게 무디다가도 신변의 위험을 느끼지 않을 때에는 이렇게도 마음놓고 거룩하게 인사를 베푸는 벗들이다. 이 벗들이 자기의 벗이요, 자기는 또 그 벗들의 벗이 된다. 그리고 자기는 그들에게 절대의 우정의 대상이 된다. 절대의 우정의 대상이 됨으로 서울로 다시 올라오게 되어 받은 상처가 지금 머리에 크다. 아니, 마음에 크다. 성눌은 한숨과 같이 다시 눈을 내리감았다.

"꼭 의사의 지시대로 치료를 받아야 하네."

벗의 손에 흔들림을 받고 또 힘없이 눈을 떴을 때는 어느새 불은 전등에 없고, 동편 유리창을 통하여 아침 햇발이 줄기차게 들여 쏘고 있었다. 그 적에야 벗들은 돌아갈 차비인 모양이다.

"진단은 삼 주간이래두 보름이면 퇴원이 될 게라."

"어젯밤 일은 말끔한 신수야."

그리고 돌아갔다가 다시 찾아온 김군의 손에는 귤 꾸러미가 들려 있었다.

이것을 본 성눌은 떴던 눈을 힘없이 또다시 내리깔았다.

캉가루의 조상이

1

실제를 이상화하기는 쉬워도 이상을 실제화하기는 그렇게도 어려운 듯하다.

문보가 약혼을 하였다는 것은 자신이 생각할 적에도 이상과는 너무도 멀었던 사실이다.

'내가 약혼을 하다니!'

앞길의 판재에 현재를 더듬어 미래를 내다볼 땐 전생에 죄를 지은 듯이 마음이 두렵다.

멘델의 유전학적 법칙은 완전히 무시할 수 있다 하더라도 정문보 가(鄭文輔家)의 유전적 내력은 무시할 수 없는 것이다.

쬠손이, 절름발이, 곱사등이, 앉은뱅이, 애꾸눈이 –대대로 이런 불구자를 계승하여 내려오는 가계 (家系)에서 자기 따라 이, 목, 구, 비가 분명하고 사지백체가 제대로 갖은 인간으로 대를 가시어 놓기 바랄 수 있을 것일까?

오십 여생을 손이 묶인 듯이 쓸 수 없던(쬠손이) 아버지의 불행에 비하면 한 눈이 먼 자기는 행복된 인간이라고도 할 수 있으나 차라리 한 눈이 마저 멀어, 세상의 모든 것을 애초에 볼 수가 없었더면 얼마나 행복된 일이었을까? 불구의 고민을 잊을 때가 없거니, 이제 자기의 불구한 고민에 비추어볼 때 이러한 불행한 생명을 세상에 내어놓아 자기와 같은 고민 속에서 일생을 보내게 한다는 것은 몇 번이고 생각해도 그것은 인생에 대한 죄악이었다.

자기 한 몸을 희생하여 불구의 불행한 씨를 근절시켜 놓는 것이 차라리 그들의 행복이리라. 결단코 결혼을 하여서는 아니 된다, 인생의 반생을 한뜻같이 독신으로 살아온, 아니 영원히 살려던 문보였다.

비록 한 눈은 멀었을망정 그것이 흉하여 자수의

짙은 안경을 매양 끼고 있으니 좀 건방져는 보일망정 문보가 불구한 인간인 줄은 꿈에도 모르고 그 나머지 부분의 붙음붙음이 분명하고 고르게 정리된 뚜렷한 용모와 체격의 남자다운 늠름한 품격이 남달리 이성에의 흠모의 적(的)이 되어 동경의 학창시대엔 결혼 신청을 받기도 실로 수삼 차에만 그친 것이 아니었건만, 이런 것들을 물리치기에는 조그마한 무람[1])도 없이 그의 생각은 철저하였다.

눈에 들고자 갖은 아양을 피워 가며 계집으로서의 온갖 미를 아낌없이 자기의 앞에서 떨어 낼 땐 인생의 본능에 자극을 아니 받을 수 없어, 그것을 이겨 내기란 참으로 괴롭지 않은 것이 아니었다.

한번은 동경에서도 이름난 미인으로 유학생들의 입술에서 끊임없이 오르내리고 있던 금봉으로부터 열렬한 사랑의 편지를 받았을 때, 그리고 자기를 위하여 아까운 것 없이 바치기를 아끼지 않으려 할 때, 금봉의 미모와 정열에 청춘의 마음이 본능적으

---

1) 부끄러워하여 삼가고 조심하는 데가 있음. 또는 그런 태도.

로 휘어 들어감을 억제치 못하여 하마터면 실수를 할 뻔한 적도 있기는 있었다.

그러나 한번 문보의 불구한 부분을 찾게 됨으로 금봉은 그만 실색을 하고 돌아서서는 다시 찾아 주지를 앓던 것이 지금도 다행한 일이었다고 생각하여 오거니와, 그 후부터 문보는 이성에 대한 교제는 더한층 각별히 주의를 하여 왔다. 학창시대에 동경서 같이 노닐던 벗들은 학업을 필하고 고향으로 돌아와 모두 결혼들을 하여 벌써 아들딸을 둘씩이나 둔 사람도 있었건만 문보는 애써 결혼에까지는 맘을 두지 않아 왔다.

그러나 미자와의 교제가 두터워 갈 때, 그것은 지난 겨울이었다.

하루는 새로 발표한 창작에 대하여 뜻 아니한 미지의 여성으로부터 한 장의 찬사를 받게 된 것이 그의 마음에 맘을 돌린 시초다.

문단에 나선 지 칠팔 년, 작품을 발표한 수도 적지 않건만 불구한 성격이 빚어 낸 그의 독특한 인생관 ―남달리 이상한 그 문제 그 주의는 언제나 독자의 이해 밖의 악평의 적(的)이 되어 유명 무명 간에 들어오는 투서는 누구의 것이나 판에 박은 듯이 욕으로 일관된 그 속에서 미자의 편지를 찾은 것은 확실히 한 가닥의 기쁨이었다.

비로소 예술의 이해자를 찾은 문보는 미자란 이름을 잊을 길이 없어 염두에 두고 지내 오던 어느 날 돌연히 또한 그 여자의 방문을 받은 것으로 교제는 시작이 되었다.

그러나 가끔 만난대야 문단과 예술 방면의 이야기로 만족할 수 있던 미자는 차츰 그것만으로는 만족할 수 없는 의미를 은근히 비치기도 했다.

하지만 문보는 그저 모르는 듯 냉정했다.

그러나 미자의 정열은 식는 것이 아니었다. 마침내는 하려는 말을 기어이 하고야 말았다.

"선생님! 전 선생님을……."

듣기에 놀라운 소리였으나 엷은 강철같이 떨리는 음향은 그다지도 문보의 마음을 당기었다.

이럴 때면 문보는 인생의 행복을 멀리 등진 불구의 고민과 싸우지 않을 수 없었다. 괴로움에 그의 마음은 탔다.

"선생님, 선생님……."

못 견딜 듯이 정열에 타는 미자의 눈, 매어달리는 듯한 아양에 떨리는 몸부림―그래도 문보의 마음은 휘지 않았다.

"나를 잊어 주시는 것이 차라리 행복이리이다. 나는 당신을 사랑할 자격을 잃고 있습니다."

"건 저를 모욕이에요. 자격이 없으시단……."

"아니 정말 자격이 없습니다. 나는 솔직히 말합니다만 불구자입니다."

미자는 문득 놀라고 더 말이 없다.

"거짓말을 왜 하겠습니까. 나는 한 눈이 좀 부족합니다."

문보는 어디까지든지 미자의 마음을 돌리게 하기 위하여 숨김없이 사실 그대로를 말하였다.

그러나 이 소리를 듣는 미자는 그것만으로는 불구자랄 것도 없다는 듯이 금시에 낯갖은 다시 화기에 물들며,

"네, 건 예전부터 알고 있었에요. 전 뭐……."

"……"

"전 뭐, 선생님의 마음에 움직인 것 같애요. 사람을 용모로 따진다면 그건 결국…… 네? 전 선생님을……."

놀란 것은 도리어 이쪽이었다. 불구자인 줄은 알면서도 사랑한다! 맘을 사랑한다는 말이다. 사람을 외모로서 찾으려 하지 아니하고 마음으로 찾는 미자, 미자는 그런 사람을 찾는다! 이 세상이 미자같이 참되다면 자기는 결코 불구한 사람이 아니다. 자기의 마음을 아는 사람은 다만 미자를 본다. 왜 뼈젓이 눈을 내어놓지 못하고 미자 앞에서 가리고 다니었던가? 이제 그것이 부끄럽기까지 하다. 그렇게도 열렬하게 사랑하던 금봉이가 한번 자기의 불구한 부분을 찾자부터는 그만 실색을 하고 말던 것에 미루어 보면 미자는 범인을 초월한 초인적 존재와도 같았다. 무엇인지는 꼬집어 말할 수 없으나 불구의 고민 속에서 오늘까지 찾아오던 진리는 비로소 미자의 마음속에서 찾은 것 같았다. 그리고 미자의 마음과 자기의 마음과는 떼려 뗄 수 없는 한 개의 물체로 융합이 되는 듯 휘어 들어갔다.

마음의 힘이란 그렇게도 센 것일까. 장래의 문제엔 마음을 보낼 여유도 없이 실로 그 일순간에 사랑의 관계는 맺히고 약혼은 성립이 되었던 것이다.

그러나 마음의 융합이기로 유전적 법칙이 무시될리는 없는 것이다. 이것이 그 후에 따르는 문보의 고민이었다.

2

날마다 근심은 더해 왔다.

'불행의 씨가 생기지 않았나?'

생각과 같이 그것은 따라오고 마음은 두려웠다.

'며칠 동안에야 무에 그리 쉽게 생겼을꼬?'

그러나 그것은 두려움의 자위요 보증할 수는 없다.

'당연히 파혼을 해야 돼.'

언제나 생각하다가는 이렇게밖에 더 맺혀짐을 찾지 못하던 그 결론이 지금도 다시 돌아와 맺힘을 당연한 일이라고 문보는 마음속에 따져 보다가도, 그러나 이미 씨가 들어 있는 몸이었다면 그 곤란할 것 같은 처리에 다시금 생각은 얼크러져, 보면 알기나 할 것인 듯이 치맛감을 마르고 있는 미자를 힐끗 쳐다보았다.

"이 치맛빛은 봄빛보다는 좀 짙지?"

자기로 위하여 문보의 마음속에는 커다란 난이 일어난 줄도 모르고 미자는 혼자 즐거움에 엉뚱한 질문을 들이댄다.

문보는 하고 싶은 대답도 아니었으나 실상은 대답할 수도 없는 질문이매 잠자코 말았다.

"봄빛은 물빛보다도 짙어야 산뜻한데 그런 게 원 있으야 말이지."

아무래도 그것은 마음에 개운치 않은 빛인 듯이 뒤적거리던 치맛감을 훌훌 털어 허리에 두르고, 잠깐 아래위를 훑어보며, 그리고 보아 달라는 듯이,

"아무래도 빛이 좀 짙지?"

하기 싫은 대답이라고 세 번째나 못 들은 척할 수는 없다.

"옥패두 뭐, 그런 빛을 입었던데?"

"아이 어쩌나!"

"뭣이?"

"옥패가 이런 빛을 입으문 난 못 입어."

"건 또?"

"옥패야 벌써 애를 낳지 않었수? 애를 나면 맘도 늙는다우."

"그러문 그 치맛감은 두었다 애를 낳어야 입겠군."

"싱겁긴!"

"싱겁긴 뉘가 싱거운데? 그렇게 뻔히 알면서 그런 치맛감을 사올 때야 애가 그리워 기장구를 마련하는 격이……."

"아이 망칙두 쉐― 뉘가 뭐 애를 낳겠대나! 바스럭거린다니께 꼬집지 흐웅!"

"배면 안 낳고 배길 장사가 있어 그래?"

"글쎄 난 죽어두 앤 안 날 테야."

이 말은 결코 아직 애는 안 밴 말이다.

우연한 문답에서 문보는 어렵지 않게 미자의 뱃속

을 들여다볼 수 있었다.

순간, 문보는 얼크러졌던 마음의 고삐가 스르르 하고 풀리며 결론은 다시 굳어졌다.

'당장 파혼을 해야 돼.'

"애를 배면 청춘이 간답니다."

그러나 문보는 이론을 더 앞으로 계속하려고도 아니 하고 그저 파혼을 하여야 된다는 데만 열이 올라, 다시 더 여기에 마음이 돌지 말고자, 아주 굳혀버리기로 벌떡 일어서 테이블을 마주하고 의자에 하반신을 묻었다.

어제 저녁에 배달된 신문이 그대로 테이블을 덮고 있다. 집어 드니 마음은 먼저 학예면을 더듬고, 눈은 이달의 창작평에 멎는다.

가장 회심의 작이라고 자처하고 싶던 이번의 작품도 자기의 것만은 또 악평의 대상이었다. 도대체 무슨 소린지 이런 작품은 아마 인류 사회 이후에는 몰라도, 인류의 역사가 있기까지는 이해할 수 없을 것이라 단안을 내렸다.

반드시 비평가만이 작품을 바로 본다고 믿을 것은

아니로되, 벗들 사이에서도 이미 이러한 의미의 말을 여러 번 들어 왔고 또 며칠 전에는 미지의 독자들로부터서도 역시 같은 뜻의 서면을 받았던 것을 미루어, 이제 그 평점이 일치됨을 찾고 문보는 일반의 이해에 벗어나는 자기의 예술에 다시금 우울함을 느끼었다.

자기가 보는 인생관 사회관은 이 세상에서는 이렇게도 이해를 못 가지는 것이다. 그만큼 자기는 현실 사회와는 인연 먼 존재 같다. 그러나 일반의 이해를 잃었다 하여 자기의 마음을 결코 슬퍼하고 싶지는 않다. 도리어 현실을 비웃고 싶은 마음이다.

그러나 마음에 공명하는 이 없으니, 자기가 옳다는 데는 자만심이 꺾이지 않아도 마음을 통하여 즐거움을 느낄 수 있는 집단 속에 사는 개인의 심정으로서는 아니 고적할 수가 없었다.

문보는 그 작품이 실린 잡지를 집어들고 자기의 작품을 다시 한번 읽어 본다. 구절구절이 도리정연한 문장이다. 한 사람의 불구자의 입을 빌려 현실 사회를 상징적으로 표현시킨 그 시미 창일2)한 문장

속에 스스로 취하여 자기도 모르게 무릎을 쳤다.

그리고 다음 순간, 문보는 문득 놀라고 눈앞에 나타나는 미자를 보았다. 써놓는 원고를 한장 한장 옆에서 읽어 주고 정리하여 주던 미자가 과연 하는 솜씨라고 그 조그마한 무릎을 연거푸 세 번이나 치던 그 구절이, 역시 그 구절이었던 것을 문득 생각하는 까닭이다.

그리고 보니 이 작품을 읽은 사람은 많았으되, 이 작품의 이 구절에 저자인 자기가 무릎을 쳤고, 그리고는 다만 미자가 쳤을 따름이다. 그렇게도 미자는 자기의 예술에 공명을 갖는다. 이해를 잃은 고독한 마음에 오직 미자로부터 공감을 받는 것이 새삼스럽게 느껴지는 듯 미자가 마음에 든다. 그리고 그런 미자와의 파혼이 차마 아까움을 순간 느낀다. 언제라도 미자의 마음은 싫지 않을 것 같고, 생애에 있어 미자는 영원한 마음의 반려일 것 같다. 이해를 잃은 곳에 생활의 윤택은 없다. 사는 것이, 잘 사는

---

2) 의욕 따위가 왕성하게 일어남.

것이 희망일진댄 이해하는 자를 차버리는 것은 스스로 파멸을 도모하는 것과도 같다. 가뜩이나 침울한 생활은 미자를 잃을 때 그 얼마나 더할 것일까?

못 견디게 아까운 마음에 문보는 파혼에까지 결론을 지었던 이론을 다시 이렇게도 전도시켜 보았다. 그러니 그 적에는 그 뒤에 따르는 두려운 그 유전. 문보는 가리기 어려운 괴로운 마음에 아프게 몸을 비틀었다.

3

"오늘 아침 신문엔 사쿠라꽃이 벌써 핀댔구먼?"

약혼이 성립되던 날 결혼은 사쿠라꽃 필 무렵에 하자던 문보가 창경원엔 일주일 이래로 야앵이 개원되리라고 하는데도 이렇다 준비가 없는 데 미자는 은근히 문보의 마음을 짚어 보는 것이다.

"철두 참 빠르군. 벌써 사쿠란가!"

"아이, 그런데 참 날을 받어야 안 해요?"

문득, 생각힌 듯이 미자는 바싹 따진다.

"머, 꽃구경은 반드시 해야 하는 법인가?"

"아니 그날 말예요."

"그날이라니?"

"아이, 왜 당신이 그 적에 사쿠라꽃 필 무렵에 하자고 안 그랬어요?"

"으응, 결혼식 말야 뭐?"

"쉐! 바루 모르는 척허지, 음흉허기두."

사실 문보는 음흉하였다. 미자의 말 요점을 모를 리 없건만 대답할 말에 이미 준비가 없었으매 이야기의 빈곤을 아니 느낄 수가 없었던 것이다.

"그런 가식이 그리 바쁠 게 머야."

"가식!"

"그럼 가식 아니고, 난 결혼에 예식의 필요를 그리 절실하게 느끼지 않는데…… 본시 결혼이란 마음의 결합을 의미하는 것이니, 마음의 결합보다 더 튼튼하고, 굳고, 아름다운 것이 어디 있어? 예식으로 그것을 의미하는 것은 그 자체부터가 가식인 동시에 결합에의 모욕이거든."

아직 마음을 결정하지 못한 문보는 만일을 위하여 농담삼아 이렇게라도 말해 둘 필요를 순간 느끼었다.

그러나, 미자는 이 말을 조금도 농담으로 듣고 싶지 않았다. 농담이라 하여도 진정으로 듣고 싶을 만큼 가식을 벗어난 그 진실한 마음의 태도에 오히려 감복하는 것이 있었다. 가식에 얽매여 뜻없는 마음으로 애석히 청춘을 썩여 내던 지난날의 결혼생활을 연상하는 때문이다.

미자는 이미 어느 전문학교 교수와의 결혼생활이 있어 보았다. 그러나 인생관 사회관이 다른 그 결합에서 귀하다고 아는 개성을 살릴 수가 없어, 견디다 못하여 가정을 박차고 뛰어나온 '노라'의 후예였다.

부모가 간섭한 강제의 결혼도 아니었고, 인물이든지, 학식이든지, 그 사회적 지위든지 무엇에 있어서나 남편으로서의 갖춰야 할 조건은 다 갖추었다고, 그리고 그것을 사랑하는 마음에 장래의 행복을 그와 더불어 꿈꾸었던 것이다.

그러나 정작 결혼을 하고 지내 보니 동경하던 행복은 오지 않았다. 알 수 없이 마음은 여전히 공허하고 까닭 없이 그리운 것이 있었다. 그렇게도 있는 정성을 다하여 아내를 사랑하는 남편이었건만 그것만으로는 만족할 수 없는 마음의 우울이 있었다. 아내로서의 사랑을 받기 전에 마음의 사랑을 받고 싶었고 또 그 마음을 주고 싶었다. 그리하여 그 속에서 정의 용해를 얻음으로 자기라는 존재를 찾고 싶었다. 그러나 그것을 느낄 수 없는 곳에 마음의 우울은 깃을 들이고, 그리고, 그것은 처녀 시절에 알 수 없이 우울하던 그런 것과는 달리 마음의 파멸을 침노하였다.

여기서 미자는 처녀 시절에 알 수 없이 마음이 허하고 무엇인지가 만지고 싶게 그립던 것은 이성을 상대로 일어나는 한낱 사춘기의 여성의 마음이었음을 깨닫고 그것만을 만족시킴으로 만족할 수 없는 마음속에서 아내로서의 알뜰한 정이 남편의 그것과 융합되지 못함을 안타까워하며 삼 년을 하루같이 결혼이란 법망에 얽매여 뜻없는 생을 지탱해 오다가 충실한 문보의 독자이던 미자는 지난 겨울에 발표한 「사람」이라는 작품을 읽게 됨으로 비로소 그 속에서 자기를 찾은 듯이 마음의 위안을 느끼고, 불구한 문보인 줄은 알면서도 약혼까지 성립시키었던 것이다. 그리고, 마음의 이해 속에서 영원한 행복을 꿈꾸려고 사쿠라꽃이 필 무렵이 어서 오기를 기다리고 있었던 것이다.

"참, 그래요. 예식이라는 건, 한낱 눈을 속이는 거짓이구요. 결혼식이 있었다고 마음이 변한다면 그 사랑이 아니 깨어질 수 있겠어요? 깨어진 사랑이 예식에 얽매여 부부생활이 계속된다는 건, 건, 허수아비 장난이구……."

참으로 그렇다는 뜻을 강조하는 의미로 태도를 정색하게 가진다.

도리어 문보는 놀랐다. 난처한 경우에서 대답에 궁하여 그럴듯이 끌어다 붙인 말이 그렇게도 미자의 마음을 살 줄은 꿈에도 생각지 못했던 것이다.

이러한 주장이 여자의 처지로서는 극히 불리한 것인 줄을 미자가 모를 리 없건만 그렇게까지 미자는 허식을 떠나 참을 찾는 그 아름다운 마음씨에 문보의 마음은 흔들렸다. 불구한 고민 속에서 그들의(자식) 불행한 일생을 건져 주기 위하여 절대의 독신주의를 지켜 오던 자기가 이렇게도 미자와 약혼까지 성립을 시키고 동거를 하고 있는 것을, 그리고 이미 그것이 그릇된 것임을 깨닫고 있는 자기면서도 마음을 판단하지 못하고 거짓말로 마음의 자위를 얻으려는 자기는 도무지 사람 같지 않았다.

"참, 생각하면 너울을 쓰고, 반지를 받아 끼고, 맹세를 하고…… 맹세는 뉘게다 하는 게예요. 우스워요. 그럼, 우린 어느 날 그저 친구들이나 청해 놓고 기념사진이나 한 장 찍을까요?"

그렇게 해도 그것은 소위 그 결혼 그것을 의미하는 것이다, 결정적으로 대답할 수가 없었다.

"글쎄?"

이렇게 말끝을 흐리어 놓을 밖에…….

4

며칠을 두고 애를 태웠으나 시원한 해답은 얻어지

는 것이 아니었다.

이쪽을 누르면 저쪽이 돋우 서고, 저쪽을 누르면 이쪽이 돋우 서고…….

이에, 생에 대한 의문은 점점 문보의 마음속으로 스미어들었다. 어떻게 생각해도 제 마음을 제 스스로 못 가짐은 사람 같지 않았던 것이다.

사람이 살아 있다는 것만으로는 사람이 될 수가 없는 것이었다. 개도, 돼지도 살아는 있다. 살아(생존)있다는 것과 산다(생활)는 것은 자못 그 거리가 멀다. 살아 있다는 것은 다만 죽지 않았다는 대명사에 불과한 것이 아닌가.

그래도 자기가 무엇인지를 알고, 그 마음에 충실함으로 삶을 다하려던 자신이 가엾기도 했다. 세상에는 이러한 뼈없는 존재가 결코 자기만은 아닐 것이지만 이러한 무리들은 무엇 때문에 살아야 되나? 이러한 무리들은 생선 엮듯 한 묶음에 꽁꽁 묶어서 한강의 깊은 물 속에 풍덩실 들어 던지더라도 세상은 조금도 애석해하지 않을 것 같다. 이러한 뼈없는 무리들이 그래도 저로라고 뽐내는 이 사회는 장차 어찌 될 것인가? 차페크는 그 작품 속에서 인조인 간을 일찍이 예언하였고, 어떤 학자는 인류 다음에 올 고등동물은 캉가루라고까지 설파하였다. 이 학 설을 그대로 믿고 본다면 인류는 올챙이가 개구리 로 화하듯 캉가루로 화하여 가는 그 과정에 처한 존 재가 아닌가. 그렇다면 선조가 쌓아 놓은 인류 문화 의 이 찬연한 탑을 우리는 아무러한 반항도 없이 그 날그날의 생활에 순응하고 만족함으로 캉가루 사회 에 양여하여야 옳은가? 영원한 인류 문화의 축적에 피를 흘린 거룩한 역사에 한개 삽이 되어 미진3)의 북돋움이 되지는 못할지언정 장래 사회에 인류의 혼을 애석히 추모하는 캉가루의 조상이 될진댄, 차 라리 값없는 목숨이 귀할 것 없었다. 단연히 끊는 (미자와의 관계) 것이 도리어 인류 문화에 공헌을 더 하는 표시는 되는 것이다. 캉가루의 조상에서 인 류를 구하는 셈은 되니까.

이렇게도 생각한 문보는 잠에서 깨는 사람처럼 정

---

3) 아주 작은 티끌이나 먼지.

신이 새로웠다. 비로소 앞길을 내다본 듯이, 그리고 큰 짐을 벗어 놓는 듯이 마음이 가뿐하여지는 것 같았다.

자살, 그것은 어려운 것이 아니었다. 방법은 얼마든지 있을 것이고, 또 그것이 값 있는 것이라면 아까울 것이 없었다.

그리고 생이란 것이 그렇게도 괴로운 것이라면 그 모든 것을 잊게 하는 것만으로라도 생에 대한 대접은 되는 것이다. 자기 한몸을 희생하여서라도 불구의 불행한 씨를 근절시키는 것만이 원이었더라면 그 행하기 어려운 삶을 질질 끌어 가며 버둥댈 필요가 나변에 있는가?

어떠한 방법으로든지 근절시킴으로 그들의(미래의 자손) 행복만을 도모하였으면 그만이 아닌가? 그리고 거기에 만족할 것이 아닌가.

그는 문득, 이렇게도 생각하고, 그러면 목숨을 스스로 끊는 데 있어 과연 자기는 이 세상에 대하여 한 점의 미련도 없을까를 마음속에 따져 보았다.

그러나 문보는 그 순간, 아깝게도 스스로의 대답

에 궁함을 느꼈다. 돌아보아야 모든 것에 있어 손톱만한 미련이 없었건만 차마 그 미자의 마음은 버리기 아까웠던 것이다.

문보는 여기서 미자와의 정사를 또 문득 생각한다. 자기의 마음을 그렇게도 이해하는 미자라면 여기에도 이의는 아니 가질 것 같은 것이다.

정사! 이래두고 세상에는 정사가 있는 것이 아닌가 하고 문보는 지금까지 이해할 수 없는 그 정사의 심리를 엿본 듯하였다.

"미자!"

문보는 자기도 모르게 소리쳤다.

"으응?"

"난 영원히 살 도리를 찾고 있는데?"

"네에?"

미자는 그것이 무엇을 두고 하는 말인지 몰라 잠깐 멍하지 않을 수 없었다.

"만일 이 세상에 내가 없다 해도 미자는 살 수 있겠나?"

"당신은 제가 없으문 어떡허지요?"

"난 살 수 없어."

"그럼 저도 못살 게 아녜요?"

"그러기 말야! 미자! 난 이 세상에선 더 살고 싶지 않구, 그렇다구 또 미자는 떨어지구 싶지 않구 어쩌면 좋은가?"

"아이, 또 소설 재료에 궁하셨나베. 남의 맘을 엿 뜨려구……."

"아니 그런 게 아냐, 미자! 미자는 혹 정사라는 걸 생각해 본 일이 있는지, 나는 미자와 같이 이 세상에선 인연을 끊고 싶어. 그래서 도무지 세상을 잊고 싶단 말야."

열정에 떠는 침착한 문보의 태도는 실없는 농담도, 무슨 소설의 재료도 아닌 것 같은 데 미자는 짐짓 놀라고 대답이 막힌다.

"응? 안 그래, 미자?"

"그게 진정으로 하시는 말씀이에요?"

"진정이라는 것보다도 내 가슴은 미자를 사랑하는 마음에 불붙고 있으니까."

"그러면 왜 그렇게 진실한 사랑을 안고 세상에서

인연을 끊을 필요가 있겠어요?"

"난 살기가 무서운 것이 있어. 난 천벌을 받은 사람이 아닌지 몰라. 조상 적부터 대대로 내려오는 이 불구의 유전—내 할아버지도, 내 아버지도 다 병신이었어. 그리구 나두 병신이니, 이 유전적 법칙을 어떡헌단 말야. 후계(後繼) 자손에게도 반드시 이런 불구자는 오구야 말 것이니, 나의 이 불구한 고민을 생각할 땐, 차마 자손에게까지 이 불행을 물려주고 싶지가 않구만. 아니, 그것은 죄악두 같아. 그러나, 그렇다고 미자와는 떨어질 수 없으니 후계 자손에게 영원한 행복을 도모하랴면 목숨을 끊는 길밖에 없단 말야. 안 그래? 미자!"

뜻밖의 사실에 미자는 놀라고 잠깐 말이 없더니 고개만이 점점 숙어진다. 눈물이 스미어 나옴을 느끼는 까닭이다.

문보는 더 말하고 싶지 않았다. 미자의 눈물은 확실히 죽음의 절망 속에서 삶의 화살을 겨누는 약자의 무기임이 틀림없었던 것이다.

그렇게도 모든 것에 있어서 마음이 일치되면서도

오직 죽음이라는 데 있어선 뜻을 달리 가진다.

죽음이라는 것은 그렇게도 두려운 것일까. 이렇게 죽음을 두려워하는 미자의 마음이 아까운 것은 무슨 뜻일까?

알 듯하면서도 알 수 없는 마음이 안타까웠다.

'나 혼자는 왜, 죽지 못하나?'

5

괴로움에 일어서 나온 것이 거리였다.

거리는 자기의 마음보다도 어지러운 것 같다. 발을 임의로 옮겨 짚기에도 주의가 가는 복잡한 거리─자동차, 전차, 자전거, 인력거, 심지어 오토바이, 구루마까지도 전날보다 더 나도는 듯 걸음의 자유를 구속한다.

어디로 가자는 목적이 있었던 것은 아니었으나 남대문통으로 나가려던 문보는 '고·스톱'을 기다리기가 싫어 가던 길을 되돌아서 동일은행을 꺾어 지향

없는 발길을 다시 종로로 내켰다.

가지 갖가지로 제멋대로의 단장을 하고 나서서 꿈틀거리는 인파는 마치 쓰레기통을 쏟아 놓은 듯이 정리의 필요가 있는 듯하다. 사람은 다 같은 사람이로되, 왜, 그 행색은 그리 일치하지 못할까. 그들의 행색은 다 그들의 마음의 표시가 아닐까. 옷차림은 둘째로, 머리깎음조차도 일치하지 못하다. 길게 길러서 뒤로 넘긴 자, 왼골을 탄 자, 바른골을 탄 자, 무슨 까닭일까. 신은 사람을 이렇게 창조하여 놓고 멋에 살며 허덕이는 꼴을 봄으로 무쌍의 행복을 일삼는 것이 아닌가. 그렇지 않다면 사람 제 자신이야 삶에 대한 그러한 멋으로 만족할까 보냐. 그것은 확실히 슬픈 멋이다. 사람은 반드시 이런 멋 속에 신의 노리개가 되어야 하는 것인가. 한번 사람 제 자신의 멋대로 삶을 통제시켜, 창조의 신으로 하여금 노리개를 삼음으로 멋을 잃은 신이 괴로워하는 꼴을 보고 우리도 한번 무쌍의 행복을 느껴 본다면 얼마나 통쾌한 일일까? 생각하다 문보는 문득 얼씬하고 앞에 꺼꿉서는 시커먼 그림자에 놀라고 우뚝 걸음을 세웠다.

"나리! 한 푼만 적선하십쇼? 나리!"

거지의 애원이다.

문보의 손은 두말없이 호주머니 속으로 들어가 한 닢의 동전을 찾았다. 그러나 거지의 손바닥 위에 던져진 것은 뜻하지도 않았던 오십 전짜리의 은화다.

굽실하고 거지는 참으로 고맙다는 뜻을 표하고 또 그럴 만한 손님의 앞으로 옮겨 선다. 그러나 손님은 거절이다. 다음 손님도, 또 그 다음 손님도…….

이것을 본 문보는 자기의 적선이 우스웠다. 생을 붙안고 살아갈 인간들이 그 불쌍한 거지에게 이렇다 한 푼의 적선도 없는데 자살을 도모하는 자기가 살겠다는 인간에게 적선은 다 무엇인지 알 수가 없었던 것이다. 미자밖에 미련이 없던 이 거지에게 동정이 가는 것은 무슨 마음이었을까. 사람마다 본척만척 지나치고 마는 그 거지, 그 거지를 왜, 자기따라 불쌍히 여길까? 언제나 거지에게 일전 한 푼의 거역은 있어 본 일이 없었지만 그 이상 더는 그를 위하여 마음을 가져 본 일도 없었다. 그러나, 섯잡힌 그 오십 전이 결코 아깝지 않다. 그리고 그 마음은 언제까지라도 버리고 싶지 않았다. 생각하면 거리 사람들이 오히려 사람으로서의 일면을 갖추지 못한 것 같다. 불구한 거리에 삶을 찾는 이 불구한 무리들—자기가 육체의 불구자라면 그들은 확실히 맘의 불구자다. 이 맘의 불구자들은 죽음이라는 것은 생각지도 않는 듯이 생기에 충만하다. 맘의 불구자는 삶을 찾고 육체의 불구자는 죽음을 찾는다! 자기가 이미 자살을 도모하였을진댄, 맘의 불구자들은 벌써 이 세상 사람이 아니었어야 옳을 것이 아닌가. 그리고도 그들이 그렇게도 살기를 원할진댄, 제 책임을 다하지 못하는 시계는 그 불충분한 기계를 드러내고 완전한 것으로 갈아 넣어야 되듯이 그 맘의 불구한 부분을 갈아 넣어 주고 싶다. 그리하여 그들에게 영원한 값 있는 생명을 부어 넣어 캉가루의 조상이 되기 전에 인류 문화의 축적에 빛이 되는 거룩한 인류의 조상을 만들어 주고 싶다.

이 거리에는 이런 인간 수선의 기사는 없는가.

생각하다 문보는 제결에 놀라고 다시 우뚝 걸음을

멈추었다. 그것은 제 자신에게서도 마땅히 찾아야 할 종류의 것은 아닌가 하니 금시에 도모하던 자살이 뇌성처럼 번적하다 눈앞에서 부서지고, 생에 대한 집착이 오히려 굳세어짐을 순간 느끼었던 것이다.

그리고 보니 지금까지 되풀이해 온 이론은 모두 저도 모르는 가운데서 생긴 죽음에 대한 미련의 반증도 같았다. 그렇지 않다면 거리에 대한 애착이 이다지도 알뜰할 리가 있었을까. 다만 하나의 여자로 말미암아 제 생명을 스스로 끊는다는 것은 그 순간의 고통 속에서의 일시적 착각임이 틀림없을 게고, 자살이란 이러한 경우의 그 순간을 넘지 못하는 데서 생기는 인생의 가장 처참한 한 장면일 것도 같았다. 백을 넘기지 못하는 인생의 한명(限命)이라는 것을 다 살고 죽는다 하여도 그것은 확실히 비극의 한토막이거늘 삶의 목숨을 중도에서 스스로 끊는다는 것은 그것은 너무도 비극적이다. 만일 창조의 신이란 것이 분명 있어 인생의 운명을 지배하고 있다면 제 목숨을 제 스스로 끊는 그 처참한 행동을 취할 때 신은 자신의 작희에 한 마리의 순한 양같이 아무러한 반항도 없이 끌려 들어가는 것을 보고 얼마나 통쾌해할 것인가. 자살이란 신의 작희에 만족을 주는 것밖에 더 되는 것이 없을 것 같았다.

생, 그것이 사람의 빛이 아닐까. 사람은 사는 데 그 존재가 있을 것이고 죽음으로 벌써 그는 한개 인간의 역사요, 인간은 아니다. 인간은 역사를 짓기 위하여 살 것은 아니고, 생을 빛내기 위하여 산다. 생이 빛나는 곳에 인간의 역사 또한 빛날 것이 아닌가. 단연히 미자는 잊어야 옳다. 잊지 못하는 곳에 불행의 씨는 반드시 가까운 장래에 깃들여질 것이다. 그러면 그들의 고통은 또 얼마나 할 것이며, 신은 자기의 그 조화의 기능에 또 얼마나 만족해할 것인가.

이렇게도 생각하면 미자란 사람의 마음을 긁어 먹는 악마와도 같았다. 인간의 어여쁜 악마! 그것이 미자가 아닌가. 자기의 마음을 이렇게 흔들어 놓았던 것은 틀림없는 미자였다. 이러한 미자를 생명을 걸고 사랑하였는가 하면 전신에 소름이 쭉 끼친다.

그러나 지금이라도 미자를 눈앞에 대하기만 하면

그 아름다운 마음과 미모에 다시 마음은 끌리어 들어갈 것 같다. 문보는 집으로 들어가기가 차마 두려웠다. 할 일 없는 거리를, 거리에는 밤이 오는데도 거리거리 돌고 있었다.

그러나 언제까지라도 거리로만 돌아가는 수는 없다. 그는 문득 며칠 전에 받은 대동강 선유에의 벗의 청요장을 생각하고 주저도 없이 떠난다는 전보를 쳤다.

6

차에 올라서 그는 한 장의 편지를 미자에게 썼다.

가장집물은 다 당신의 것으로 하시오. 이달 집세는 아니 낼 수 없으니 ××사에 고료를 채근하면 그것이 될 게요. 내가 가는 길은 알았댔자 필요 없는 줄 아오.

밤차 속에서 정문보 씀.

간단한 사연이었다.

차는 다리를 지나는지 더한층 소리는 높아진다. 창 밖의 하늘엔 빛 잃은 봄달이 외롭고 한가한데…….

마부

웅팔은 한 손에 고삐를 잡은 채 말을 세우고 부르
쥐었던 한켠 손을 또 펴며 두 눈을 거기에 내려 쏜다.

번적하고 날아나는 오십 전짜리의 은전이 한 잎,
그것은 의연히 땀에 젖어 손바닥 위에 놓여져 있는
데, 얼마나 힘껏 부르쥐었던지 위로 닿았던 두 손가
락의 복판에 동그랗게 난 돈 자리가 좀체 사라지지
않는다.

이것을 보는 웅팔은 그 손질이 한 번도 가보지 못
한 인제 발잡히는 듯 거친 수염 속에 검푸른 입술을
무겁게 놀리며

"제 제레 이렇게 까깎 부러줬는대야 어디루 빠져
나가."

하고 돈을 잃지 않은 자기의 지능을 스스로 칭찬하고 만족해하는 미소를 빙그레 짓는다.

웅팔은 오늘도 장가드는 신랑을 태워다 주고 돈을 얻어선 여기까지 십 리 길을 걸어오는 동안, 아마 다섯 번은 더 이런 짓을 반복했으리라. 그러니 아직도 집까지 닿기에는 또한 십 리 길이나 남았거니 몇 번이나 또 줌을 펴 볼는고?

무엇이나 귀한 것이면 웅팔은 두 짝 주머니가 성성하게 조끼의 좌우짝에 멀쩡하게 달려 있건만 넣지 못한다. 손에서 떠나 있으면 마음이 놓이지를 못하는 것이다. 살에 닿는 그 감촉이 있어야 완전히 그 물건이 자기에게서 떠나지 않고 있다고 안심이 된다.

그러나 웅팔의 이런 의심증은 결코 그에게 이로운 것이 아니었다. 한번은 그때도 역시 사람을 태워다 주고 오십 전 한 잎을 얻어, 손에다 쥐고 오다가 문득 말을 세우고 줌을 펴보았다. 손에는 돈이 없었다. 조금 전에 오줌을 누며 허리춤을 뽑을 때 그만 쥐고 있던 돈을 깜박 잊었던 것이 뒤미처 생각히었다. 그리하여 돈은 그때에 떨어졌으리라는 것은 분명히 알 수 있었으나, 그래도 그는 그 후부터도 돈을 주머니에 넣지 못하고 줌에 부르쥐기를 의연히 잊지 않으며 그저 펴보는 그 번수만을 자주할 뿐이었다.

그러면서도 그는 또 사람을 대해서는 이상히도 의심을 못 가지는 것이 특색이다. 사람이라면 그는 누구나 믿으려고 한다. 자기를 해치려는 말에까지도 넘겨짚을 줄을 모른다. 자기의 마음이 곧으니 남의 마음도 곧으려니 맹신을 한다. 이것이 또한 그에게 이로움을 주지 않았다. 아내까지 남에게 빼앗기고 의지 없이 이렇게 남의집살이를 하며 말을 끌고 떠돌아다니게 된 것도 바로 그 때문이었다.

십 년 전까지라도 응팔은 남의 집에 쌀 꾸러는 다니지 아니하고, 비록 몇 날 갈이의 밭뙈기에서 더 되는 것은 아니었으나 부모가 물려 준 것을 받아가지고 제 손으로 벌어서 목구멍에 풀칠을 하기에는 그리 구차함이 없었다.

그러나 아내를 얻고부터 사러가는 재미는 전에 비

할 배 아니었으나 생활은 차츰 쪼들려 오게 되었고, 그렇게 몇 해를 지나는 동안 그야말로 꿈같이도 일조에 세간도 아내도 다 남의 손으로 넘어가고 알몸만 댕그라니 돌리워 한지에 나서게 되었던 것이니, 속살 모르는 아내를 아내로서만 믿고 돈을 벌어서는 의심 없이 맡겨 오던 것이, 그 근본 불찰이었다. 남 같은 지혜를 못 가졌다고 보이는 그 남편을 아내는 형식으로서밖에 섬기지 아니하고 은근히 따로이 정부를 두고는 돈을 솔곰솔곰 뒤로 빼어돌리다가 나중에는 도장까지 훔쳐 내어 남편의 이름에 있는 밭날갈이, 아니 집까지 옮아 가지고 어디론지 뺑소니를 쳤던 것이다.

그리하여 생계가 어려워진 응팔은 거지처럼 이리로 저리로 살길을 찾아 떠돌아다니다가 이 진초시네 머슴을 살게 되기까지의 쓰라린 경험이 이미 있었거늘 그래도 그는 사람을 믿기에는 의심이 없었다. 오직 자기를 해친 그 사람만이 대하지 못할 사람이라 욕을 해 넘길 뿐, 그 사람의 마음에 비추어 다른 사람까지도 의심할 생각은 않는다.

그러기에 그는 또한 그렇게도 사람을 믿는 그라 주머니에도 못 넣고 손에 쥐고 다녀야 안심할 수 있는 그런 돈이었건만 마치 지난날 아내를 의심 없이 믿고 돈을 맡기듯, 주인 진초시에게도 돈을 벌어다 가는 이렇게 맡기기를 잊지 않는다. 그것은 오히려 자기의 손에 있는 것보다 더 든든하다는 듯이 한 점의 의심도 없이 마음을 턱 놓고,

　'헤— 일 일천칠백 냥(일백칠십 원)에 꼬 꼬리가 다 달리누나.'

　응팔은 이미 초시에게 맡긴 일백칠십 원에 지금 그 오십 전을 또 가져다 맡기면 일백칠십 원하고도 또 오십 전이 붙는 것을 그리하여 또 그렇게 불어만 나가 큰 돈이 자꾸 뭉쳐지는 것을, 그리고 이제 그 돈이 아내를 또 얻어주리라는 것을 은근히 생각해 보며 부르쥐었던 줌을 금시에 다시 펴서 손바닥 위에 나타나는 돈을 물끄러미 내려다보고 "쫄쫄쫄" 혀를 차리며 다시 곱비[1]를 끌었다.

---

1) 고삐.

집에 닿기까지는 해도 저물었다. 마구간에 들어서니 마지막 숨을 쉬는 그날의 붉은 노을 줄기가 용마루에 길이 쏘아져 걸렸다.

"오늘은 또 얼마 얻어 옴마아―?"

드르르 밀리는 밀창 소리와 같이 언제나 찡그지 못하는 초시의 풍만한 얼굴이 쑥 내민다.

"다 단 낭(오십 전)이오."

말을 궁이2)에 매고 사랑으로 들어간 웅팔은 초시의 앞으로 나가 벌떡 줌을 폈다. 그리고 열병 환자같이 땀에 뜬 돈을 즈르르 삿자리3)에 미끄러쳐 놓는다.

너무나 눈에 익은 웅팔의 행동이라, 초시는 그 태도를 감시할 것도 없이 돈만을 당기어 장부에 기입을 한다.

그러나 이것은 정말 기입을 하는지 하는 체하고 마는지 그 속살은 뉘가 모른다. 그것은 초시말로는 이렇게 낱낱이 적어두었다 장가 밑천으로 모아서

_____

2) 구유.

3) 갈대를 엮어서 만든 자리.

준다고 하여오지만 내심으로는 시껌하게 딴전을 펴고 있는 것이기 때문이다.

애초에 초시가 사람으로서의 좀 부족하다 할 이 웅팔이를 머슴으로 두게 된 것도 계획적으로 나온 딴 배포에서였든 것이니 그것은 다만 삯을 적게 주고 부려먹는 데는 오히려 이러한 인물이 나으리라는 심산에서였다.

하는 것이 두어보니 웅팔은 상상 이상으로 자기의 임의로 아무렇게나 할 수 있는 그러한 인물이었음에 삯까지도 주지 아니하고, 도로혀 그로 하여금 돈벌이를 만드는 한 기계로 사용하기에 족한 성격임을 이미 그 인물에서 진맥하였던 것이다.

그리하여 될 수 있는 대로 웅팔의 비위를 사고, 얼러 부리는 나머지 삯은 (일년에 벼 석 섬으로 정한) 장가 밑천으로 저금을 하였다 자기가 적당한 데 색시를 얻어까지 준다고 하여놓고, 또는 불쌍한 그를 장가보내 주기 위한다는 미명으로의 구실 밑에서 말까지 웅팔에게 자유로 맡겨 세를 놓게 하였다.

그러나 혹 경고 간에 친지에서 말을 좀 빌러다 쓰

는 일이 있는 경우라도 다소간 웅팔에게 돈을 아니 주게는 못 되었다. 한 데다 마침 의심증이 많은 웅팔이였었든지라 그렇게 버는 돈을 또한 자기 이상으로 초시를 믿고 한뜻같이 가져다는 맡길 줄만 알으니 초시는 군청에서 받는 아들의 월급 이상으로 웅팔을 소중히 여겨온다.

아닌 게 아니라 웅팔을 충복이라면 이런 충복은 없었다. 불에 들어가라면 그것은 몰라도 아직껏 이래 6년에 이르는 말을 단 한번이라도 거역해 본 일이 없다. 말을 끌고 나서지 않으면 하는 것이 일이다. 더욱이 근년에는 자농(自農)으로 사오천평의 논을 다르게 된 것도 그를 믿고 시작한 것이요, 또 그것을 그는 족히 감당해 내면서도 머리를 숙인다.

그리하야 웅팔은 집안의 운수로 들어오게 된 머슴이라고 초시는 그 비위를 상하지 않을 정도에서 그를 부리고 지여서라도 심심하면 소일 삼아 농담을 붙여서 같이 웃고 어려워하지 않게 그의 환심을 샀다.

그러나 남의 잘 되는 일에는 시비는 막론하고 배를 아파하는 것이 흔히 사람들이 가지는 버릇으로

부림이 과하고 돈 한 푼 손에 쥐여주지 않는 데서 실없는 사람들은 웅팔을 기회만 있으면 쏟아붙인다.

"네까짓 녀석 헛일하고 있지. 문세굽이 억만 냥이 문 돈 된다드냐" 하는 따위 말로.

하니 의심이 많은 그라 안 들었으면 연이어 듣고 보니 마음은 놓이지 않는다. 그래서 요즘 와서는 돈을 벌어다 들여 놓을 때마다 "얼마요?" 하고 따져보고 그리고 그것을 잊지 않으려고 중얼중얼 입안이 분주하도록 한동안씩 외여서 기어코 머릿속에다 넣고야 마는 버릇이 생겼다.

이 기색을 아는 초시는 또한 맞방망이로 웅팔의 비위를 맞추느라고 묻기도 전에 장부에 기입을 하고 나서는 인제는 얼마가 된다고 미리 알리어 주곤 한다.

지금도 초시는 붓대를 놓자 웅팔의 말이 건너오기도 전에,

"일백칠십 원 오십 전이 됨메. 꽃 같은 색시가 이제 차차 돈 속에서 왔다 갔다하눈, 허 – 허 – 허 –" 하고 웅팔을 보고 웃는다.

"대 대주디 않아두 다 다 알아요. 일 일천칠백단 낭인 줄."

웅팔은 말을 끌고 오는 동안 도중에서 벌써 그 액수를 외워 넣었던 것이다. 자기가 먼저 다 회계하고 있다는 것을 자랑삼아 대답을 했다. 그리고 그것이 맞는 줄은 알면서도 입버릇으로 중얼중얼 일천칠백단 냥을 입안에다 다시 굴려보며 나간다.

초시는 웅팔이가 그 돈의 액수를 똑똑히 아는 것이 못 잊히고 마음에 키었다. 그것을 그가 알으므로 그의 입은 뭇 입에다 다리를 놓아 온 동네가 다 알게 되면 재미없으리라는 것이 자못 근심이었던 것이다.

그러니 이미 알려진 것을 어찌할 수가 없어 행여나 잊지 않나 가끔 그것을 따져 보기 위하여

"남자는 글을 모르니 머릿속에다 단단히 치부를 해두어야 하느니!"

하고 이르는 듯이 말을 하면, 웅팔은,

"아, 안 잊어요. 일 일 일천칠백단단 냥을 잊어

요?"

하고 거침없이 쭉 뻗어 놓는다. 그러면 초시는,

"글쎄 잊어선 안 돼?"

하고 이렇게 다음 말은 아니 할 수 없어 하나 실인 즉 속으로는 너무도 똑똑한 그의 기억에 '하하아!' 하고 탄식을 하는 것이었다. 그것은 언제까지든지 웅팔의 머릿속에서 그 돈이 흐려지지 않을 것 같기 때문이다.

초시는 여기에 한 계획을 세웠다. 이것은 비로소 세운 계획이 아니라, 이미 계획의 복안[4]에 잇던 것을 급히 다가놓는데 지나지 못하는 것이니 안 심부름감으로 길러 오던 종의 새끼 삼월이를 그와 맞붙여 주므로 그 짓에의 장가 밑천을 빙자해서 액수가 밝아진 그 돈을 우선 흐려 버리게 하자는 것이었다.

그러면 흔히는 길러 내면 서방을 얻어 뺑소니를 치는 버릇이 있는 종의 습성이라, 삼월의 발목도 붙드는 수단이 되고 삼월의 인물이 또한 깨끗하니 그

---

4) 겉으로 드러내지 아니하고 마음속으로만 생각함. 또는 그런 생각.

러지 않아도 제법 수작을 붙이고 다니는 눈치인 웅팔이라 흡족해하지 않을 리 없을 것이고, 그럼으로써 마음은 더욱 가라앉을 것이니 그렇게 하는 것이 그들 둘을 다 영원히 붙들어 두게 하는 수단도 될 것이므로서였다. 그러면 종이라는 것은 딸을 낳아서 그 딸이 시집을 갈 만한 나이가 아니고는 임의로 그 집을 떠날 수가 없는 법임은 이미 그들도 잘 알고 있을 것이므로 설사 그들이 나갈 의향을 혹 가졌다 하더라도 거연히 염을 못 내고 딸을 낳아서 십여 살까지의 성장을 기다려 그 딸을 바치고야 나가게 될 것이니 그 적에는 나가지 않아도 걱정이다. 오십이 넘게 된 웅팔이니 무슨 소용이 있으랴.

초시는 이런 이해타산을 일단 세운 다음, 어느 날 웅팔에게 조용히 말을 걸었다.

"내 님재 색싯감을 참헌 걸 하나 골라 놨음메. 날래 당개를 들으야디, 늘 호래비루야 적적해서 어떻게 살갔음마?"

"고 고로므뇨, 당 당개 가가가 가가시요."

웅팔은 그러지 않아도 인젠 모은 돈이 장가 밑천

이나 된다고 속으로는 은근히 색시의 물색을 하던 참이었다. 눈이 번쩍 띄어 대답을 했다.

"그래 내가 작년부터 색싯감을 골라 왔디만, 암만 두구 골라 봐야 그저 고년만큼 참헌 년이 없어."

"어디메 있소? 색 색시레?"

"아, 그 삼월이 말이야. 내 참 고년을 뉘가 얻어 가노 했더니 그년이 님재게로 감메게레."

이 말을 들은 웅팔은 말없이 잉큼 놀라며 눈이 둥글해진다.

삼월이를 얻어 준다면 입이 헤 하고 벌어질 줄 알았던 초시는 까닭을 몰라 더 말을 못 하고 웅팔의 태도만 이상히 바라보니,

"머 머시요? 삼 삼월일?"

하고 웅팔은 자기의 귀를 의심하는 듯이 재쳐 묻는다.

"고년 참 오즐기 똑똑헌 년인가, 사람은 그저 인물이 밴밴해야…… 님재두 늘 지내 보디만 고년 참 얌전허디 않아?"

"글쎄 삼 삼월이 말이디요?"

"글쎄 삼월이 말이야."

"아 아니요, 삼 삼 삼월인 시시시 싫에요, 난."

"싫다니! 삼월이가 싫어?"

"그 그 그렇게 곱 곱게 생 생긴 걸 누 누구레 얻 얻갔소!"

응팔은 진저리가 난다는 듯이 머리를 절레절레 흔든다.

이상히도 사람을 믿는 그였지만 삼월이 같은 애교 있고 반반한 계집은 생각만 해도 이에 신물이 돌았던 것이다. 이미 자기를 옭아먹고 달아난 그 아내가 그것을 말하는 것이었다.

동네 사람들이 밤마다 모여서 시시덕거리는 걸 그저 놀기 좋아 그러거니 했더니 후에 알고 보니 고년의 애교에 모두들 반하였던 것이다. 열 번 찍어 안 넘어가는 나무가 없다. 근덕시니 요년은 휘어져서 자기를 돌려 따든 것이다. 그러면서 없는 정을 있는 체, 속으로는 딴전을 펴는 그것은 그 여자의 반반한 데 숨어 있는 요염이 시키는 짓이라 하여 저 여자가 이쁘다 하고 눈에 비치는 여자면 그는 장래에 아내로서의 대상을 삼자는 데는 마음에도 두지 않았던 것이다. 그저 좀 못난 듯하면서도 입이 무겁고 상판이 좀 넙적지근하고 두터운 가죽에 털색인, 두미두미5)한 여자가 아내로서의 영원한 대상 같았고, 그리하여 그런 여자를 꿈꾸어 왔던 것이다. 웅팔이가 삼월에게 눈치를 달리 가졌다는 것은 그것은 다만 홀아비로서의 여자임으로써 대하는 그러한 행동에 지나지 않았던 것이지 결코 삼월에게 마음이 쏠렸던 것은 아니었다.

"웅팔이, 상 좀 내가우?" 하고 이상히 재긋하는 삼월이 그 감기는 듯한 눈초리는 웃지 않아도 웃는 것 같은 옛날 아내의 그 사내들을 호리는 그 맛보다 어딘지 더 힘센 매력이 있어 보였고, 그것은 그대로 거짓 같았다. 이제 그 아름다움으로만 되었다고 볼 수 있는 삼월이를 웅팔이는 아내로 얻을 수가 없었다.

"초 초시님! 난 그 그 서마울댁 막서리 영감 딸 닌닌네라는 거 마 맘 이서요."

웅팔은 이 동네의 계집들 가운데서 그 닌네를 제

---

5) 몸이 크고 뚱뚱한 모양.

일이라고 눈여겨보고 점을 쳐두었던 것이다.

"이 사람! 그걸 아, 그 믹째길! 그년이 임재 왜 시집을 못 가구 스믈이 넘도록 파묻혀 있는 줄 암마? 어쩌면 색이라니 계집이란 첫째 인물이야. 아, 게다가 눈을 두다니! 원!"

이것은 지어서 하는 말이 아니라 초시의 실지였다.

"그래두 난 난 이 이미네 고 고훈 건 시 시례요. 재 재미있게 살내기 이미네디 보기만 고 고흐문 머멋에다 쓰 쓰우 그까짓거……."

"아니야. 어서 내 말을 듣게. 내 말이 옳거니 그렇거구 내 이 봄으루 아야 성례까지 시켜 줄 터인데, 머, 날 받아서 삼월이 머리만 얹어주면 될걸."

초시는 누가 듣기나 하겠다는 듯이 혼자 이렇게 단정을 하고 문갑 위에서 역서를 집어 들고 손마디를 짚어 돌아가더니,

"사월 보름이 대통일이로군."

하고 다시 더 이의를 말라는 듯이 거기에 금을 빽 긋는 문제로 태도를 위엄 있게 고치고 담뱃대를 당기며 탕탕 재떨이에 친다.

이런 일이 있은 후부터 웅팔은 손에 일이 오르지 않았다. 가복, 개바주, 담뜸, 이런 것들이 어서 치워져야 또 자룽 논에 거름도 실을 터인데 초시는 삼월이를 기어이 붙여주게 차부니 기운이 탁 빠지는 것이다. 그러면서 삼월이야 무슨 죄련만 그년은 보기만 하여도 머리칼이 오싹거리고 눈꼴이 가로 서 볼 수가 없었다.

삼월이 귀에도 이런 말이 벌써 들어갔는지 전에 달리 자기는 대하기를 수줍어하며, 그러는 태도에 나타나는 그 얌전한 듯한 가운데 마음을 끄는 매력엔 천하에 있는 간사와, 요염과, 표독이 다 숨어 있는 듯이 생각되었다. 그리고 이것이 한데 얼크러져 꼬리를 두르는 날에는 영락없이 자기는 옛날의 그 아내적 운명을 벗어나지 못하고 말 것만 같았다.

그러니 삼월에게 대한 홀아비로서의 마음조차 삼월에게는 느껴지지 않고, 무슨 못 볼 요물을 보는 때와 같이 삼월은 먼발치에서 빛만 보여도 등어리에 찬물이 와 닿는 듯이 몸이 오싹거렸다. 그러면서 자연히 나가지는 말에도 삼월을 대해서는 밉게만 쏘아지는 것을 어찌하는 수가 없었다.

 언제인가 한번은,

 "웅팔이, 새 좀 뽑아 디리우?"

하고 삼월이가 이를 때,

 "구 구무 여우 같은 년, 넌 넌 손 손목재기가 부러졌네? 쌍 쌍년!"

하고 웅팔은 저도 모르게 욕을 쏘아붙였다.

 그러니 삼월이 감정이 또한 좋지 않다.

 "하 좋다! 꼴이 꼴 같지두 않은 게…… 누구레 욕 주머닐 달구 다니나! 야하, 참-"

 웅팔을 능멸히 보는 삼월은 가늣하게 감기는 눈이 새침하게 흰자위만을 반득이며 코웃음이다.

 그러면 웅팔은 또 가만 있나.

 "요 요 패 패라한 년, 머 머시 어드래?"

 "욕 안 허군 말 못 허나?"

 "요 요 요년 봐라! 요 요 요 마 마주 서는 거!"

 "아이구 데것두 수커라구 계집을 업수이 여기디!"

 "아 아니 요 요년이 누 누 누굴 보구!"

 "어서 새 빼 디리라우. 잔말 말구."

그러니 웅팔이가 참나, 삼월이가 지나, 마주서 입론만 되게 되면 흔히는 둘이 다 볼이 부어서 하나는 씨근시근, 하나는 째근째근 결려 댄다.

이럴 때면 초시는 화해를 붙이느라고,

"닭쌈 또 하나 머? 내외 쌈은 칼루 물 베긴걸……."
하고 이미 부부가 다 되었다는 뜻으로 이렇게 능청스럽게 사이에 들어서 중재를 시킨다.

그리고 삼월이 더러는 차후에는 아여 마조 서지 말라고 조용히, 엄하게 이르는 것이었다.

그러나 아무리 삶아야 웅팔은 삶기지 않았다.

초시의 속살을 넘겨 짚지 못 하는 웅팔은 초시가 자기를 그처럼 생각하고 인물이 깨끗하고 된 품이 얌전하다고 삼월이를 얻어 주려 싫대도 우기는 초시의 그 자기를 위하는 정성에는 이심으로 감사하나 백년해로를 눈앞에 놓고 일생을 바라볼 땐 아무리 마음을 지어서 먹으려 하여도 삼월이은 눈밖으로 배여지는 것이었다.

그리고 그 반면에는 서 마울댁 막서리 딸 닌네만이 자꾸만 잊히지 않고 알뜰하게 눈앞으로 그여드

는 것이다. 푸르둥둥한 살빛, 넓적한 상판, 웃을 때
헤 하고 있는 대로 벌어지는 커다란 입, 비록 그것
이 색으로 마음을 끌기에는 족하다 할 수 없으나 지
극히 자기를 사랑할 것 같고 또 순후⁶⁾한 맛이 조금
도 사람을 속일 것 같지 않았다. 그리하여 그러한
계집이 언제든지 자기의 짝이리라 생각하면 그저
그리운 것이 닌네뿐이었다.

그래서 그것을 만일 얻는다면 장래의 살림 배포까
지 짬만 있으면, 아니, 일을 하다가도 문득 손을 놓
고는 머릿속에다 베풀어 본다. 그러면 그것은 몇 번
이라도 전날의 그 아내 적 살림보다는 순조로, 그리
고 단란한 집안에 락담의 꽃만이 피어 보였다.

그리하여 응팔은 뜻하지 않았던 사랑의 활을 메우
고 닌네를 향하여 화설을 겨누고 또 쏘기에 윈 마음
을 다 했다.

사월 보름이 오기 전에 어떻게 그년을 건드려보지
못하나 짬짬이 응팔은 기회를 엿본다. 건넌마을을

---

6) 온순하고 인정이 두텁다.

갈 때마다 아니, 짬만 있으면 일부러라도 가서 행여나 닌네가 나도는 것이 아닌가 문 안을 기웃거려 보기를 잊지 않았다.

그러나 닌네는 그림잘도 얼른 하지 않았더. 보기만 하면 족히 말을 건넬 것 같고, 또 건너편 의례히 자기의 말은 들을 것 같았지만 만나는 수가 없었다. 김을 맬 때가 어서 와야, 언제나 만날 수 있을 그 때를 생각해 보나 그때는 이미 사월 보름이 훨씬 넘어서야 될 것이다.

"일 없인 밖에 나오지도 않나? 그렇지 내외를 해야디-"

할 수 없어 이렇게 중얼거려 보면 그것이 벌써 그 계집이 되어먹은 품성을 말하는 것 같아 마음은 더욱 끌리어 갔다.

"내 내 거 돈 거 일 일천칠백단 단 냥이디요?"

웅팔은 참다 못해 돈으로 닌네를 사보려 그 돈을 인제 찾아낼 생각을 가진다.

"그래 거 잊어선 안 됨메?"

"이 잊다니요! 나 이전 거 거 다 달라구요?"

초시는 뜻밖의 돈 채근에 문득 놀라고 눈을 치떴다.

"도 돈 내 돈 이전 다 달란 말이우다."

"아 너 정신이 있나 이 사람이. 삼월이 몸값을 이백 원으루 친대두 삼백냥 돈이나 부족헌데 거 무슨 말이야?"

"자 이 이건 걸 누 누구레 삼 삼월일 머 얻갔대기 그르우?"

"아, 머시? 아 사월 보름으루 날까지 받아 놓지 않었나?"

"난 난 삼 삼월인 글쎄 시 싫어요. 다 다른 데 난 당 당갤 갈래는 데 머 멀 그루우?"

"아아니 건 안 될 말이야. 천부당 만부당두 푼수가 있디. 내가 님재 장갤 보낼라구 오륙 년을 힘써 왔는데 또 이건 동네에서두 다 아는 일이웨. 그러니 님재가 장갤 잘못 들었다면 그래 남들이 누굴 욕하겠나? 날 욕할 테야, 날. 그래서 내가 여지껏 똑똑한 델 고르누라구 힘을 썼는데 삼월일 마대구 다른 델 가겠대면 난 그 돈 못 줘. 못 주구말구. 돈 주구 욕

얻어먹으려구? 내가 그 돈 주갔슴마. 바로 내래 다른 델 골라준 댐은 몰라두. 그르치 않씀마., 생각해보시?"

"글쎄 난 닌 닌넬 얻을래는데 머 멀 그르우? 일 일천칠백단 단 낭 다 달라우요."

응팔은 날마다 졸랐다. 그러나 초시는 종래 듣지 않는다. 날마다 졸라도 그저 그 말이 그 말로 조곰고 휘지 않는다.

이러는 가운데 갈 줄만 아는 세월은 사월 보름도 닷새밖에 더 앞으로 남겨놓지 않고 달아났다.

이 닷새 전으로 자기의 태도를 따로 결정하지 못하는 한, 삼월은 꼬리가 떨어질 것이요, 그럼으로써 자기는 행랑방으로 옮아 앉아야 될 판이다. 그러면 삼월은 명색이 아내, 그렇게 밴밴한 계집이…… 생각하면 뒤에 올 것은 이를 악물고 다한 머슴살이 육년의 결정이 삼월의 요염 속에서 제멋대고 놀아나는 밑천밖에 더 될 것이 없을 건 빤한 일 같았다. 이 집을 말없이 떠났으면 그만이련만 잠겨있는 돈이 문제요, 삼월은 싫다니 초시의 귀는 먹고.

여기에 응팔의 그 못나고 어리석은 지혜는 보담 최선한 방법을 찾는다는 것이 받지 못한 돈을 훔쳐 내자는 것이다. 훔쳐 낸다고는 하지만 내 돈이기에 내가 임의로 하는 것이니 죄라기보다는 당연한 일 일 것 같았고, 또 훔쳐 내서는 곧 그 뜻을 알릴 것이 니 죄랄 것이 없으리라는 것이었다.

일단 이런 계획을 세운 응팔은 이제 그 짬수[7]를 엿보는 것이 가장 주의할 일이었고, 신중히 할 일이 었다.

그리하여 응팔은 밤마다 웃간 웃목에서 그렇게 억 센 일에 날마다 지치는 피로한 몸이었건만 깊이 잠 들어 풀지 못하고 이불 속에서 초시의 드는 잠만을 엿보기에 온 정신을 모아야 하는 것이 절대한 일이 었다.

원체 한번 잠이 들면 깰 줄을 모르고 내자는 습성 이 있는 초시인 것은 예전부터 알아 오는 일이었지 만 그래도 하고 용단을 못 내오던 것이, 오늘 밤은

---

7) 어떤 일을 할 수 있는 알맞은 낌새나 형편.

거기에 콧소리까지 높이 들려 아주 잠이 깊이 들었다는 것이 용기를 돋우게 했다. 그런데다가 벽장문 열쇠를 열어야 할 것이 늘 근심이던 판에 오늘따라 낮에 벼 판 돈이 그대로 초시의 조끼 호주머니 속에 들어 있다는 것이 그로 하여금 이 밤의 용기를 더욱 돋우었다.

응팔은 이불 속을 벗어나 숨소리를 죽였다. 그리고 어둠 속에 두 다리 두 팔로 짐승같이 그러나 조심조심 기여 초시의 머리맡까지 이르렀다. 더불어 잡은 것은 책상 위에 놓았던 회중전등, 스위치를 트니 방긋하고 화안한 불이 방안을 비친다. 응팔이 손은 두말없이 초시의 조끼 주머니로 들어가 낮에 보던 그 불룩한 누런 봉투를 들어냈다.

그러나 응팔은 여기게 그 돈이 십 원짜리만인데 잠깐 주저하지 않을 수 없었다. 십 원 짜리 열일곱 장을 내이자니 오십 전이 부족이요, 열여덟 장을 내이자니 구 원 오십 전이 더 붙어온다. 그러면 그것은 자기가 임의로 손에 대일 권리가 없는 돈이라 하니 그것만이 죄를 범하는 것 같았음이라.

그러나 다시 생각할 때 그렇게도 힘들게 찾아내는 (결코 훔쳐내는 것이 아니라) 돈이어니 단돈 오십 전이라도 떨러두고 싶지는 않았다. 그 십원 짜리 한 장은 잔돈으로 짝해다 들여 놓으면 그만이 아니냐 열여덟 장을 그대로 움겨쥐고 말았다.

이튿날 아침 봉투가 없어졌다는 것은 곧 탄로가 되고, 한방에서 잤다는 이유로 혐의의 화살은 갈 데 없이 제일선으로 응팔에게 쏘였다.

응팔은 십원 짜리를 쪼개지 못해서 탄로 전에 자기의 소행을 말하지 못한 것이 미안했다. 십 원짜리를 그대로 내놓고 소행을 말하자니 초시가 그 오십 전이라는 돈을 거슬려 줄 것 같지 않고 그대로 그 돈을 집어넣을 것만 같애 주의의 화살이야 오건 말건 그 돈을 쪼개기 전까지 넣어두리라, 사랑방 아궁에 불을 지피고 있는 동안 뜻밖에서 뜻밖에도 시꺼먼 그림자가 문 앞에 마주 선다. 순사다.

"난 난 죄 죄 없어요. 일 일천칠백단 단 낭을 내 구, 디 디리노문 회 회계가 돼요.그 다음엔 나 내 내 돈이에요. ”

목소리와 같이 부지깽이를 잡은 손도 떨렸다.

순사는 말없이 그를 붙들어 냈다.

“정 정말이에요. 일 일천칠백단 단 냥은 다 다 내 내 돈이에요.”

그러나 순사는 그의 팔목을 묶는 데만 열심이었다. 그리고 꽁꽁 묶어서 뒤로 늘이운 올가미의 끝을 말고삐처럼 붙들었다.

응팔은 분명히 자기가 주재소로 끌리어가고 있는 것은 현실인 줄 알면서 왜 끌리어가는지 무엇이 죄 될 것인지를 똑똑히 분간할 수 없는 것이 꿈속 같았다.

신기루

1

돈을 잡은 것은 확실히 유쾌한 사실이었으나, 돈에 노예가 되는 것은 어디까지나 슬픈 사실이었다.

그러나 슬픈 사실인 줄은 알면서도 노예의 사슬에 얽힌 몸을 구태여 벗어나자기에는 그렇게도 미련이 발목을 붙든다.

그것도 애초에 돈 그 물건을 위하여 돈을 잡자던 계획이었다면 모르되, 생명과 같이할 한낱 사업의 자금으로 많이도 말고 꼭 만 원만 잡자고 체면에도 양심에도 통 눈을 감고 의지까지 희생하여 불면불휴 삼십대의 청춘을 썩힘으로 기어이 손안에 넣은 그러한 돈이다.

그런데 그것도 인젠 만 원을 훨씬 넘어 이만 원에까지 가까웠건만 돈이 손안에 들어옴으로 돈에 대한 욕망은 그만큼 커가고 커가느니만큼 마음속을 먹는 벌레도 차츰 깊이 파고들어가, 돈에 대한 욕망을 깨끗이 씻어 버리자고 하면 뒤미처 돈에 대한 욕망의 검은 손이 양심을 덮어누른다.

오늘은 기어이 한군에게 회답을 써야 할 텐데 정암은 아직도 그 회답할 문구에 이렇다 마음을 꽉 정할 수가 없다.

한군의 뜻을 이루어 주자면 '그렇다 돈 만 원이 나를 잡은 것은 사실이다. 군의 말대로 그것을 다 투자하면 잡지 하나는 넉넉히 해나갈 수가 있을 것이다. 내 처리되는 대로 걷어 가지고 나갈 테니 우선 군은 모든 것을 준비하게' 하여야 할 것이나, 또 그렇게 하자고 했던 것이 자기의 근래의 숙원이기도 하다.

그러니 어떻게 잡은 그 돈이라고 손해를 보면서까지 해야 될 것이 빤한 그 사업에 투자는 차마 마음이 허하지 않는다. 겨우 문안만을 서두에 써놓고 대답할 재료에 적절한 문구를 찾지 못해, 자꾸만 잉크를 찍어 올려서는 붓방아를 찌어 말리다 못해, 종시 초안대로 '군은 너무 일찍이 보채는구려. 군이 보채지 않은들 내가 그 잡지야 꿈엔들 잊을 건가. 이만 원 설은 터무니도 없는 허설이오. 돈은 아직 잡았달 것도 없는 게 소문은 그리 굉장하구려. 잡았다는 게 여우 이삼천 원에 불과한데 그러니 그까짓 것으로야 밥도 못 먹을 걸 잡지가 다 무언가. 삼 년만 더 참게. 그러면 내 풍설 부럽지 않게 정말 만 원 하나는 묶어 가지고 나갈 자신이 있으니……'

이렇게 내용을 삼고 마침내 편지의 끝은 맺었으나 터무니없는 거짓말이 양심에 걸려 당초에 돈을 잡자던 심리가 틀린 거라고 자책을 하며 생명과 돈과 씨름을 붙여 보다가 돈에 대한 욕망을 종시 잊을 길이 없어, 그것은 벌써 쓸데없는 뉘우침임을 즉석에서 깨닫는다.

애초에 돈을 잡자는 궁리를 아니 하였더라도 돈은 여전히 없을 것이니 종시 그 잡지 사업은 못 하게 될 것으로 청춘이 그대로 썩기야 마찬가지가 아니었을 것이냐 하면 아직까지 그 간난이 자신의 개인뿐만이 아니라 집안의 화기를 송두리째 빼앗고 주림에 떨고 있을 것에 비하여 생활의 안정만이라도 얻어 놓은 점은 틀림없는 돈에 대한 공덕으로 감사하지 않을 수 없는 것이다.

그래 이러한 논조로 생각을 계속하면 오히려 그 돈 속에 모든 평화와 행복이 깃들어 있는 듯싶게 지난날의 생애엔 추억의 줄기줄기 잇몸이 시다.

본시 선조의 조업을 물려받는 혜택을 입지 못하고 아직 부모의 노력 밑에서 밥을 받아 먹어야 할 열둘이라는 나이에 제 손으로 제 몸을 치지 않아서는 안 되는 운명을 짊어진 채 향학에 솟구쳐 넘는 정열에 고향을 떠나 이역의 손이 되기는 하였으나 뜻을 개완히 이르기까지에는 힘을 다하는 노력도 믿지 않았다. ××이라는 전문의 야간부를 그래도 그럭저럭 마치게 된 것을, 실사회에 나와 보니 자기에겐 그것도 한낱 기적인 듯싶었다. 그만큼 실사회에서는 동정의 여유에 더한층 매몰한 것이었다. 그래도 문화의 역할에 한몫의 고임돌이라도 되어 보고 싶은 양심의 충동은 밥만을 위해서 허덕이지는 못하고 학생 적부터의 소망인 출판문화에 현념은 잊지 못했다. 그래서 돈 있는 친구들의 교섭에 몇 해의 세월을 허비하였으나 될 듯 될 듯한 것이 알고 보면 모두 각지가 어려운 데서의 방패막임들이었다. 여기 정암은 청춘의 끓는 피가 보람 없이 썩어나는 것을 통절히 가슴을 치고 아무 짓을 해서라도 돈 만 원은 붙들어 와야 한다! 시골서 근근이 농사를 지어서 지내는 늙은 아버지의 주머니귀를 털어 가지고 이북만으로 들어온 지가 칠 년째, 돈에다 생명을 건 이 시절의 생활—그것은 생활의 마디마디 모골이 송연하다.

─처음 오 전 십 전짜리의 봉지를 상대로 아편 밀매를 시작한 것이 육칠 개월에 돈 백 원이 난 수월히 잡을 수 있어 앞길에의 진전을 어느 정도까지 꾀할 수 있는 서슬에 그맛것도 돈이라고 도적은 들었다.

앞가슴에 총부리를 겨누고 마주 서는 데도 돈을 내어놓지 않았음은 어리석은 짓이었을까? 생명을

판 돈이라 생명을 걸고 싸우지 않을 수 없었다. 겨
눈 총부리 앞을 날쌔게도 달려들어 주먹으로 면판
을 바쪼아 거꾸러치고 교묘히 몸을 피해 낸 것은 지
금 생각하여도 장하거니와 앞 목에 한 놈이 또, 파
수를 보고 있는 줄을 뉘 알았으랴! 호각 일성에 붙
들린 몸이 되어 돈은 돈대로 빼앗기고도 두 개씩이
나 받은 상처가 뒷가슴에 깊다. 쌍줄로 솟아 흐르는
피를 막아 볼 여념도 없이 흐르는 대로 길바닥 위에
점점이 붉은 물을 들이며 방향도 없는 길을 허겁지
겁 내달아 피한 곳이 마안한 들판의 청초 속―풋수
수 시절임이 다행이었다 할까. 그것으로 끼니를 이
으며 공포 속에 치를 떨고 배겨 있기 무릇 닷새에
다행히 창흔은 곪는 법 없이 자연히 순조로 치료도
되어 다시 풀밭을 기어나오기는 하였으나 집에는
불까지 질러 놓고 갔다, 몸담을 곳이 없었다.

두루 헤매던 끝에 친교를 맺어 오던 왕가라는 중
국인의 호의로 임시 처소의 염려는 떨렸으나 앞길
의 타개책은 여전히 아득하다. 무슨 짓이야 안 해보
았으랴, 거리의 짐꾼도 되어 보고 곡괭이를 잡아도

보며 수삼 개월의 육체노동에 약질의 건강은 더 시달릴 길이 없이 곯아떨어져 자못 그 몸가질 바 태도에 아득한 판, 이 적지 않이 큰 마을에는 죽음의 계절을 만난 듯이 줫병이 사람의 생명을 휩쓸고 있었다. 하루에도 몇 십 명의 송장이 마을 밖으로 끌려나간다. 생사의 공포 속에 잠긴 이 마을…… 그러나 이것이 정암의 생활 타개에 천재일우의 기회가 될 줄이야…… 문전의 출입도 완전히 엄금된 이 마을이라 시체의 처치가 곤란하다. 시체를 놓은 집들에서는 그 처치의 감당을 동네 사람들에게 원한다. 뒷산 높은 봉 위에서는 으리으리한 호령 소리가 하루에도 몇 때씩 마을을 타고 흐른다. 몇 통 몇 호에 시체가 놓여 있으니 누구든지 내다 묻어 주면 상당한 사례를 드린다고.

그러나 돈이면 돈이지 누가 그 우글거리는 병균의 시체를 짊어져다 묻어 주리요. 응하는 사람이 없는 양, 같은 주소의 시체를 외우는 고함 소리가 짬짬이 들리는데 그 보수의 가격만은 들릴 때마다 오른다. 저녁 무렵에는 이백 원이라는 숫자에까지 끌어 올려 부르는 소리가 똑똑히 정암의 귓속으로 흘러들었다.

이 소리를 듣는 순간, 정암은 저도 모르게 가슴이 후득거림을 느꼈다. 단 백 원에 생명을 걸고 총부리와 싸우던 일을 생각하고 이 이백원이란 돈을 생각하니 은근히 군침이 흘렀던 것이다. 처지를 생각하면 죽을 진악을 다 써도 지금 같아서는 청내 가야 그맛돈을 손안에 쥐어 볼 것 같지 못하다. 요행 죽지만 않는다면 게서 더한 땡은 없다. 방금 눈앞에 겨눈 총부리와 싸웠으랴, 그것보다는 오히려 헐한 품이다. 마침내 거사에 용단을 내어 가지런히 누운 세 개의 시체를 세 차례씩이나 등짐으로 날라다 묻고, 일금 육백 원을 손안에 들었다.

일을 일단 치르고 나니 그것이 생시 같지는 않았다. 생존욕이 있는 사람으로 정신에 이상이 없는 한 도저히 못 할 일같이 제 자신의 정신이 올바랐었던가를 몇 번이나 의심하게 되는 나머지 께름칙한 생각이 온몸을 공포 속에 떨게 하였다. 창자 속에는 호열자균이 시를 다투어 백 마리 천 마리 자꾸 번식을 하고 있는 것 같아 금시 그것들의 작용은 복통을 일으킬 것 같은 생각에 무릇 며칠 동안은 단잠이 이루어지지 않았다.

그러나 다행히 뱃중 한번 하는 일 없이 그 달음에 거리로 뛰어나와 언제나 한번 하여 보리라던 소망대로 명색 요리업을 차려 놓았던 것이, 소경이 문고리를 잡은 격으로 이역에 헤매는 가난한 홀아비들의 주머니귀를 털어 내는 좋은 계기가 되어 마침내 소요의 돈을 묶어 놓게 된 것이다.

그러니 누구의 경우가 이래도 그 돈이 허스럽지는 않을 게다. 돈을 쏟히면 다시 그 고생을…… 할 때에 정암은 더 생각을 계속하려고도 아니 하고 편지를 봉투 속에 집어넣었다.

2

"고반(오번)상!"
"고반상!"

"고반노 하루코상!"

몇 번이고 불러도 응답이 없다.

"고반상테바(오번이라니까)?"

짜증에 가까운 높은 음성이 다시 한번 관내를 찌르릉 울려 내는데도 아무런 반응이 없으매 서기는 이층으로 달려 올라가는 양, 쿵 쿵 쿵 층대를 밟아 넘는 발자국 소리가 재다.

이년이 기어이 또 무슨 수를 피는 것이 아닌가, 정암은 괘씸한 감정이 불쑥 치받쳐 오른다.

번번이 주릿대를 내리나 듣지 않고 떼를 쓰는 하루코다. 어디 한번만 더, 하고 별러 오던 차다. 어떻게 대답을 하나 보자. 서기의 발소리 끝에 그것들(색시들)의 방문이 열리고 거기서 흘러나올 하루코의 대답에 정암은 귀담아 정신을 모았다.

그러나 문소리는 열리자 곧 닫히고 되돌아 나오는 기척은 서기의 보고를 기다리지 않고도 벌써 하루코가 이층에 없는 것을 알 수 있다.

"없지?"

"없습니다."

어디로 달아났다면 큰 탈이다. 하루코는 이 요리점의 존재를 말하고 있다. 그것에의 단골이 얼마인지 모른다. 그것이 흥이 없는 때 영업에는 타격이 온다. 다시는 구할래 드문 계집인데…… 근심과 같이 찾아온 손님 처리에 생각이 옹색한 판, 하루코는 변소에 있다는 보고를 받는다. 제 말은 뒤를 보았다고 하나, 시간으로 보아 이십 분씩이나 뒤를 보았다는 건 곧이들리지 않는 말이다. 역시 피난처가 그곳이었을 것임에 틀림없을 게다. 괘씸한 생각은 당장 주릿대를 내리겠으나, 손님이 기다린다. 독을 보아 쥐를 못 치는 격, 손님을 보낸 뒤에 어디 보자, 흥분을 누르고 한마디의 훈계도 없이 모르는 체 서기의 지휘대로 내버려두었다.

시간 손님이었다. 손님은 곧 돌아가고 고반은 나온다.

지독히 여윈 얼굴이다. 한참 나이를 자랑할 연지 **뺨**에 청춘의 물이 시들시들 날았다. 그래도 그 고르게 정리된 윤곽이 아직도 사람의 눈을 끌기는 하는 것이나, 그것도 화장의 힘이 아니라면 속이지를 못

할 것 같다. 단발에 아이롱질을 한 더벅머리는 오히려 여윈 얼굴을 초라하게 만드는 것이었으나, 그래야 손님의 비위에는 맞는다.

불러다 놓고는 아무 말도 없이 정암은 담배만 태운다. 먼저 하루코의 사죄를 기다리는 눈치다.

"저를 부르셨에요?"

"왜 불렀는지 몰라?"

첫마디가 장히 대답하기 힘든 말이다.

"절 부르셨에요?"

무슨 말인지 알아듣지를 못한 것처럼 되물어 보는 수밖에 없었으나, 그것이 억지임은 하루코 저도 안다.

"아, 왜 불렀는지를 모르냐 말야!"

"모르겠에요."

"생각해 봐도 몰라?"

"잘못했습니다."

죽어 대령이 봉변을 피하는 수단임을 아는 까닭이다.

"잘못 알기는 아는 모양인데 글쎄 왜 알면서두 그리 생떼를 쓰자는 게냐?"

"제가 언제 생떼를 썼에요?"

"아, 이년이 그럼 내가 너를 꾸짖기 위해서 생말을 지어내는 게냐?"

"요전엔 정말 배가 아파서 그랬에요."

애원에 가까운 음성이요, 그것은 태도에 더하다.

"배쯤 좀 아픈 게 네겐 그렇게 큰일이더냐?"

"정말이에요. 그 적엔 지독히 아팠에요."

"그래서 그 적엔 배가 아팠다 하구, 아까는 무엇이 또 아파서 세 번 네 번 불러도 대답두 없이 어디를 갔던 게냐?"

묻는 말이 빤히 아는 눈치니 핑계가 쑥스러움을 순간 깨닫기는 하였으나, 언제나 이러한 경우면 모면이 난처함에 자기의 잘못을 뉘우쳐 왔음이 하필 이번뿐이 아니다. 난치의 숙질이 그러지 않아도 괴로운데, 당탁한 직업에 충실하잠이란 죽기로서 끔찍하다. 오히려 거짓말이 헐한 품, 안 속을 줄 알면서도 뜨문히 핑계를 대었던 것이 사실이다. 대답할 말이 없다.

"왜, 대답이 없어?"

"잘못했에요."

할 밖에 더 말이 있을 수 없는 괴로운 마음은 안타까운 흥분 끝에 또 기침줄기를 터뜨린다. 입을 손으로 싸고 쿨룩거리더니 마침내 뒤미처 시뻘건 선지피를 받아 낸다.

정암은 아연하고 실색하는 나머지 하려던 말을 더 계속하지 못하고 하루코의 괴로워하는 표정에 자기를 잊은 양 멍하니 앉았을 뿐.

"고반상!"

또 서기의 부르는 소리.

"잘못했에요. 다시는 안 그러겠어요. 저를 또 부르나 봅니다."

"고반상테바!"

"하이 하이(네, 네)."

3

"탕!"

총소리.

"탕!"

연달아 또 한 방.

바라보니 사무실 앞에 한군이 편지를 읽으며 섰고, 그 뒤에 하루코가 총부리를 겨누었다.

"탕!"

뒤달려오는 총알은 딱 하고 철궤의 열쇠 구멍에 명중되어 두 쪽으로 쫙 갈라진다. 지전뭉치가 우르르 쏟아져 나온다. 그들의 눈에 뜨일까 두려워 손빨리 장찬을 하려 하나 발이 땅에 붙어 떨어지지 않는다. 안타까움에 헤매는 동안 '탕! 탕!' 총소리는 난사에 가깝다. 하나만의 짓은 아닌 것을 깨닫고 살피니 총을 든 것은 하루코뿐이 아니다. 에미코, 가나리아, 쿠로리아, 시라유리, 다리아, 히바리, 스즈랑ㅡ계집이란 계집애는 있는 대로 여덟이 모두 떨쳐나 하루코를 선두에 일렬로 서서 총부리를 겨누었다. 떨어지지 않는 발을 겨우 떼어 헤어진 돈뭉치를 움켜잡으려는 순간, 다시 건너오는 총알은 '탕!' 소리와 같이 손목에 명중된다. 제결에 '으앗!' 소리를 치고 보니 움켜잡은 것은 돈이 아니라 이불귀요, 아무것도 없는 방 안에 댕그라니 혼자 누워 있는 자기인 것을 정암은 알았다.

괴악한 꿈이다. 전신이 땀에 떴다.

이게 무슨 징조인고? 꿈은 마음의 상징이라니 이런 노릇은 하면서도 한편 마음의 가책은 늘 받게 되는 양심의 반영이 이러한 꿈을 빚어 보이는 것인가? 만일 꿈이 현실의 상징이라면 하루코를 선두로 계집 여덟이 모두 자기에게 총을 겨눈 원수에 틀림없다. 그리고 한군도 하루코에 지지 않는 원수로 자기를 대하는 것이 아닌가. 그게 한군에게 차마 하여야 할 짓이었을까. 마음을 같이하고 살아온 벗이 한군이다. 섧을 때나 즐거울 때나 같이 울고 즐기며 팔과 다리같이 서로 의지하여 믿고 붙들어 왔다. 결코 허영에서가 아니라 기어이 우리들의 소망인 잡지는 내 손으로 만들어 놀 테다. 한군은 지금 그것을 믿고 뜻아닌 월급 푼에 목을 매고 눈알이 뒤솟도록 자기를 기다리고 있을 것이다. 한군에게 한 편지는 과연 할 짓이었을까. 하루코도 그렇다. 밥을 위하여 북만에서 헤매는 존재이었다고는 하나, 그 길을 바르게 지도는 못 해줄망정 감언이설로 그것을 꼬여 들였다. 그리고는 사정에 눈감은 것이 분명 자기였다. 계집애가 여덟이나 있건만 돈을 잡아 준 것은 오직 하루코의 은혜라고 해도 지나친 말은 아닐 게다. 요릿집 추월관하면 벌써 손님은 하루코를 연상하고, 하루코 하면 그것은 추월관인 줄을 안다. 그만큼 그의 존재는 높아 손님을 끌며 추월관의 이름을 굳혔다. 비로소 깨달은 것이 아니라, 병이 들자부터는 실로 허스럽지 않은 동정이 가는 것이 사실이기도 하였다. 그리하여 참을 수 없이 몸이 괴로워하는 기색이 보일 때면 피로를 풀 여유를 주어 보려고도 아니 한 것이 아니었으나 그러나, 이런 여유를 받게 되고 보니 도리어 그것을 약점으로 자기를 이용하여 보다 더한 여유를 얻고자 떼를 쓴다. 그리하여 그것은 뭇 계집들에게까지 영향을 미치게 되는 것이어서 이런 영업에는 도시 눈이 어두워야 될 것이 진리임을 깨닫고 눈을 딱 감아 버렸던 것이다.

　며칠 전의 그 밤으로 말해도 그렇게 고단해서 피

신까지 한 것을 찾아내다 시달림을 주고 각혈하는 것을 볼 때 아랫목에 눕혀 놓고 피로한 몸과 마음을 얼마 동안이라도 안정시켜 주었으면 하는 생각이 없지도 않았으나 버릇을 길러 주어서는 안 된다는 생각이 뒤이어 부르는 고반의 호명에도 눈을 감아 버렸던 것이다. 이것이 하루코에게 과연 하여야 할 짓이었을까 생각하니 그러한 꿈은 자기의 꿈속에 반드시 나타나 마땅할 것 같다.

그러면 앞으론 한군과 하루코에게 어떠한 태도로 대하여야 할 것인고? 이 노릇을 그만두는 수밖엔 역시 묘한 방책이 없다. 그러나, 수만금이 눈앞에 왔다갔다 보이는 이 노릇을 그만두다니 하면 지금까지 쌓아 올린 지위와 권리를 일조에 짓밟아 버리는 것이 되는 것밖에 없다. 돈에 따라다니는 그 지위와 권리를 어디서 다시 붙잡을꼬? 자기와는 상대도 안 하던 놈이 지금은 황공히 머리를 숙이는 것이 아닌가. 어차피 살아가자면 머리를 숙이고 살기보다는 들고 사는 편이 아무리 해도 상쾌한 일 같다. 한편이 좋으려면 언제나 상대되는 그 한편은 희생이 되어야 하는 것은 하필 이런 노릇에서뿐이 아니라 세상의 온갖 이치가 그러하다. 돈 앞에 머리를 숙이고 예기가 죽어 살던 지난날을 돌아보면 모욕의 분풀이로라도 머리를 숙이던 놈에게 그 숙어드는 머리를 고개를 돋우 들고 발길로 한번 지긋 눌러 보고 싶기까지 하다. 잡지 사업 그것은 인제 취미의 대상이 아니다. 사람은 취미로 산다. 삶에 취미를 잃는 때는 제 목숨을 스스로 끊기도 한다. 하물며 잡지 사업에랴! 삶의 승리는 돈에 있다. 이러한 꿈에 굴복한 것이 아니라, 힘차게 정복을 해야 한다. 생각을 굳히는 동안 '소곰 소곰' 하고 가나리아의 외치는 소리가 세면대로부터 들려 온다. 또 하루코의 각혈인 모양이다.

정암은 하루코의 각혈이 요즘 와선 차츰 그 번수가 잦아 오는 것을 보고 여생이 앞에 닥친 것을 미루어 이태만 더 살아라 속으로 외우며 다시 자리를 바로하고 이불 속으로 들어갔다.

4

　그러나, 하루코는 그 이듬해 봄을 잡으면서부터는 급각도로 살이 깎였다. 뜰 뒤 장독대 언저리엔 한참 봄뜻을 머금은 몇 그루의 냉이꽃이 하얗게 피어나건만 하루코의 얼굴은 하얗게 시들어만 갔다.

　이렇게 하루코의 얼굴에는 완연히 병색이 드러나게 되니 손님이 차츰 줄어든다. 단골손님까지도 발을 딱 끊고 마는 것이다. 그러니 아직 목숨은 붙어 있다고 하더라도 이 영업에 있어선 이미 목숨이 없다. 봄이 제 시절인 이 영업에 추월관의 존재를 말하는 하루코가 이렇게 목숨이 없으니 영업에는 타격이 크다.

　정암은 이에 대한 대책을 세워야 하는 것이 이 봄을 접어들면서의 커다란 한 가지 일이었다.

　그러나 아무리 탐색을 해야 하루코만한 매력을 가진 계집이 좀처럼 나서지 않는다.

5

오늘은 또 산촌으로 계집의 물색을 떠난다. 조선 계집애를 수양딸로 두었던 진가라는 중국인이, 인물은 이쁘나 행실이 부족하여 그것을 팔겠단다는 왕가의 종용으로 떠나는 길이다.

닿은 곳은 마안한 들판을 바라보며 산턱 아래 외로이 떨어져 박힌 한 채의 작지 않은 기와집이었다.

왕가는 색시를 교섭한다고 진가와 같이 나가고 정암은 혼자만이 남아서 피곤한 다리를 쭉 버드러치고 앉아 담배를 피워 물었다.

"텅!"

뒷문이 닫힌다.

그리고 쇠를 잠그는 소리.

"텅!"

또 곁문이 닫히고, 쇠 잠그는 소리.

사람을 방 안에 두고 밖으로 쇠를 문마다 잠그는 것이 이상하지 않을 수 없다. 별안간 정암은 으스스한 생각에 오싹하고 머리카락이 있는 대로 올려 뻗친다. 벌떡 일어서 문을 밀어 본다. 당당하게 마친다.

까닭을 몰라 멍하니 천장을 바라보고 있는 동안, 벽장 문이 스르르 열리고 진가가 섬쩍 내려선다.

"너 글 알지?"

진가는 손에 들었던 지필묵을 내려놓는다. 색시의 계약을 하자는 말인가. 순간 정암은 생각이 옹색하여 바라만 보니,

"글 알어?"

힘있게 곱채는 진가의 눈에는 불빛이 번쩍 하고 빛난다. 조금 전에 대하던 그렇게 사람 좋아 보이던 그러한 진가의 인상이 아니다.

정암은 그 순간 도둑의 굴에 빠진 것은 아닌가 하는 의심이 바짝 일어났다.

"글 쓸 줄 아는가 하는데?"

꽥 지르는 소리에 흠칠 놀라고 바라보니 어느새 어디서 빼내었는지 날이 새파랗게 번쩍이는 한 자루의 단도가 그의 손에 들려 있다.

순간 정암은 쓸 줄 안다는 대답을 하고 나서도 황겁중 자기 입에서 나온 말이 무엇이었던지도 몰랐다.

"그러면 여기 내가 부르는 대로 편지를 써라."

명령과 같이 붓에 먹을 찍어 정암의 앞으로 내어 민다.

"자, 이렇게 써라. 왕가와 같이 색시를 사러 와보 니 그 집에 도적이 무서워 옛적부터 땅 속에 묻어 두었던 은전이 몇만 원 어치가 있는데, 이것을 샀으 면 수가 날 것인즉, 대지급으로 이만 원만 보내라. 지금 경쟁자가 있으니 돈이 속히 오고 속히 안 오는 데 큰 부자 하나가 왔다갔다할 것인즉 시각을 지체 말고 보내라. 이렇게 써라!"

그리고 한 걸음 무릎을 바싹 다가 나앉으며 방바 닥에 턱 하고 칼을 꽂는다.

정암은 정신이 아찔했다. 이미 듣고 있던 사실을 지금 자기가 봉착하고 있는 것이다. 편지를 쓰라는 대로 쓰지 않으면 그 진가의 칼날에 자기의 목숨은 날아난다. 처음 귀를 베고, 다음에 코를 베고, 그래 도 말을 아니 들으면 목을 자른다는 것이 그들의 행 동임은 이미 잘 들어 알고 있는 사실이다. 그러나, 편지를 쓰는 날이면 새빨간 몸뚱이로 권리도 지위도 다 잃고 한지에 나서는 날이다. 어떻게 이 자리에서 감쪽같이 몸을 피해 낼 길이 없을까 엉뚱한 생각에 잠겨 보는 동안,

"이놈이! 목숨이 귀하거든 빨리 써!"

진가는 한걸음 더 바싹 다가앉으며 칼자루로 손이 간다.

그래도 정암은 어떻게 잡은 그 돈이라고 차마 붓이 손에 가지 않아 머뭇거리니,

"그래 못 쓸 테냐? 후회 마라!"

단 한마디로 잡았던 칼자루를 드는가 하더니 어느새 진가의 한쪽 손은 정암의 바른쪽 귓바퀴를 더듬어 잡는다.

"쓰 쓰겠습니다."

그러나 이미 귓바퀴에서는 새빨간 피가 비치었다.

그 쓰겠다는 소리가 한 초 동안만 더 입 안에서 지체되어 나왔던들 자기의 한쪽 귀는 완전히 떨어지고 말았을 것임을 생각하니 그것만도 다행한 일 같다.

생명이란 이렇게도 귀한 것일까. 진실로 정암은

생명이 돈보다 귀함을 이 순간에서 절실히 느꼈다. 다시 그 칼이 올까 두렵게 벌벌 떨리는 손에 붓대를 더듬어 들었다.

6

이튿날 아침에야 정암은 자기의 정신으로 돌아왔다. 편지는 썼으니 아내는 의심 없이 돈을 보낼 것이요, 돈이 오게 되면 자기는 이 굴 속을 벗어는 날 것이니 생명은 건지게 될 것이나, 그 옛날 적 운명으로 다시 돌아가야 하는 것이 한없이 슬프다. 왕가 그놈을 친구라고 믿다니! 그놈의 꼬임에 빠지다니! 벗으로서의 왕가의 의리에 정안은 진저리가 나도록 몸서리를 쳤다.

그러나 그 순간, 정암은 한군과 자기와를 또 문득 생각하고 다시 한번 몸서리를 치지 않을 수 없었다.

왕가와 자기, 자기와 한군, 그것은 조금도 다름이 없었던 것이다.

묘예(苗裔)¹⁾

들에도 한 점의 바람이 없다.

거름 섞은 논귀의 진장물 위에 두 다리를 힘없이 쭉 버드러뜨리고 뚜웅 뚱 떠서 헐럭이는 개구리, 나른히 시든 풀잎 위에 깃을 축 늘어뜨리고 붙어 조는 잠자리—보기만 하여도 기분조차 덥다.

양산으로 볕을 가리었다고는 해도 등에 업힌 손자나 손자를 업은 할아버지나 다 같이 땀에 떴다. 턱 밑에 흘러내리는 땀을 할아버지는 건성 머리를 흔들어 떨며 가래밥 위의 고르지 못한 논두렁길을 허덕허덕 지팡이로 더듬는다.

---

1) 먼 후대의 자손.

"엄마, 젖?"

조는 듯 갸웃이 한 짝 뺨을 할아버지의 등에 기대 었었던 손자는 또 머리를 든다.

"엄마 젖 이제 주디."

언제나 어르던 말 그대로 얼러는 보나, 아직도 엄 마의 김터까지에는 한참이나 걸어 내야 하겠다.

아무리 늙었다고는 해도 작년만 하더라도 이런 논 틀이길쯤은 볏짐을 잔뜩 지고도 날다시피 걸어 냈 다. 칠십여 생을 진날 마른날이 없이 짓이겨 내며 잔뼈를 굵히고 늙혀 온 길이다. 다리만 성하고 보면 그까짓 가래밥길쯤 한 십 리는 어느 겨를에 걸어 냈 는지 모른다. 그러나 늙음에 풍까지 맞은 다리는 그 렇게 마음대로 척척 몸을 실어 옮겨 놓을 수가 없 다. 지팡이를 다리삼아 운용을 하자니 힘은 들고 걸 어지지는 않고.

날마다 젖이 늘 늦어져 울어 대는 손자가 측은해 서 오늘은 좀 일찍 나온다고 한 것이 다리의 힘은 날마다 줄어드는 듯 며칠 전보다도 한결 더 걸어지 지 않음이 현격하다.[2] 해는 벌써 한낮이 기울었거니 아침에 한번 젖꼭지를 물려 본 아이가 아니 보챌 수 없다.

"엄마 젖?"

"엄마 젖 준대두? 이제 조꼼만 더 참으믄."

할아버지는 무거운 몸을 지그뚱지그뚱 좀더 지팡이에 힘을 실어본다.

그러나 제 한 몸만 해도 한 다리로 걸어 내긴 된 짐이었다. 아무리 젖먹이의 어린것이라고는 해도 그것은 숨주머니다. 결코 헐한 짐이 아닌 것이다. 맥을 조금만 놓다가도 그것의 요동을 받을 땐 자꾸만 한편으로 쓰러지려는 위태로움을 느끼게까지 된다.

하건만 할아버지는 그것이 조금도 괴롭지 않다. 그 괴로움 속에 도리어 낙이 있음을 맛보는 것이다. 자기의 잔등이에 만일 이 손자의 숨소리가 없다면 자기의 여생은 얼마나 쓸쓸한 것일까. 앞날의 영원한 행복은 이 잔등이엣것의 숨소리를 두고는 다시 없을 것만 같게 여겨지는 것이다.

---

2) 사이가 많이 벌어져 있는 상태이다. 또는 차이가 매우 심하다.

손이 모자라서 남 다 떼는 김을 떼지 못하고 이렇게 김이 늦어져 혼자가 떨쳐 나서도 쩔쩔매는 것을 보면 단박이라도 머리에 수건을 자르고 논배미로 뛰어들든지 그렇지 않으면 수차에라도 기어올라 다만 한 이랑의 김이라도, 다만 한 바퀴의 물이라도 매고 돌리고 하여 보고 싶은 마음은 참아 낼 길이 없으나, 다리가 말을 안 들어 바로 요 며칠 전에도 한번은 남모르게 슬그니 수차 위로 올라섰다가 물은 한 바퀴도 못 돌리고 뒤로 나자빠져 물만 먹고 기어나오던 일을 뒤미처 생각할 땐 인젠 자기의 천생인 직능을 잃은 듯이, 그리하여 인생으로서의 온갖 힘을 다 잃는 듯이 눈앞이 아득한 적막을 느끼다가도 자기에겐 이미 성장한 아들이 있고 그 밑에 또 어린 손자가 있음을 헤아릴 땐, 그리하여 그것은 이제 무력해진 자기의 직능에 대를 이어 주는 생명의 연장인 것임을 미루어 보고는 도리어 알 수 없는 생의 의욕에 이렇게 손자를 자기의 품속에서 키울 수 있게 되는 것이 얼마나 즐거운 일인지 몰랐다.

"엄마."

손자는 엄마를 보았다. 반가움에 손을 내저으며 요동을 한다.

그러나 온 정신을 감탕 속에 모으고 수굿이 머리를 모 속에 묻은 엄마의 귀에는 이 소리가 들리지 않는다. 그저 수굿하고 풀을 뽑고 감탕을 주물러야 하는 것이 그의 하여야 하는 일이었다.

"엄마, 엄마."

손자는 자꾸 뒤로 자빠져 나오며 머리를 흔들어 댄다.

"젖 멕이구 봐? 아무래두 오늘은 못다 맬걸 멀."

건너쪽 개울에서 논귀로 물을 퍼올리던 아버지가 먼저 보고 아내에게 말을 건넨다.

절절 끓는 이 폭양 밑에서 웃통을 쭉 벗고 잠방이 바람으로 수차 위에 올라서 쉬임없이 연해 바퀴를 짚어 넘기는 아들―볕에 그을고 들바람에 씻긴 그 적동색 살갗, 다리를 드놓을 때마다 떡벌어진 어깻죽지와 울근거리는 종아리, 그 건장, 그 힘―을 볼 때마다 할아버지는 만족하다. 이미 자기는 그것을 감당할 능력을 잃었다 하더라도 자기의 그 억센 힘은 손자를 위하여 앞날을 바라보기에 아무러한 미련도 없을 것 같은 것이다.

"너두 좀 쉐서 푸람? 아무래두 오늘은 못다 풀걸."

손자를 어미에게 내어주고 두렁 위에 펄쩍 주저앉으며 할아버지는 자식을 올려다본다.

"쉬다니요! 물이 자라질 않아서 김이 더 늦어지는데요."

"날이 무던히 덥구나."

"아부님, 제 걱정은 말으시우. 그까짓 물 한 열흘쯤 못 퍼넘으겠어요."

마음까지 든든한 아들이다.

"그래두 정 힘들문 좀씩 쉐서 푸군 해라. 제 몸은 제가 돌보야디."

"저야 지금 한창 혈기에 무슨 걱정이 있겠어요. 이 더위에 아부님이 그저 그 자식을 날마다 업으시구……."

"아니로다. 난 그게 낙이로다. 내 잔당에 그 재석이 없어만 봐라, 내가 오즉 적적하겠네. 늘그막에 자식 기르는 낙 없이 무슨 맛에 산단 말이냐."

이야기를 하는 동안에 시퍼렇게 불은 엄마의 젖을 마음대로 주무르며 한참이나 빨고 난 손자는 그제야 마음이 가득한 듯이 젖꼭지를 놓고 엄마의 얼굴을 쳐다보며 빙긋 웃는다.

"쨋 쨋."

할아버지는 무릎을 돋우 세우며 혀를 채어 손자를 어른다.

손자는 소리를 내어 깨륵거리며 할아버지를 향하여 그 조그마한 두팔을 날개같이 벌리고 안기려 내어 쏜다.

할아버지도 같이 팔을 벌려 건너오는 손자를 가슴에다 바싹 받아 안는다.

엄마의 젖을 빨아 먹고는 으레 자기의 품속으로 건너와 안길 줄 아는 손자, 그것을 받아 안을 때의 귀여움, 할아버지는 어떻게 할 줄을 몰라 손자의 뺨을 옴옴 빨아 내며 말랑거리는 엉덩이는 찰싹찰싹 뚜드린다.

손자는 나날이 다르게 살이 포동포동 오르고, 할

아버지는 나날이 다르게 살이 뻐듯뻐듯 깎이어 내린다. 김이 채 끝나기도 전에 할아버지의 다리는 지팡이를 짚고나마 손자를 등에 업을 기력을 잃었다.

마치 한떨기의 풀이 서리를 맞고 추위를 몰아오는 거센 바람에 떡잎이 점점 시들어 말리듯이, 그러나 시들수록 그 떡잎 속에서 힘찬 생명이 새파랗게 봄 준비를 하고 기다리듯이 기력이 점점 쇠퇴하여 가는 할아버지의 품안에선 그 어린 손자가 모락모락 자라나고 있었다. 할아버지가 완전히 다리를 못 쓰고 앉아서 뭉개게 되었을 때엔 손자는 가끔 일어설 공부까지 하였다.

"서어마 서마— 서마—"

할아버지는 방 안이 좁다 기어다니며 짬짬이 일어서 보기에 힘을 넣는 손자를 바라보다가는 그 일어섬을 자기의 힘으로 도와나 주려는 듯이 물팍 걸음으로 쫓아다니며 대고 손을 공중으로 추어 올려 격려를 하였다.

그러면 손자는 더욱 신이 나서 일어서 보려고 애를 쓰기는 하나 그것은 아직 조계였다.

겨우 한 팔이 방바닥에서 떨어졌는가 하면 그만한 다리가 모로 쏠리어 팍삭 주저앉고 만다.

그리고는 마치 떡잎을 헤치고 나올 힘이 부족한 듯이, 그리하여 그 묵은 떨기 속에서 좀더 단련을 하려는 것처럼 벌레벌레 쭈르르 기어와서는 할아버지의 품속으로 기어든다.

할아버지는 손자의 섬의 더딤이 여간 마음에 섭섭하지 않다. 대개는 아이들이 열 달이나 그만한 세월이 흐르면 다 설 줄을 아는데 왜 이리 손자의 섬은 더딜꼬? 풀마나 하듯 짬짬이 손을 잡아 일어 세워선 끌어서 걸려도 보며 단련을 시키나 할아버지의 손의 의지가 없이는 아무리 애를 써도 제 힘으로는 서지를 못했다.

그해 가을이 지나고 겨울이 접어들어서도 손자는 완전히 일어서지를 못했다.

봄이 왔다.

마을 안은 살구꽃에 붉고, 산속은 새소리에 푸르다.

농가에서는 또 농사 준비에 한참 바빠야 할 시절

이다.

헛간 구석에 아무렇게나 처박아 두었던 연장을 들어 내 먼지를 털고 물러난 사개를 맞추는 마치 소리가 날마다 마을 안에 요란하다.

봄이 왔다고만 해도 할아버지의 마음은 길러 온 버릇을 잊지 못해 방 안에 누워서도 씨를 뿌리고 재를 덮고 자구를 밟고…… 생각에 못 잊히는데 마치에 맞아 물러났던 연장의 사개가 치익칙 소리를 내며 들어가 맞는 부딪침 소리를 들을 땐 자기도 금방 밭갈이에 한몫 메고 나서야 할 것만 같아 봄뜻에 서두는 마음을 이겨 낼 길이 없었다.

"우리 밭은 웬제 가네?"

마당에서 연장 수선에 바쁜 아들에게 말을 걸었다.

"우린 낼 보리밭 냄을 내게 해서요."

"자구 밟을 꾼이 없갔구나?"

"제 에미가 밟으래디요."

자구나마 하지 않는 다리, 할아버지는 답답함을 참지 못했다. 지팡이를 구석에서 당기어 문을 밀었다.

앞집의 지붕 너머로 바라보이는 누동의 오리나무,

그 가지마다에 하이얗게 앉은 왁새들—한참 둥지를 틀기에 바쁘다. 수놈은 줄불이 나게 나뭇가지를 물어 오고 암놈은 둥지를 지키며 앉았다가 그것을 받아 쌓고—금년에도 여전히 왁새가 누동으로 들어와 둥지를 트는 것이 할아버지는 여간 반갑지 않다.

할아버지는 왁새처럼 사랑하는 새가 없었다. 왁새는 그해의 그 마을의 농사를 말하는 영조다. 왁새가 촌중에 봄마다 들어와서 새끼를 쳐내 가야 그 촌중에 운이 든다는 것은 예로부터 들어 오는 말이다. 그러기 때문에 장난받이 아이들이 알을 내리러 오르내리는 것을 할아버지는 한사코 말려 오며 보호를 하여 오는 그 왁새인 것이다. 그 왁새가 잊지 않고 이 봄에도 또 들어왔다. 들어와서 봄 역사를 한다. 왁새와 같이 농사를 위하여 봄을 맞고 싶은 마음…….

그러나 자기에겐 손자를 보는 일밖에 인제 더 던지어진 일이 없다. 오직 거기에 정성을 다함으로 힘을 쓸 것이 자기에게 남은 책임이다.

손자, 그것은 인생의 봄 싹이다. 그것을 가꾸어 내

는 것은 좀더 뜻있는 일인지 모른다. 한참 서려고 애를 쓰는 손자, 그 아양이 더할 수 없이 귀여워진다.

눈을 돌려 방 안을 살피었다.

그러나 손자는 방 안에 없다. 그제야 할아버지는 조금 전에 밖으로 나가자고 어미를 졸라 등으로 기어들며 쪼특시던 것을 생각했다.

제나 내나 꼭 같이 걸음은 걸을 수 없는 몸이건만 손자는 호령 일령으로 마음대로 어미의 등에서 바깥 출입을 하는 자유를 행사한다. 그러나 자기는 인제 모든 것을 다만 손자에게 바치고 난 몸인 것 같다.

"애놈 바깥에 있네?"

아무의 대답도 없다.

"애놈 바깥에 없어?"

"들어가요."

대문 밖으로 들려오는 어미의 대답. 필시 어디를 갔다가 돌아오는 모양이다. 이윽고 방 안으로 들어와 업었던 손자를 내려놓는다. 손자의 손에는 한 포기의 꽃이 들렸다. 화편 안이 새빨간 할미꽃이다.

뒷산에 올라갔다가 산소갓 잔디판에 핀 할미꽃을

자꾸만 꺾어 내래서 꺾어 주었노라는 어미의 말을 들으며 할아버지는 품속으로 기어드는 손자를 안고 코끝에 닿는 꽃향기에 봄의 조화를 잊었던 것처럼 그 신비스러움에 다시금 놀랐다.

저렇게 새빨갛게 이쁜 꽃이 어떻게 새까만 땅 속에서 생기어날꼬? 죽으면 하잘것없는 한 줌의 흙밖에 더 되어지는 것이 없을 것 같던 적막하던 마음은 저런 꽃을 피워 내는 거름이 되는 것이 아닐까 하니 장차 자기의 죽음도 사람의 마음속에 아름다운 정서를 자아내게 하는 그런 보람이 되는 것이라면 생각과 같은 그런 적막한 죽음은 아닐 것 같다.

이렇게 되는 것이 죽음의 원칙일까? 원칙이라면 자기는 농사꾼이니까 아마 곡식을 키우는 거름이 될 것만 같다. 되기만 한다면 얼마나 원하고 싶은 일이랴, 당장 죽어도 한이 없을 것 같다. 자기는 땅속에서 벼를 빚어 내고 손자는 땅 위에서 그것을 가꾸어 키우고…….

할아버지는 다시금 손자가 귀여움을 느낀다. 품안에다 두 팔로 손자를 얼싸안았다. 그러나 안은 것은 아무것도 없다. 손자는 품안에 있지 않았다. 언제 품을 빠져나갔던지 발치 구석에 세웠던 호미를 더 듬어 들고 그것을 의지해서나마 서보려는 것처럼 일어설 공부에 일심이다. 한 팔은 완전히 땅에서 떨어졌다.

"서어마! 서어마! 서어마!"

할아버지는 손자나 마찬가지로 안타깝게 마저 떼어 보려는 호미를 든 다른 한 손에 눈을 주고 부르짖었다.

손자는 할아버지의 격려 소리에 더욱 흥이 실려 조심스럽게 몸에 힘을 주며 손을 떼었다 짚었다 한다.

"서마 공둥! 서마 공둥!"

할아버지는 그 호미 든 한편 손도 점점 떨어져 올라가는 것을 보고는 어쩔 줄을 모르고 두 팔을 들어 허공을 치받치며 얼러 댄다.

"서마 공둥! 서마 공둥!"

부르짖다 할아버지는 저도 모르게 어깨를 으쓱 추며 무릎을 탁 쳤다. 손자는 필경 일어서고야 만 것이다.

그저 일어선 것도 아니요 호미를 들고 일어선 손자, 할아버지는 어떻게도 만족한지 몰랐다.

아이가 처음으로 일어설 때에 가지고 일어서는 그 물건으로 장래 그 아이의 운명이 결정된다는 것을 할아버지는 그대로 믿어 온다. 호미를 들고 일어섰다는 것은 필시 농사를 상징한 것이 아닐 수 없다. 그가 성장함을 보지 못하고 죽는다 하더라도 이제 그것은 틀림없이 자기의 뒤를 이음으로 집안의 대를 농사로 이어 갈 것임이 마음에 놓였다.

일어선 것이 너무도 기꺼워 벙글거리고 섰는 손자의 손목을 할아버지는 잡았다. 손자는 지긋지긋 걸어와 할아버지의 무릎 위에 몸을 내어나 던지는 듯이 털썩 주저앉는다. 그리고는 만족한 듯이 할아버지를 쳐다보며 끼르륵 웃는다.

"그저 내 손주 싸디 요놈이!"

할아버지는 품안에 들어오는 손자를 바싹 끌어안으며 어쩔 줄을 몰라 엉덩이만 그냥 뚜드려 댔다.

별을 헨다

1

산도 상상봉 맨 꼭대기에까지 추어 올라 발뒤축을
돋우 들고 있는 목을 다 내빼어도 가로놓인 앞산의
그 높은 봉은 눈 아래 정복하는 수가 없다.

하늘과 맞닿은 듯이 일망무제[1])로 끝도 없이 마안
히 터진 바다, 산너머 그 바다, 푸른 바다, 고향의
앞바다, 아아 그 바다, 그리운 바다.

다시 한번 발가락에 힘을 주어 지긋 뒤축을 들어
본다. 금시 키가 자랐을 리 없다. 역시 눈앞에 우뚝

---

1) 한눈에 바라볼 수 없을 정도로 아득하게 멀고 넓어서 끝이 없음.

마주 서는 그놈의 산봉우리.

"으아-"

소리나 넘겨 보내도 가슴이 시원할 것 같다. 목이 찢어져라 불러 본다.

"으아-"

그러나, 소리 또한 그 봉우리를 헤어 넘지 못하고 중턱에 맞고는 저르릉 골 안을 쓸데도 없이 울리며 되돌아와 맞는 산울림이 켠 아래서 낙엽 긁기에 배 바쁜 어머니의 가슴만을 놀래 놓는다.

별안간의 지랄 소리에 어머니는 흠칠 놀라고 갈퀴를 꽁무니 뒤로 감추며 주위를 둘러 살핀다. 소리의 주인공을 찾는 모양이다.

어머니의 귀에는 사람의 입에서 나오는 큰 소리가 총소리보다도 더 무섭게 들린다. 집이라고 가마니 한 겹으로 겨우 둘러싼 산경의 단칸 초막, 날은 추워 온다. 겨울 준비가 없을 수 없다. 그러나 산등성이에 자연히 자라난 풀도 금단의 영역에 속한다. 풀이 없으면 눈비의 사태질이 산밑의 집들을 위협하는 줄을 모르느냐는 핏줄 서린 눈알이 엄한 호령과 같이 군다. 가슴이 뜨끔거리는 낙엽 긁기다. 위로와 도움은 못 드릴망정 부질없는 고함 소리로 어머니를 놀래었다. 자기인 줄을 알려야 할 텐데…… 어서 알리고 싶어 몸짓을 하며 목을 내빼어 보나 어머니가 그 형용을 알아줄 리 없다. 눈을 둘러 주다가 자기의 그림자를 산상에서 찾고는 긁어 모은 낙엽도 모르는 채 그대로 버리고 슬며시 돌아선다. 필시 자기를 아침마다 호령하는 그 눈 붉은 사나이로 아는 모양이다.

"소나무 위에서 까치가 푸뜩 하구 날아만 나두 가슴이 막 내려앉는 것 같구나! 글쎄—"

어제 아침에도 낙엽을 한아름 긁어 안고 들어오며 한숨과 같이 허리를 펴는 어머니의 말을 무어라 받아얄지 몰랐다.

귀국한 지가 일년, 지난 겨울이 곱돌아 오도록 집 한 칸을 마련 못 하고 초막에다 어머니를 그대로 모신 채 이처럼 마음의 주름을 못 펴드리는 자기는 구관을 제대로 가진 옹근 사람 같지가 못하다. 가세는 옛날부터 가난했던 모양으로 아버지도 나와 한가지로 만주에서 시달리다 돌아가셨다지만 제 나라에 돌아와서도 이런 가난을 대로 물려 누려야 하는 것이 자기에게 짊어진 용납 못 할 운명일까. 만주에서의 생활이 차라리 행복이었다. 노력만 하면 먹고 살기는 걱정이 없었고 산도 물도 정을 붙이니 이국 같지 않았다. 노력도 믿지 않는 고국─무슨 일이나 이젠 하는 일이 내 일이다. 힘껏 하자, 정성껏 하자, 마음을 아끼지 않아 오건만 한 칸의 집, 한 자리의 일터조차도 이렇게 정에 등졌다. 일본이 물러가고 독립이 되었다. 자기도 반가웠거니와 제 땅에 **뼈**를 묻게 된다고 기꺼워하시던 어머니─아버지도 고토에 **뼈** 못 묻힘을 못내 한하셨다. 자기만 고토에 묻힐 욕심이 있으랴, 아버지의 유골도 같이 모시고 나가야 한다. 밤잠을 못 자고 무덤을 파서 **뼈마디**를 추려 가지고 나온 것이 산 사람의 잠자리도 정하지 못하였다. 나올 때에 보자기에 싸가지고 나온 그대로 어머니의 곁에서 초막살이다. 묻기야 어딘들 못 묻으련만 고국도 고향이 그렇게 그립다.

고향은 찻길이 직로라 차로 오자던 고향이 배편이

안전타고 뱃길로 돌아왔다. 어디는 제 땅이 아니냐. 아무 데나 내려서 가자. 인천에 와 닿고 보니 뜻도 않았던 삼팔선이 그어져 제 나라가 아닌 것처럼 남과 북이 제멋대로 굳었다. 그래도 내 땅이라 못 갈 리 없다고 삼팔의 경계선을 넘다가 빵 하고 산상에서 터져 나오는 총소리에 기겁들을 하고 서성거리다 보니 동행자 중 한 사람이 거꾸러졌다. 삼팔의 국경 아닌 국경을 넘기란 이렇게도 모험인 것을 체험하고 고향이래야 일가친척도 한 사람 없는 그리 푸진 고향도 아니다. 어디를 가도 제 손으로 터를 닦아야 살 차비다. 서울도 내 땅이라 보퉁이를 풀러 놓고 터를 닦자니 날로 어려워만 지는 생활, 겨울까지 눈앞에 떨어졌다. 초막의 추위는 지금도 고작이다. 밤새도록 담요 한 겹에 째워 신음하는 어머니, 가슴이 답답하다. 시원한 바람이 그립다. 눈이 짝해지자 산을 탔다. 산을 타니 산바람이나 시원할까 고향이 그립다. 배꼽줄이 떨어져서부터 놀던 바다, 고향의 앞바다, 푸른 바다, 시원한 바다, 그 바다나 마음껏 바라보았으면 바다 끝같이 가슴이 뚫릴 것 같다. 부질없이 봉

우리를 추어 올라 지랄을 부려 보나 마음이 후련할
까. 아침이 늦었다고 시장기만이 구미를 돋운다.

2

마음이 배바빠 아침도 덤비어 치이기는 하였으나
쓸데도 없는 호의에 걸음만이 더디다. 백번 생각해
도 그것은 실행할 일이 아닌 것을…….
진고개 너머 어떤 일본집에 수속 없이 제 집처럼
들어 있는 사람이 있는데, 정식 수속을 밟아 내어쫓
고 들어가게 해준다고 부디 오늘 오정 안으로 만나
자는 친구가 있다. 집이 없어 한지에서 겨울을 날
생각을 하면 마음이 으슬하다가도 그러니 있는 사
람을 내어쫓고 들다니 생각을 하면 내어쫓긴 사람
이 역시 자기와 같은 운명에 놓여질 것이 아니 근심
일 수 없다. 자기도 처음 서울에 짐을 푼 것은 한지
가 아니었다. 푸진 것은 아니었으나 그래도 일본집
다다미방 한 칸이 베풀어지는 호의를 힘입어 겨울

을 나게 되었음은 다행이었다 할까. 해춘도 채 못미처 수속이 없다 나가라 하여 쫓겨난 이후로 이래 아홉 달을 한지에서 산다. 남을 한지로 몰아내고 그 집으로 들어가겠다고 눈을 감을 염치가 없다. 이런 기회는 몇 번이고 있었다. 비로소 듣는 이야기가 아니요 받아 보는 호의가 아니다. 일언에 거절을 하였더니,

"이 사람아, 고양이 쥐 생각두 푼수가 있지 그런 맘 쓰다가는 이 세상에선 못 사네."

친구는 어리석은 생각임을 비웃는다.

"그런 얌전만 피다가는 자네 금년 겨울에 동사하네, 동사."

아닌 게 아니라 듣고 보니 그것이 말만이 될 것 같지도 않다.

"글쎄, 그 사람이 쫓겨 나왔어두 집을 잡을 수가 있어야 말이지······."

"흥, 아, 그럼 자네처럼 제 집 없으문 한디에서 겨울 날 줄 아나. 그저 별생각 말구 눈 딱 감구 내 말만 듣게. 집이 생길 게니."

친구는 승낙도 없는 상대방의 의견을 임의로 무시하며 혼자 약속을 하고 갔다.

해를 두고 마음을 바꾸며 사귄 친구도 아니다. 만주에서 나올 때 우연히 같은 배를 타게 되어 뱃간에서 사귄 것밖에 없는 교분이다. 복덕방을 뒤타 돌아가다가 어젯저녁 뜻밖에도 거리에서 만나 된 이야기다. 염려하여 주는 호의는 열 번 감사하다.

그러나 호의에만 맡겨지는 호의가 반드시 바른 길이라고 생각할 수는 없다. 욕심껏 마음을 제대로 누르고 살아오지는 못했을망정 제 뜻을 버리지 않고도 삼십을 넘어 살았다. 호의가 무시되는 나무람에 자제하여서는 안 된다. 복덕방을 찾아 나가야 할 것이 오늘도 의연히 자기에게 던져진 떳떳한 길이다. 그러나 친구는 혼자 약속이라도 기다리기는 기다릴 눈치였다. 그를 거쳐 가는 것이 걸음의 순서는 된다. 결론을 짓고 나선다.

남대문시장의 남미창정 어구라고만 하여 놓은 것이 하도 사람이 많고 뒤섞여 좀 해서는 찾을 수가 없다. 어른, 아이, 늙은이, 색시까지 뒤섞여 물건들을 안고 지고 밀치며 제치며 비비튼다. 같이 비비고 끼여들어 보니 안쪽 구석으로 낯익은 그림자가 시야에 들어온다. 잠바 흥정이 붙었다. 친구는 양복 위에다 잠바를 입었다. 물건 주인은 값이 맞지 않는 모양으로 어서 벗으라고 잠바 앞섶을 한 손으로 붙들고 당긴다. 조금도 다라진 맛이 없는 것 같은 스물다섯이 채 되었을까 한 청년이다.

"안 팔다니! 팔백 원이면 제 시센데 시세를 다 줘두 안 팔아? 이건 누굴 히야카시루 가지구 나와서?"

친구는 눈을 매섭게 부릅뜨고 팔을 뿌리친다.

"글쎄, 그르켄 못 팔아요. 이천 원 다 줘야 돼요."

청년의 손은 다시 잠바로 건너간다. 친구의 눈은 좀더 매섭게 모로 빗기더니,

"받아요."

지전 묶음을 청년의 호주머니 속에 넣어 주고 돌아선다. 넣어 준 돈을 청년은 다시 드러내 부르쥐고 뒤를 쫓는다.

"여보!"

친구의 옷자락을 붙든다.

"누구야! 왜, 붙들어? 바쁜 사람을……."

"인 줘요."

"주다니 뭘 줘?"

"잠바 말이에요."

"당신 정신 있소? 물건을 팔구 돈까지 지갑에 넣구 다니다가 딴생각을 허구선…… 이건 누굴 바지 저고리만 다니는 줄 알아? 맘대루 물건을 팔았다 물렀다……."

몸부림을 쳐 청년의 붙든 손을 뗄구고 떨어진 손을 와락 붙들어 이마빼기가 맞닿으리만치 정면으로 딱 당기어 세우고 눈을 흘기며 가슴을 밀어 젖힌다.

"이러단 좋지 못해 괜히……."

밀어젖히운 대로 물러난 청년은 더 맞잡이를 할 용기를 잃는다. 멍하니 친구를 바라보고만 섰더니 어처구니없는 듯이 뭐라고 혼자 중얼거리며 그대로 쥐고 있던 돈을 세어 보고 집어넣는다.

무서운 판이었다. 총소리 없는 전쟁 마당이다. 친구는 이 마당의 이러한 용사이었던가. 만나기조차 무서워진다. 여기 모여 웅성이는 이 많은 사람들은 다 그러한 소리 없는 총들을 마음속에 깊이들 지니고 있는 것일까. 빗맞을까 보아 곁이 바르다.

"아, 여 여보!"

어서 이 자리를 떠나고 싶어 자기를 찾는 듯이 살피는 친구를 꾹 질러 부른다.

"지금 왔소?"

"나 좀 바뻐 먼저 가얄까 봐. 기다리겠기에 들렀지."

"바쁘긴 내 다 아는 걸…… 글쎄 그래 가지군 백만 날 돌아다녀야 집 못 얻는달밖에. 난 아직 아침도 못 먹구…… 우리 점심 같이 허구 잠깐 집에 들러 옷 좀 갈아입구 나가세."

"아니 정말 난…….."

"글쎄 이리 와요."

손목을 잡아끌어 앞세운다. 강박히 부딪칠 수가 없다.

점심이람보다 술이었다. 실로 얼마 만에 소고기찜을 실컷 하고 확확 다는 얼굴을 느끼며 남산 밑을 돌아 후암동으로 따라간다. 어느 커다란 회사의 중

역이 살던 숙사인 듯 빨간 기와집이다.

"이 집도 그렇게 얻었거든."

친구는 전령의 단추를 누른다.

꼭 같은 알몸으로 보퉁이 한 개씩을 등에 걸머진 채 인천에 내려서 헤어진 지 일년, 친구의 살림은 벌써 틀이 잡혔다. 가구의 준비까지도 완비가 된 듯 장롱이니 의걸이니 놓아야 할 건 제대로 다 들여놓 였는 데 놀랐다.

"팔백 원 참 싸구나! 이건."

들고 온 잠바를 친구는 다다미 위에 내던진다.

"거긴 하루 한 때만 들러두 밥벌인 되거든. 일자 린 없것다, 쌀값은 비싸것다, 그대로 댕그라니들 앉 아서 배겨날 장사가 있나. 전재민이 가지구 나오는 물건이 여간 많은 게 아니야. 능지에서 자라난 풀대 모양으로 희멀쑥한 얼굴이 물건을 제대루 내놓지두 못허고 옆에다 끼구선 비실비실 주변으루만 도는 걸 붙들기만 하면 그건 그저 얻는 폭이지. 잠바도 만주 건가 봐. 가죽이니 좀 좋아? 작자가 어리숭해 가지구 그래두 첫마디엔 안 놓아 주구 제법 쫓아오던데? 글쎄 외투루부터 저구리 바지 차례루 다들 팔아 자시군 쪽 발가벗고들 눈이 멀뚱멀뚱하여 누워서 천장에 파리똥만 세구 있는 사람두 있대나? 하 하…… 자네도 이런 데 눈뜨지 않으면 파리똥 세게 되네 괜히…….”

“파리똥두 집이 있어야 헤지, 난 별만 헤네.”

농으로 받기는 하였으나 친구의 상식과는 대잡이가 되지 않는다. 기만 막히는 소리뿐이다.

“난 가겠네.”

“아, 이 사람아! 같이 나가? 내 정말 한 놈 내쫓구 집 들게 해준달 밖에.”

“우리 단 두 식구 살 집 그리 커선 뭘 허나. 난 방이나 한 칸 얻을까 봐.”

“방은 그래 얻을 듯싶어? 보증금이 만 원두 넘는다데.”

“방두 못 얻으면 이북으루 가지.”

“저런! 이북선 누가 그저 집 주나! 다 저 헐 나름이라누. 여기서 못살면 거기 가두 못살아. 괜히 고집 부리지 말구 앉게.”

"그래두 가는 사람이 많던데?"

"아, 가는 사람만 봤나? 오는 사람이 더 많은 건 못 보구. 이 좋은 시세에 서울서 못 살면 어디서 산다는 게여."

"아니 정말 이러단 오늘두 참 내가……."

일어서는 옷자락을 친구는 붙든다.

"글쎄 앉아."

"놓아."

"앉으라니깐."

그래도 뿌리치고 기어코 돌아선다.

"저런 반편이…… 태만 길러서!"

좇아 나와 중얼거리는 소리를 충충대를 내려서며 듣는다.

3

낮의 거리는 여전히 사람들의 발부리에 닦인다. 거리가 비좁게 발부리를 닦는 무리들, 허구한 날을 이렇게도 많을까. 겨레도 모르고 양심에 눈감은 무리들은 골목마다에 차고, 땀으로 시간을 삭이는 무리들은 일터마다에 찼다. 차고 남아 거리로 범람하는 무리들이 이들의 존재라면 '반편이야 태만 길러서'의 축에 틀림없다.

이 반편의 축들은 다들 밤이면 별을 세다가 오라는 데도 없는 걸음이 이렇게도 싱겁게 배바쁜 것일까. 언제까지나 싸늘한 별을 가슴에다 부둥켜안고 세어야 태 속에서 벗어나 거리에의 정리에 도움이 될까. 피난민 구제회의 알선으로 어떤 문화사에 이력서를 내고 총무부장과의 인사 끝에 집이 있느냐고 묻기에 솔직히 대답한 한마디가 다된 죽에 떨어진 코 격이었다. 기별이 있겠으니 그리 알라고 돌리어 온 채 이래 반년을 감감소식임이 문득 생각히며 집이란 것이 사람으로서 존재의 인정을 받는 데 그렇게도 큰 역할을 하고 있는 것임을 새삼스럽게 느끼다가 펄럭이는 복덕방의 휘장을 본다. 골목을 접어들다가 깜짝 놀란다. 별안간 총소리가 귓전을 때리는 것이다.

"타앙."

건설이냐. 파괴냐.

"타앙."

연거푸 또 한 방.

아로새겨지는 역사의 페이지에 단 한 점 콤마점이라도 찍혀지는 역할일까.

분주히 눈을 둘러 살핀다. 시야에 들어오는 짐작이 없다. 어디서 날아났는지 기겁을 하고 공중에 뜬 까치 두 마리가 날음아 날 살려라 몸이 무거움을 느끼는 듯이 깃 부츰만이 바쁘게 북악으로 날아 달릴 뿐, 언제나같이 평온한 골목이다.

거리에도 이상이 없다. 전차도 오고 간다. 자동차도 달린다. 사람들도 여전하다.

어디서 난 총소릴까.

듣고만 있을 총소릴까.

이윽고 밤도 아닌데 이마빼기에 쌍불을 달고 아앙 소리를 냅다 지르며 서대문 쪽을 향하여 종로 한복판을 질풍같이 달리는 한 대의 하이얀 미군 구급차에 풍진이 일었다.

무슨 일인지 단단히 난 모양이다.

총소리와 관련된 차일까 생각을 더듬다가 또 골목으로 들어선다. 복덕방의 깃발이 헤기는 것이다.

"방 있습니까?"

"방 얻을 생각은 말어요."

안경 너머로 눈알이 비죽 하다 말고 맞붙은 장기판 위에 도로 떨어진다.

"그렇게도 없습니까?"

쓸데도 없는 소리를 되묻는다는 듯이 거들떠보려고도 않고 장훈이 소리만을 기세 있게 허연 수염 속으로 내뿜으며 무릎을 조인다.

다시 더 두말이 긴치 않을 눈치다. 골목을 되돌아나온다. 어디나 매일반인 대답, 가으내나 다름이 없다. 싹도 찾을 수 없는 방, 날마다 종일을 품만 놓는 방이다. 마음도 지쳤거니와 다리도 지쳤다. 다시 뒤탈 생념에 정열이 빠진다. 지푸둥 흐린 날씨는 눈까지 빚는 것인가. 젊은 놈이야 한지에선들 마득해 얼어야 죽으랴만 어머니는 환갑이 넘었다. 정말 이북으로 가보나 생각을 하니 생각마다 간절한 이북이다.

4

아들이 돌아오는 발자국 소리가 그렇게도 기둘키었을까. 말라 까부러진 낙엽이 발밑에 바서지는 사각 소리가 벌써 어머니의 귀에 스치었나 보다. 산곡을 접어들기가 바쁘게 반짝 초막에 불이 켜진다.

"진지 잡수셨어요?"

"오늘두 저물었구나. 집은 얻었네?"

앉기도 전에 어머니는 냄비를 밀어내 놓는다. 저녁이었다. 밀가루떡이 네 개 소복이 담기었다.

"어머니, 더 잡수시지요. 오늘두 집 못 얻었습니다."

"아이구, 집이 그렇게 힘들어 어떡허간. 큰일났구나. 오늘은 너 들어오길 어떻게 기다렸는데……."

전에 없던 한숨이 힘없이 길다.

"왜, 늘 벅작 고는 눈 붉은 사람 있디 않네? 그 사람이 곽쟁이(갈퀴)를 빼트러 갔구나!"

"네?"

"아까 저녁때 새를 또 좀 해볼라구 나섰다가 그 사람헌테 붙들려서 욕을 보았구나. 방공호두 하두

많은데 하필 이 산속에 들어박혀 남꺼지 못살게 할
라구 그러느냐구 눈을 부르대이누나."

"그러세요?"

"우리가 여기서 겨울을 나면 산이 새빨개지구 말
터이니 봄에 나가면 산 아래 집들은 하나 없이 사태
에 묻히겠다구 어디서 거지 같은 것들이 성화냐구
막 욕을 퍼붓디 않갔네?"

"욕을 퍼버요! 그래서요?"

"그래서 집을 얻는 중이라구 그랬더니 거지 쌈지
보구 누구레 집을 빌리리라구 하멘서 피난민 소굴
루 가래누나. 당춘단이 소굴이라나……."

"네에 그래요."

"이거 좀 보람 글쎄. 가두 당당 가라구 눈을 훌근
댕이며 곽쟁이루 이 가마니짝들을 그러댕겨서 다
떨러 놓지 않안? 그래서 내레 저녁 한결을 돌아가
멘서 데르케 잡아매 났구나."

"네 알겠습니다. 아무래두 이북이 인심이 날까 봐
요. 이북으루 떠나가십시다, 어머니!"

"야 봐라! 그 끔찍헌 삼팔선을 어드케 또 넘갔네."

"남들이라구 다 오구 가구 허겠어요?"

"그래 가는 사람두 있던? 머-"

"아, 있구말구요."

"고롬 가자꾼 우리두. 위선 네 아버지 뻬다굴 처티허야디 그걸 어드케 늘 안구 있갔네. 그래 거긴 인심이 살기 도태던?"

"여기 같기야 허겠습니까."

"야 그롬 가자."

두 개 남았던 초를 밤이 깊도록 다 태우고 이튿날 아침 담요를 팔아 여비를 마련한 다음 밤차에 대어 어머니와 아들은 청단(靑丹)까지의 차표를 한 장씩 들고 서울역에 나타났다.

간단한 짐이었다. 아들은 하나 남은 담요에다 아버지의 유골을 덧말아 등에 지고 남비 두 개에 바가지 하나는 어머니가 꿰어 들었다.

사람은 확실히 거리로 범람한다. 가는 곳마다 이렇게도 많을까. 정거장 안도 촌보의 여지가 없이 들어찼다. 비비고 들어가 겨우 벤치의 한 자리를 뚫어 어머니를 앉히었다.

"아아니! 이게 공경골짓 아즈마니 아니오?"

옆에 앉았던 여인의 눈이 둥글해서 어머니의 손목을 붙든다.

"너 박촌짓 딸 아니가?"

어머니도 알아본다.

아래윗동네에서 살다가 만주로 들어가게 되어 서로 떨어졌던 고향사람끼리 우연히도 여기서 만났다. 아들과 여인의 남편도 서로 알아본다.

"아, 이게 십 년 만이구나!"

감격한 악수가 손안에 다정하다.

"아니 그른데 아즈마니 어드케 여기서 만내요? 되따에선 원제 나오섰기?"

"참, 넌 어드케 여기서 만내네?"

"우린 지금 이북서 넘어와요. 살기가 너무 어려워서 듣는 말이 이남이 도타구 그래 강원도루 가는 길이에요."

"머이! 살기가 어려워? 우린 이북으루 가는 길인데……."

"이북으루요? 아이구 갈 렴 마르우. 잘사는 사람

은 잘살아두 못사는 사람은 거기 가두 못살아요. 돈 있는 사람 텐답과 집들을 다 뗴슴 멀 허갔소. 없던 사람들이 당사들을 해서 그만침은 또 다 잡아 낳는 데…… 우리두 그른 당살 했음 돈 잡았디요. 우리 옥순이 아바진 그른 당사엔 눈두 안 뜨구 피익픽 웃기만 허디요. 그르니 살긴 어려워만 가구 좀 허믄 그르케 힘든 국정(국경)을 넘어오갔소?"

"아이구, 우리 아와 신통이두 같구나. 만주서 같이 나온 사람덜은 야미(암거래) 당사들을 해서 돈 몬 사람덜이 많은데 우리 아가 그런 건 피익픽 웃디 밥을 굶으맨서두. 거기두 고롬 그르쿠나 거저. 살기가 같을 바에야 멀 허레 그 끔즉헌 국껑을 넘어가간."

"그러믄요. 아이, 여기두 고롬 살기가 그르케 말째 우다레 잉이? 머 광다부[2] 한 자에 삼십 원 헌다 사십 원 헌다 허더니."

"우리 가제 와선 그르케두 했단다. 어즈께레 옛날 인데 멀 그르네. 거기 집은 어드르니 그른데. 얻긴

---

2) 광목.

쉬우니?"

"쉽다니요! 발라요. 거저 집이라구 우명헌 건 내
만 노문 훌떡훌떡 허디요. 그르기 어디 빈칸이 있게
그르우? 만주서 나와 집 찾는 사람두 있디요? 제 집
쬐께나서 어디 빈칸이나 있을까 허구 돌아가는 사
람두 있디요? 머 촌이나 골이나 딱 같습두다. 난이
에요, 난."

"여기두 그르탄다. 우린 집을 못 얻구 한디에서
내내 살았단다. 밥이라군 밀가루떡만 먹구."

"여기두 고롬 그르케 집이 없어요! 것두 같수다레
고롬?"

"글쎄 네 말을 들으니께니 집 없는 것꺼지 신통두
허게 같구나 참."

"아이, 괜히 넘어왔나 봐."

"우린 괜히 넘어갈라구 허구."

두 여인만이 서로 한심해하는 게 아니다. 사내들
도 같은 말을 바꾸고는 난처해 마주 섰다.

앉았던 사람들이 별안간 일어서며 웅성인다. 개찰
이 시작되는 모양이다.

"어머니!"

"와 그르네."

"고향 가두 시언헌 건 없을까 봐요."

"글쎄 박촌짓 딸 네기(이야기) 들으니께니 그르태 누나."

한심해서 서성이는 동안 승객들은 다 빠져나가고 개찰구는 닫긴다.

물 썬 바다같이 갑자기 휑해진 대합실 안엔 한기만이 쨍하게 휘이 떠돈다.

바람은 그냥 불고

1

산허리로 무심히 넘는 해를 등에다 지고 동쪽으로 길이 뻗은 신작로 위로 흘러내리는 오렌지빛 놀 속에 물들며 순이는 걷는다.

오늘 하루를 두고는 다시 오지 않을 이 해의 마지막 넘어가는 저 해(日)가 인젠 아주 자기의 운명을 결단하여 주는 것만 같다. 저 해가 넘어가도 그이가 돌아오지 않으면 그이는 영원히 돌아오지 못하는 그이다. 그럴진댄 차라리 저 해와 같이 함께 운명을 하고도 싶다. 저 해에 희망을 붙이고 살아오기 무릇 일년이었다. 앞으로 기다릴 저 해가 아니었던들 자기는 이미 이 세상 사람이 아니었을는지도 모른다. 생각을 하다가 순이는 또 문득 걸음을 세운다. 대체 가면 어디까지 가자고, 해도 넘어가는데 젊은 계집년이 무작정으로 이렇게 걸어만 가는 것인가.

'오긴 무에 온다구, 죽었을 걸……'

아주 단념을 하자고 하다가도 차마 단념이 가지 않는 안타까운 한 가닥의 미련…….

'……염려 마라, 살았다. 이해 안으로는 단정 들어서리라.'

지금도 그 소리가 또렷하게 귓전에 남아 있다.

싸움은 끝났다고 해도 일제히 들어서는(출정했다가) 사람들이 아니었다. 가까운 곳에서부터 츠음츰 들어서는 사람들이었다. 시일이 차면 어련하랴 하였으나 '라바울'[1] 갔던 사람까지 들어서는데 일본 갔던 남편의 소식이 이렇게도 없는 덴 애가 키이지 않을 수 없었다. 불안한 속에서 기다리며 기다리며 날을 새다가 그해도 설을 넘길 적엔 그대로 앉아만

---

1) 태평양 남서부. 파푸아뉴기니 령 뉴브리튼 섬의 주도.

있을 수가 없었다. 생사의 여부를 무당에게 물었던 것이, 무당의 대답은 이렇게도 분명하였던 것이다. 무당의 말이라 믿을 것이 있으랴 하다가도 자꾸만 그대로 믿고 싶은 마음이었다. 이 해가 다 저물었다 하더라도 이 하루까지는 어련한 이 해다. 마지막 이 날이라고 들어오지 말랄 법 있으랴, 혹시……? 하는 한가닥 희망이 다시금 가슴속에 정성껏 무젖어든다. 오면 차에서 내려올 테지, 정거장까지 마중을 가보자, 치맛자락에 바람을 순이는 다시 몬다.

길바닥 위에 깔렸던 놀이 차츰 그 빛을 잃는 걸 보면 보지 않아도 산너머로 무썩무썩 깊이 해는 이제 아주 떨어지는 고비에 접어들고 있음을 알겠다.

그러나 노을이 걷히면 어둠이 바뀌어 깔릴 밤길에의 공포도 지금 순이는 모른다. 준비를 하고 나선 길이 아니다. 두루마기도 목도리도 없건만 저녁 바람의 차가움도 지금 순이는 모른다. 모든 무서움이 지금 순이에게는 없다. 다만 간다는 것, 오늘 하루 안으로 생각이 닿는 끝까지 간다는 단순한 일념이 있을 뿐이다. 그것이 지금 순이의 생명이다.

2

산모롱 고지에 별안간 검은 연기가 피어오르는가 하더니 시꺼먼 물체가 씩씩거리며 산허리를 꺾어 돈다. 기차다.

어느새 다섯시 차일까. 이 차가 그 차면 인제 객차는 없다. 보얗게 얼은 유리창 속에 담뿍 담기운 사람들의 그림자가 희미하게 얼른얼른 칸마다 연달린다. 분명 일시 객차다. 발락발락 좀 더 서둘러 걸었던들 정거장에서 저 차를 마음놓고 맞았을 걸…… 저 차와 같이 걸음을 달릴 수가 없을까? 그이는 죽었느냐 살았느냐 최후의 판단을 싣고 자기의 운명을 결단하여 줄 이해의 마지막 객차가 지금 들어오는 것이다.

가로놓인 신작로 한복판의 레일을 타고 기차는 정거장을 바라보았다. 꿔익 소리를 냅다 지르며 숨이 찼다.

지리한 몸을 쿠션에서 일으켜 모자를 떼어 쓰고 트렁크를 시렁에서 내리는 손님들이 순이의 눈에는 보인다. 그 손님들 가운데서 그이의 모습을 순이는 찾는다. 그러나 내릴 준비를 하는 그이이기보다 떠나 보내던 그이의 모습만이 눈앞에 생생하다. '축 김진수 군 입영'이라는 면장의 글씨로 정성껏 씌어진 붉은 다스키(어깨띠)를 가슴에다 걸고 눈썹 위까지 푹 눌러 쓴 사각모를 차창으로 내밀어 플랫폼에 선 어머니와 자기를 말없이 번갈아 바라보던 충혈된 두 눈, 이윽고 차가 바퀴를 움직이기 시작할 때 와아 하고 아들을, 손자를, 동생을, 남편을 보내는 가족들의 모습을 마지막으로 한번 더 다시 보리라는 조여드는 분비 속에 붉은 다스키들이 창턱마다에 가슴을 걸고 내미는 손 가운데는 그이의 하이얀 손도 자기의 눈앞에 있었다. 저도 모르게 쭈룩 흘러내리는 눈물이 뺨가에 뜨거움을 느끼며 저도 말없이 손을 내밀어 그이의 손안에 가만히 넣을 때 따스한 온기가 꽉 부르쥐는 힘과 함께 뼛잠까지 스며드는 듯하던 생각, 차 안의 손과 차 밖의 손이 서로 붙들고 늘어진 무수한 손들, 놓으면 다시는 잡아 볼 수 없는 손 안에 사무친 정이 서로 끄는 손들은 굴러 나가는 차바퀴에 따라 저절로 당기어진다. 그이의 손 안에 감기운 자기의 손도 으스러지게 팽팽히 당기었다. 떨어지지 않으려고 손끝에 힘을 주어 그이의 손가락을 자기도 감싸쥐고 쫓아가며 여유를 주는 것이었으나 속력을 내기 시작한 차체의 힘과는 저항이 되지 않는다. 마침내 뻗으려져 나가던 손, 뻗으려져 나간 손들은 차 안에서나 차 밖에서나 서로들 두르며 두르며 떠나는 정과 보내는 정을 잇는다. 그이의 손도 자기를 향하여 허공을 추켜올리며 그냥 두르는 것이었으나, 자꾸만 흘러내리는 눈물이 앞을 가리어 얼굴로만 손을 가져가게 만들던 생각—언제나 그이가 생각히면 이렇게 먼저 보이는 것이 붉은 다스키요 떠나보내는 형상이다.

기차와의 거리는 점점 멀어진다. 정거장에 차가 멎고 사람들을 내려놓을 때에야 겨우 역전의 광장에까지 달릴 수 있는 순이였다.

거리로 쏟아져 흩어지는 사람들을 순이는 낱낱이 살핀다. 보퉁이를 머리에다 잔뜩 인 여인네가 아니면 룩색을 등에다 무겁게 걸머진 중년의 사나이가 대부분이다. 한참 나오던 사람들이 뜸해지는데도 그이 같은 모습은 찾을 수가 없다. 정거장 안까지 들어섰을 때 육중한 트렁크를 한 손에다 들고 몸을 일며 아직도 플랫폼에서 헤매는 한 사람의 그림자가 순이의 눈에 쏘인다. 어딘지 눈에 서투르지 않은 익은 인상임이 대뜸 들어왔던 것이다. 그일까? 하는 생각에 별안간 가슴을 뒤놓이며 짙어 가는 어둠 속에 똑똑히 알아볼 수 없는 형상임을 초조로이 눈에 힘을 주며 주며 바라보다가 질겁을 하고 순이는 놀란다.

영세, 그것은 틀림없는 영세였던 것이다. 생각만 하여도 치가 떨리는 영세, 하필 왜 이 자리에서 이렇게 영세를 만난단 말인가. 그이를 마지막으로 기다리는 오늘 마지막 차의 마지막 손님이 그이가 아니고 그이를 전지로 몰아낸 영세라니! 영세를 맞으러 자기는 어둠도 추움도 무릅쓰고 오 리나 되는 정거장 길을 집안도 모르게 이렇게 달리어왔더란 말인가. 영세가 나오기를 이렇게 눈이 빠지도록 기다리었단 말인가. 속이 떨려 두 번 다시 거들떠보기도 으스스하다. 얼굴을 돌린 채 제결에 몸을 피하여 터전으로 순이는 뛰어나왔다.

3

영세는 순이네와 논틀이 하나를 사이에 둔 건넛마을에 산다.

옛날부터 내려오는 문벌과 재산이 그를 우러러보게 만드는데다가, 경도제대 경제학부를 졸업하고 돌아오게 되자부터는 학력까지 그를 따를 사람이 없어 금력으로나 학력으로나 물심양면에 있어서까지 선망의 적(的)이 되어 동네의 추존을 한 몸에 받아 오다가 서울로 올라가자부터는 그 이름이 언론 기관에 끊일 새 없이 오르내리게 되어 신문 장이나 보는 사람치고는 박영세라는 이름을 모르는 사람이 없이 되었다.

누구나 동네의 빛으로 동네를 말할 때에는 그를 내세우고, 자기도 그 동네에 사노라 말했고, 친하다 말했다. 그리고 개인의 사정이나 동네의 사정으로 혼자 처리하기에 썩 마음이 내키지 않는 일이 있을 때면 일부러 서울까지 올라가 그와 더불어 문의를 하고 그의 말을 좇았다. 면사무소에서, 주재소에서 창씨를 하라고 그렇게 강권을 하는데도 사람이 어떻게 성을 고치느냐고 하나 없이 뻗대었으나 영세가 솔선해서 다카야마(高山)로 고치는 것을 보고는 영세가 고치는 것이라 아니 고치고는 견딜 수 없는 창씨인가 보다고 다들 면사무소로 달리어가 제멋대로 성들을 갈았다.

그리고 뒤이어 몰아치는 학도 지원병 영이 발포되매 막다른 골목에 든 이 위급을 피해 보려고 학교도 집어치우고 집안도 모르게 어디론지 숨어 버린 진수를 끌어내는 데도 이 영세의 영향이 절대하였던 것이다.

주재소에서는 아들을 내놓으라 날마다 졸랐으나 그 아버지 선달은 모르노라 응치 않았다. 응치 않음이 그대로 강경하매 경찰서 고등계에서는 형사까지 둘씩이나 나와 선달을 데려다가 유치장에 집어넣고 승낙서에 도장을 찍으라, 그렇지 않으면 싸움이 끝날 때까지 가두어 두리라 위협 위협하였다. 그래도 듣지 않으매 반이나 넘어 센 선달의 그 허연 수염을 형사들은 둘러앉아 제각기 쥐어뜯으며 만행으로 단련을 시켰으나, 수염 아니라 목을 뽑히는 한이 있더라도 승낙은 못 한다 하여 턱이 맨숭맨숭하게 수염이 한솟 다 뽑힐 때까지 굳이 승낙을 하지 않고 죽일 테면 죽여라 뻗치고 있는데 하루는 서울서 강연대가 내려와 공회당에서 명사들의 시국 강연이 열리니 다 가서 듣자 하여 학병 지원에 승낙을 않는다고 가두고 단련을 시키던 학부형 십여 명을 다 나오래서 데리고 갔다.

선달은 군중 속에서 늙은이(아내)도, 적은이(동생)도 다 들어와 앉아 있음을 보고 주재소에서 반드시 이 강연만은 들어야 한다고 같이 들어가자 해서 들어들 왔노라는 말을 들었다.

강연은 들으나마나 누구나 전문학생이면 다 지원을 해야 된다는 소리였다. 거기서 선달이 놀란 것은 이 연사 세 사람 가운데 영세가 섞여 있음을 본 것이었고, 황은(皇恩)에 보답할 길은 오직 자식을 나라에 바치는 길밖에 없다고 테이블을 주먹으로 치는 것을 보는 데서였다. 그리고는 영세 같은 사람이 돌아다니면서 이렇게 열과 성을 다하여 저런 강연을 할 때에는 이것도 창씨와 같이 피할 수 없는 성질의 것일까, 죽어라 하고 수염을 뽑히우면서도 움직여지지 않던 선달의 마음속엔 그 어느 한구석이 흔들리는 것 같음을 그 순간 느꼈다.

그러나 영세도 하는 수가 없어 이렇게 붙들려 다니며 저런 강연을 하지 않고는 못 견디는 것은 아닐까 몇 번이고 생각해도 믿어지지 않아 저녁에 사석에서 조용히 좀 만나 의견을 들어 보리란 생각까지 은근히 두었던 것이, 그러지 않아도 이 연사들과 지원에 대해서 문의할 일이 있으면 얼마든지 하라고 이에는 구속도 않으므로 선달은 가족들을 다 데리고 그의 여관으로 찾아가 하룻밤을 같이 묵으면서 의견을 들었다.

사석에서의 의견도 다른 데가 없었다. 지원을 아니 하면 그보다 더 무서운 징용이 내린다는 것이요,

그것까지 거부하게 되면 가족의 일체 배급 정지로 가정은 파멸되고 말 것이니 이왕이면 선뜻이 지원을 하고 나서는 것이 상책이라는 것이었다. 그리고 싸움을 나간다고 다 죽는 것이 아니요, 승리를 하고 싸움이 끝나 돌아오게 되면 명예와 권세가 그 한 몸에 넘칠 것이니 하루바삐 지원을 하는 것이 유리하리라는 것이었다.

하나에서부터 열까지 믿기에 의심이 없는 영세이었던 것이다. 그대로 고집을 한다는 것은, 그것은 결국 자승자박을 하는 셈이 되는 우둔인 것임을 깨닫고 산속 깊이 절간에 가서 숨어 있는 아들을 수소문하여 찾아다 놓고 온가족이 모여 앉아 지원서에다, 승낙서에다 도장들을 부자가 각기 찍고는 눈물을 흘리며 진수를 떠나보냈던 것이다.

자기가 자기 손으로 도장을 찍어서 아들을 내보내 놓고 누구를 원망하랴만 지원서에 도장 찍기를 굳이 피하고 숨어 돌아가던 학생들 중에는 간혹 적발도 되어 징용장을 받기도 하였으나, 피하면 얼마든지 피해 돌아갈 수 있고, 또 피치는 못했대자 그것이 총알이 왔다 갔다 하는 전장판보다는 비교도 안 되게 헐한 것임을 알았을 때 순이네 가족은 가슴을 치고 통탄해하지 않을 수 없었다. 그리고 영세를 원망하지 않을 수 없었다. 그나마 남과 같이 살아 돌아오기나 했으면 모든 것을 꿈처럼 잊어버리고 말았으련만, 아아.

4

'무당도 다 소용이 없어, 인젠 아주 그이는 잊고 말자.'

영세가 뒤에 달리는 것 같아, 늦어진 허리를 다시 단정히 고칠 여유에도 초조로이, 집으로 내닫기 시작한 순이는 치맛뒤를 땅에다 지일질 끌면서 몇 번이고 마음에 힘을 주어 가며 뇌인다.

'잊어야지, 안 잊음 별수가 있나.'

그러나 누구를 믿고 살 것인가가 뒤미처 생각힐 땐 받느니 옷자락에 눈물이었다.

부모네들의 옛날부터 내려오던 우의에서 그이는 대학에 들어가던 해, 자기는 고녀를 나오던 해, 그해 봄에 약혼이 되어, 결혼은 그이의 졸업을 기다려 하자던 언약이, 꿈에도 생각지 못하였던 학도지원병 영이 내리게 되매 부랴부랴 결혼을 하여 한 달을 채 못다 살아 본 남편이었다. 이러구러 정신없는 얼떨떨한 삼 년 동안의 시집살이였다. 이것으로 자기라는 인생은 다 산 것이란 말인가. 학생시대에 꾸던 무한히 즐겁던 청춘의 꿈은 이렇게도 삭막하게 뒤집히고 만단 말인가. 인젠 나라도 찾았다. 제 나라에서 거리낌없이 마음껏 살 수 있는 아름다운 꿈이 그이로 더불어 한껏 즐거울 것이런만 이렇게도 청춘은 애달프단 말인가. 그이가 나가기 전에 부모네들이 하루바삐 결혼을 서두른 의미도 모르지 않는다. 그러나 그것도 한낱 꿈이었다. 부모네들의 소망대로 한 점 혈육이나마 남기었더라면 대(代)나 이음이 되지 않을 것인가. 자기의 존재는 이 집에 무엇으로 있단 말인가. 불쌍한 며느리, 죽기까지 들어야 할 측은한 대명사—그것이 인젠 다만 자기에게 남은 존재일 뿐이다.

'더 살음 무얼 해. 그이가 간 곳을 나도 인제 따라 가야지.'

그러나 자기마저 그이 따라 이 집을 떠나간다면 늙은 시부모 양주는 누구를 믿고 의지하고 산단 말인가. 생각이 이에 미치면 제 마음이건만 제 마음을 저로서도 결단할 용기가 차마 나지 못한다.

그이는 이 집의 기둥이었다. 그이의 어깨에 늙은 부모가 매달려 있었고, 거기 자기가 또한 덧붙은 것이었다. 시아버지는 늙마에 만득으로 그이 하나를 두시고 그이를 위하여 넉넉지도 못한 가산을 기울여 학자를 대었다. 몇 마지기 안 되는 땅이 들어간 것은 그이가 중학에 들어가던 해요, 학병으로 끌려 나가던 해엔 집문서까지 금융조합에 들어가게 되었으나, 이제 한 해만 더 참으면 졸업을 하게 된다. 오히려 반갑게 매어들 달리려던 기둥이었다. 그 기둥이 이제 부러졌다. 의지할 데가 없는 것이다. 여전 (餘錢)은 다 조아 먹고 집문서는 찾을 기약조차 까마아득한데 배급은 없고 쌀값은 나날이 오른다. 조반석죽[2]도 구차하다.

이게 인제는 모두 자기의 손에서 해결이 되어야 할 무거운 짐으로 바꾸어진 것이다. 그이는 아주 잊는다 해도 이미 자기가 그이의 아내이었다면 이 집은 아주 잊을 수가 없는 것이 도리다.

그러나 이 집을 붙들고 나갈 그만한 힘이 계집으로서의 자기에게 과연 있을 것일까, 생각하니 그저 아득한 앞날이다. 다시금 눈시울이 뜨거움을 느끼며 짙어 가는 어둠 속을 분주히 집으로 집으로 순이는 걷는다.

5

시부모도 오늘 하루를 은근히 기다리다 지치고 만 모양임이 드러난다. 이미 밤은 깊을 녘에 들었건만 사당에도 제석에도 아직 불이 없다. 해마다 섣달 그

---

2) 아침에는 밥을 먹고, 저녁에는 죽을 먹는다는 뜻으로, 몹시 가난한 살림을 이르는 말.

믐 밤이면 초저녁부터 간마다 불을 밝히고 복을 맞아들이던 수세의 풍습도 이 해따라 이 집에선 지금 무시되고 있다.

작년에도 재작년에도 이 수세의 점등3)만은 잊지 않고 손수 정성을 들이던 시어머니였던 것이, 이게 다 그이 때문이로구나 하니 모든 것을 잊자던 순이의 가슴은 다시금 뭉크레하여진다. 들어서는 손 장보시기를 말끔히 닦아 솜으로 심지를 비벼 넣고 피마자기름을 부어 사당과 제석에 먼저 불을 밝히고 큰간으로 건너갔다.

시어머니는 샛문 발치에 이불을 쓰고 누웠고, 시아버지는 아랫목에서 팔패를 뗀다. 시아버지의 팔패는 화 팔패다. 속이 상할 때에는 언제나 늘 팔패로 화를 푸는 것이 버릇이다. 한동안 그쳤던 팔패를 오늘 저녁 시아버지는 또 꺼내 들었다. 그 원인이 어디 있음을 순이는 모르지 않는다. 마음대로 맞아 떨어지기나 하는 것일까, 그렇다면 한결 위안이라

---

3) 등에 불을 켬.

도 되련만…… 생각을 하며 아랫목으로 내려가,

"추운데 손시렵지 않아요? 밧 날이 끔찍이 찬가
봐요."

하고 방바닥을 순이는 손으로 짚어 본다.

"웅, 난 괜찮다. 네가 얼었구나, 어디를 갔다 오
니?"

"어디 간 데두 없어요. 괜히 밖에 있었죠."

곧이들을는지 모르나 그러지 않아도 가뜩이나 침
울해 팔패까지 또 손에 대신 시아버지였다. 아들의
이야기를 하여 아픈 상처를 건드리기보다는 정거장
까지 갔더란 말은 숨기는 것이 예의였다.

이것은 순이만이 취하는 태도가 아니다. 이 한 해
동안의 이 집 가족은 며느리나 시부모나 서로들 눈
치와 위로로 산다. 털끝만큼도 진수에 대한 이야기
는 서로 입 밖에 내지 않고, 누가 얼굴을 푹 숙이고
앉았든가 먼 산만 좀 바라보아도 진수를 생각하나
보아 필요도 없는 이야기로 어루만지는 것이 누구
나의 태도였다.

"아, 참, 너 이박기 먹어라. 며느리 이박기 내려

주구려."

시아버지는 팔패 떼던 손으로 마누라를 흔든다.

마누라는 눈이 좀 붙었던 모양이다. 기지개와 같이 일어나 장문을 열고 고리당즉을 들어낸다.

"주막집 엿장사가 이박기라구 엿을 갖다 맡기누나. 어서 먹어라. 너 들어온 담에 같이 먹으려구 기대렸단다. 영감님두 드세요. 영감님이 먼저 드세야 얘가 먹지."

시어머니도 극진하다.

"아이, 먼저 잡수실걸요. 아부님 드세요. 어머님은 치아가 없으셔서 넣고 녹이셔얄걸요."

근심 없는 마음의 표현들 같다.

이렇게라도 가정이 지속만 될 수 있다면 죽는 날까지 이러구러 살다는 볼 것이, 맞닥뜨린 절박한 사정은 이러한 눈물겨운 단란도 허치 않았다. 금융조합에서는 인제 더 연기는 하는 수가 없으니 그리 알라는 최후의 통첩이 떨어진 것이다. 지금 선달이 떼는 팔패에는 이러한 것들의 처리에 판단을 댄 앞날에의 운명이 점쳐지고 있었다ー오늘도 진수는 들어서는 애가 아니니, 이 애는 인젠 정말 아주 잊어야 옳으냐, 옳다면 붙고 글타면 마저 떨어져라, 떨어지는 데 마음을 대고 떼었던 것이, 붙고 떨어지지 않는다. 그러면 정말 진수는 죽었느냐, 차마 믿고 싶지가 않아, 삼태 양승(兩勝)으로 행여 다시 떼어 보았던 것이, 영락없이 연달아 붙고 떨어지지를 않는데 눈앞이 아득했으나 하는 수가 없는 일이다. 정말 잊어야 옳은 앤가 보다, 쓰린 가슴을 억누르며 금융조합의 빚처리로 들어가, 돈은 집을 팔아서라도 갚아 주고 여전을 벗겨 생활의 밑천을 삼는 것이 옳으냐, 옳다면 떨어지고 글타면 붙어라, 또 떨어지는 데 마음을 대고 떼어 본 것이, 마음과 같이 마저 떨어졌다. 그렇다면 집은 파는 것이 바른 길이긴 길인가 보나, 쓰고 있을 집이 그 적엔 또 있어야 아니 하나, 서방은 죽어 돌아오지 않고 집은 팔아먹고 그래도 며느리는 청상과부로 있을 데도 없는 이 집을 족히 지키며 개가할 의사가 없이 수절을 하고 지낼 것인가, 아들을 생각할 때마다 연달아 떠오르는 며느리의 귀추가 자못 궁금하다. 개가할 의사가 있느냐

없느냐, 없다면 떨어지고 있다면 붙어라, 떨어지는 데 마음을 또 대고 떼었던 것이, 신통하게도 이번에는 장마다 맞아 돌더니 끝내 떨어진다. 그러지 않아도 인젠 며느리밖에 의지할 데가 없다고 은근히 생각을 해오던 것이다. 이것이 시아버지는 기막히는 사정 가운데서도 한결 마음의 위안이었다. 더욱이 이 패를 떼는데 어딘지 나갔던 며느리가 섬적 들어서고, 또 그 앞에서 뗀 패가 이렇게 대었던 마음대로 떨어지고 마는 것은 이것이 무슨 한낱 자위책으로서의 그러한 노름이 아니요, 정말 며느리 앞에서 그러마 하는 굳은 맹세를 받는 것도 같아, 엿을 들면서도 시아버지는 참 기특도 하다고 생각을 하며 몇 번이고 며느리를 바라보다가 한 가락 엿을 채 못다 들고 수염을 닦고 나더니,

"며느리 너……."

하고 부르며 얼굴을 든다.

팔패는 마음대로 떨어졌다. 떨어진 팔패와 같이 며느리의 마음은 과연 그렇게 굳어 있는가. 집을 팔자면 살아갈 방도에 있어 무엇보다 알고 싶은 것이

며느리의 마음이었다.

"네 앞에서 내가 어떻게 이런 말을 하랴만 목구멍이 야속해서 산 사람은 그래두 먹구 살아야겠으니 어찌하겠니?"

"아무렴요, 지나간 일은 다 잊구 산 사람은 살 도리를 해야죠. 아부님 근심 마세요."

철난 대답이다. 아무런 티도 없이 천연하게 받는 며느리다. 시아버지는 놀랍고도 반가웠다.

"으니라 참, 너 선선하구나! 네 입으루 그런 말을 들으니 내 마음이 얼마나 풀리는지 모르겠다. 공부헌 여자란 참 다르다. 그럼 그러지 않음 도리가 있니?"

"그이는 아주 돌아오지 못할 사람으루 알아야 해요."

"아무렴, 인젠 어련히 그렇게 믿구 지내야지. 그런데 말이로구나, 살랴니깐 그놈의 빚 때문에 집을 안 팔구는 못 배길까 보다. 창피하게 집행을 겪기보다는 팔아 물어주는 것이 떳떳한 일 같구나. 네 의견은 어뗘니?"

"제가 멀 알아요. 아버님 생각이 어련하시겠어요."

"어련험 멀 허겠니. 팔구 나서 살 길 때문에 그러지. 남저지를 벼끼문 외막살이나 한 채 살까, 그것두 십만 원을 받아야 할 말이구. 그러문 또 집만 쓰구 있음 사니, 먹구 살 밑천이 그 적엔 또 있어야지. 다른 게 아니구 이게 걱정이 돼서 그러누나."

여기엔 순이도 할 말이 없다. 그러지 않아도 못 잊는 근심이었다. 정거장에서 돌아오면서도 눈앞이 아득해 발길조차 더디었던 것이다. 다시금 암담한 생각에 순이는 얼굴을 무릎 위로 떨어뜨린다.

"글쎄, 그 섬나뭇자리 너 말지기 그것만 가지구 있어두 우리 세 식구 자농감은 걱정이 없으련만. 논이나 좀 좋은가, 천상수(天上水) 판에……."
하다가 시아버지는 별안간 흑 흑 느끼는 소리에 주위를 둘러 살피다가 며느리의 어깨가 분주히 들먹이고 있음을 보고는 더 말을 계속하지 못하고 그만 한숨과 같이 고개를 숙인다.

'그럼 그만큼 참는 것두 나이 봐선 용허지. 저두 기가 왜 안 막히려구, 서방은 죽어 돌아오지 않구, 집까지 팔아먹게 되니…….'

6

"칠(칠만 원)이면 놓게, 놓아."

집을 내어놓기는 내어놓으면서도 이 동네에서 작자가 그리 쉽게 나서리라고는 믿지 않았는데 의외에도 며칠이 안 되어 박구장은 어디서 작자를 구해 놨는지 자꾸 와서 값을 튀긴다.

"글쎄, 채여 노래두 그래. 하나(십만 원)루."

"하나 다는 안 된대두 그러눈. 이게 꼭 작자니 놓아. 이 작자 놓치면 집 팔기 힘드네. 그래 이 동네 집 살 사람이 어디 있어, 빤한 형편 아닌가."

"작잔 누군데 그러나?"

"건 미리 알아 쓰나. 문서 쓸 때 알아야지. 어서 칠이면 놓게."

"사실 작자라면 우리집은 하나라두 싸네. 위치가 이 촌중에서 젤 아닌가. 손자 손향 판이자, 건자 건향 판이구. 다자꾸 내 운이 진해서 집을 팔아먹지, 집이야 좀 좋은 데 놓였나. 건넛말 박영세네 집 자리를 좋다구들 말하지만 그건 집이 폭 백히구 어디

우리 이 집에 대겠나. 전에 우리 조부님이 뒷산에 올라서서 촌중을 쓱 내려다보시군 참 집 자린 일등이라구 번마다 말씀을 하시던 집 아닌가."

"자네 말 숫두 늘었네게레. 고집 말구 놓게. 저녁엔 문서나 하구 우리 오래간만에 한잔 하기나 하세."

"글쎄, 여러 말 말구 하나만 채여 놔."

"노래니까 글쎄? 칠이면 고집 말구."

"이 사람, 어렴두 없는 소릴 자꾸…… 칠에 어떻게 놓으래나, 이 집을."

"자, 그러믄 그럼 팔만 허지. 팔에 또 말을 듣겠는지 모르겠군, 저짝에서. 자네만 팔에 놓는 대문 내건 떼여 올게."

제 욕심만 부리다 이 작자를 놓치면 사실 팔기도 그리 수월치 않음을 안다. 십만 원을 다 받는다 하더라도 예산은 닿지 않는다. 팔이면 무던도 해보이는 것 같다.

"구꺼지만 올려 대보게."

우선 높여 보다가 할 말이다.

"그저 팔, 팔, 팔이면 꼭 정까야. 어서 팔에 말을

뚝 자르세."

"글쎄 구에만 끌어대여."

"어서 팔에 말 떼래두."

"허, 이건 권에 못 이겨 박입을 쓰는 격인가?"

이만했으면 승낙하는 의미의 말임을 박구장이 모를 리 없다.

"그럼 잘됐네. 저녁 세시쯤 문서 허지. 내 저짝에 가서두 그렇게 잘라 가지구 또 오겠네."

이렇게 언약은 되고, 저녁 세시를 기하여 다시 박구장은 찾아와 계약을 하러 같이 가잔다.

그러나 즐거워 파는 집이 아니다. 구장을 따라가, 제 손으로 집문서에 도장을 찍기가 차마 싫다. 선달은 계약 일체를 도장까지 내어 구장에게 맡기고, 대체 나를 몰아내고 우리집으로 들어올 사람은 누구일까, 촌중에는 아무리 훑어보아야 없는 것 같고 읍에서 누가 퇴촌을 하는 것인가, 구장이 돌아오기를 기다리고 앉았다가 선달은 계약서를 받아 들고 놀란다. 매수자가 뜻도 않았던 영세였던 것이다.

'내 집이 영세의 손으로 들어가다니!'

'박영세'란 이름이 자기의 이름과 가지런히 쓰이고 도장까지 분명하게 나란히 찍힌 계약서를 얼빠진 사람처럼 선달은 내려다본다.

　"자, 인젠 우리 흥정이 됐으니 술이나 한잔씩 노누세. 주막에 마침 곳주가 들어왔기에 한 병 넣어 달래 가지구 왔지. 아주머니, 그 머 김치쪼각이나 좀 들여오시우."

　구장은 품안에서 술병을 뽑아 낸다.

　"아니, 영세 그 사람이 우리집을 뭣 허러 사나?"

　"가만 보니 동생들의 분가를 시킬 눈치더군."

　"동생들의 분가?"

　"넷을 일시에 다 시킬 모양인가 봐. 웃말 홍첨지네 집두 유사과네 집두 지금 흐르고(흥정) 있는 판인데 것두 아마 오늘 저녁쯤은 떨어지게 될걸."

　"아아니! 그게 무슨 일인가, 갑자기! 그 사람이 동생들의 분가는 왜 그리 급자기 일시에 서둘까?"

　선달은 의아한 눈이 둥글해진다.

　"까닭이 있더군그래. 앞으로 법이 서면 토지가 국유루 될 것 같으니까 동생들을 분가시켜 가지구 노

나서 제 몫금씩 갈라 세울 모양이야. 그리구 대명동 토지와 웃당모루 토지는 전부 내놓았다는데."

무슨 비밀이나 말하는 것처럼 구장은 나직이 수군 거린다.

"그래서 그럼 그이가 일전에 내려왔군요. 법이 서 면 토지는 자농감 몇 정보씩을 내놓구는 유상 몰수 가 될진 몰라두 다 몰수하게 되리라구 그리는 소리 를 들었더니……."

순이도 의아한 태도로 참예를 한다.

"그 사람이 지금두 서울서 그런 웃두머리루 다니 는 사람이니까 그런 거야 아마 잘 알 테지. 미리 손 쓰는 셈이로군 그럼."

이제야 깨달은 듯이 선달은 머리를 주억시며 들었 던 잔을 쭉 들이켠다.

"암, 영세 그 사람이야 알구말구. 확실히 알게 누 대루 내려오던 토지를 팔아 없애려구 내놓구, 또 부 리나케 동생들을 위해서 집을 사는 게 아니겠나?"

"아아니, 나라를 위해서 정치를 하자는 사람이 큰 게는 잡아서 제 구럭에 먼저 넣구, 정친 참 바르게 되겠네. 한때는 일본 사람들한테 남이야 어찌 되었든 저만 곱게 보이구 살려구 남의 귀한 자손들을 전장판으루 나가야 한다구 목구멍에 핏대를 돋히구 연설을 다니더니 이젠 또 나라를 위하여 나섰다는 사람이 제 실속부터 차린다! 그럼, 아, 그 대명동 토지 사는 놈은 쫄딱 망하겠구면. 돈 주구 샀다가 왼통 몰수를 당할 테니까. 에이, 내 앉아서 그대루 죽음 죽었지 영세헌테 내 집은 못 파네. 그 여보게, 집 해약해다 주게."

문갑 빨함에 넣었던 계약서를 선달은 되꺼내어 구장의 무릎 위에 던진다.

"이 사람이 벌써 취했나, 술두 몇 잔 안 들어가서."

"아니, 취허긴 이 사람, 아 그럼 전 눈 좀 밝다구 모르는 사람을 속여먹어야 옳은가. 몰수당할 토지를 팔아먹으문 사는 놈은 녹을 줄을 몰라? 그놈 아니문 내 자식두 쌈 나가서 죽질 않아서. 내 자식두 내 집두 그놈으 손에 다 녹아나야 옳아? 뻔뻔한 놈! 체면이 있지, 자식을 먹구 미안하지두 않아서 집을 또 먹게서? 이 집이 이게 누구 때문에 파는 것인 줄 몰라? 난 못 파네, 내 집을 그놈의 손에단. 어서 물러다주게. 허, 세상이……."

아닌 게 아니라 선달은 벌써 주기가 얼근히 도는 모양이다. 손세까지 이상히 쓴다.

"그 무슨 소리야, 이 사람 정말 취했네게레. 자 자, 그런 소리 말구 어서 또 잔이나 내게."

"글쎄 아니야, 내 집은 백번 죽어두 그놈의 손엔 안 넣네. 어서 일어서게, 이 사람?"

선달은 잔을 바로도 못 들고 술을 옷자락에다 줄줄 흘리며 들이켜더니 상 위에다 잔을 엎어 놓으며 일어선다.

"이 사람이 이게, 앉아."

"아니야 일어서래두?"

"앉아요 글쎄. 이게 무슨 일야, 이 사람."

구장은 선달의 손목을 끌어당긴다.

"아니, 안 일어날 텐가? 그럼 내가 가겠네."

팔을 뿌리쳐 구장의 손을 떨구고 감투를 눌러 쓰며 계약서를 집어 들더니 문을 차고 나간다.

설도 지났으니 양지쪽엔 이미 봄뜻도 푸르련만 날

씨는 그대로 차다.

종일을 그칠 줄 모르는 바람이 그냥대로 누동의 구새먹은 오리나뭇가지를 왕왕 울린다.

"이 사람, 여보게 선달!"

구장은 쫓아가며 부르나 선달은 들은 체도 않고 옷자락을 날리며 건넛마을로 가는 그 좁은 논틀이 길을 취한 사람도 같지 않게 총총걸음으로 내닫고 있다.

7

시아버지가 혹 취중에 무슨 실수나 하지 않을까 순이도 덧쫓아 나와 넌지시 논틀이를 뒤따른다. 그러나 차마 영세네 집까지엔 발길이 내키지 않는다. 누동 마루 오리나무 아래 그만 걸음이 멎는다.

구장은 그냥 선달의 뒤를 바틈이 따라가며 연방 뭐라고 말리는 모양이나 대꾸도 없이 선달은 활깃세를 쓰며 앞만 보고 그저 내닫더니 영세네 마당에 발을 들여놓기가 바쁘게 소리를 지른다.

"영세!"

개가 세 마리씩이나 짖으며 우르르 밀려 나온다.

"영세 있나?"

"영세!"

세 번 만에야 밀창이 밀리며 영세의 머리가 기웃하더니,

"아 선달님, 오래간만이십니다."

하고 대 아래로 달려 내려와 인사를 한다.

"나 자네 좀 볼 일이 있어 왔네."

"네 그러세요? 들어오시지요."

영세는 사랑 곁으로 손을 내밀어 인도를 한다.

"아니 들어갈 것두 없어. 집이나 물러주게."

"이 사람, 취언두 웬. 술두 몇 잔 안 허구 그리 취해? 어서 들어가 담배나 한 대 붙여 가지구 가세."

구장은 선달의 옷소매를 붙들고 사랑 쪽으로 이끈다.

"이 사람 왜 붙들구 이래 자꾸. 취허긴 뉘가 취했다구. 어서 집 물러주게."

"참 취허셨군요, 선달님."

하긴 하면서도 영세는 자못 불쾌한 태도다.

"취허다니! 집을 물러 내라는데?"

선달은 정색을 하고 영세의 옆자락을 낚아챈다.

어인 까닭인지를 몰라 말없이 영세는 선달을 노려본다.

"집을 물러달라는데 자네가 나헌테 도리어 눈을 부릅떠? 허 이거 세상이!"

"아니, 대체 어떻게 하시는 말씀입니까?"

영세도 눈이 길쭉해지더니 정면으로 마주 선다.

"하, 눈을 부릅뜨구 마주 선다! 이놈, 너 그래 마주 섬 어떡할 테냐?"

버썩 나서며 선달은 영세의 멱살을 붙든다.

"아니 이게 무슨 행패란 말이오? 해방이 됐다니까 괜히 모두들……."

"머야? 행패? 해방이 됐다니까? 그래 해방이 돼서 넌 잘허는 일이 머냐? 나라는 어떻게 되든 제 배만 불렀음 되구, 촌중은 어떻게 되든 저만 잘살았음 그만이로구나. 고이헌 놈 하늘이 나려다본다, 이놈."

선달은 멱살을 붙든 손에 힘을 주어 버썩 당긴다.

"아니 남의 멱살은 무슨 까닭으루 붙들구 이래요? 내가 영감네 집을 억지루 빼앗는단 말요? 하 참, 별일 다 보겠네, 집을 판다구 내놨기 샀는데……."

"집을 판다고 내놨기 샀는데? 이놈, 너 무슨 까닭으루 동네 집들은 돌아가며 다 사들이니? 너만 집 쓰구 살 테냐? 이놈 매양 하는 버릇이…… 웅? 이놈 이놈아! 내가 집을 왜 파는지 몰라? 이놈 이놈아! 학병으루 지원 안 한 놈은 하나두 안 죽었구나 글쎄? 이놈아 이놈아, 가슴이 터진다, 이놈아!"

선달의 팔은 와들와들 떨린다.

영세도 여기엔 할 말이 없는 듯이 충혈된 눈만을 꺼벅실 뿐 아무런 대꾸가 없다.

"이놈아, 내 아들이 죽었구나, 이놈아. 이놈아 이놈아, 내 아들이 죽어서? 진수란 놈이 죽어서? 이놈아 이놈아, 진수란 놈이? 진수야아, 진수야아!"

목이 찢어지는 듯이 기를 쓰며 발악을 부리더니 별안간 선달은 눈을 뒤어쓰며 뒤로 나가 쓰러진다. 기를 앗긴 모양이다.

"아, 아니 이게 무슨! 여 여보게, 선 선달 선달!"

싸움을 말리노라 서서 어르다니던 구장은 어쩔 줄 모르고 선달의 팔을 잡아당긴다.

"아부님 아부님! 정신을 차리세요, 네? 아부님!"

순이도 달려와 떨리는 손으로 시아버지의 어깨를 거칠게 흔들며 달래나 흰자위만으로 뒤어쓴 눈이 그저 무섭게 마주 올려다볼 뿐, 아무러한 반응도 없다.

동네 사람들이 몰려와 사랑으로 안아다 눕히고 냉수를 떠다가 얼굴에 뿌린다 사지를 주무른다 갖은 방법을 다 써보았으나 선달은 종시 피어나질 못했다.

"잘 죽었지. 외아들 죽이구 더 삶 무슨 낙을 보려구."

"암 잘 죽구말구."

"아들을 따라갔구면."

"불쌍헌 건 며느리야."

숙덕이는 동네 사람들의 이야기에 순이의 가슴은 더한층 미어지는 듯하였다.

큰글한국문학선집: 계용묵 단편소설선

백치 아다다·별을 헨다

© 글로벌콘텐츠, 2015

1판 1쇄 인쇄_2015년 06월 05일
1판 1쇄 발행_2015년 06월 15일

지은이_계용묵
엮은이_글로벌콘텐츠 편집부
펴낸이_홍정표

펴낸곳_글로벌콘텐츠
　　　　등　록_제25100-2008-24호

공급처_(주)글로벌콘텐츠출판그룹
　　　　기획·마케팅_노경민　　**편집**_김현열 송은주　　**디자인**_김미미　　**경영지원**_안선영
　　　　주소_서울특별시 강동구 길동 349-6 정일빌딩 401호
　　　　전화_02-488-3280　　**팩스**_02-488-3281
　　　　홈페이지_www.gcbook.co.kr

값 29,000원
ISBN 979-11-85650-94-4 03810